JN039941

野の古典

安田登

紀伊國屋書店

前口上

友人から、娘さんが高校の行事で能を観にいったという話を聞きました。

「なんていってた？」と尋ねてみると、「もう、一生観たくないって」とのこと。

ショックです。

だって、わたしは能楽師ですから。

しかし、彼女の高校で本音のアンケートを取れば、おそらく九十五パーセントくらいの人は彼女と同じことをいうでしょう。そしてこれは高校生だけではありません。大人に訊いても似たような結果になるはずです。

多くの人が、能は「退屈だ」「面白くない」と感じていることはわたしにもわかっています。

でも、なぜそんな人気のない能が六百五十年以上も続いて、現代も上演されるのでしょうか。

それは、能には「いまのわたし」を作るために捨ててきてしまった、さまざまな過去を鎮魂する力があるからです。

「捨ててきた過去を鎮魂する」といわれてもちょっとわかりにくいですね。

江戸時代くらいまでは、捨ててしまった過去は放っておくと怨霊になると考えられていました。

その怨霊が暴れだすと、「なぜ、あの立派な人があんなことを」と理解に苦しむような行為をしてしまうことがある。

しかし、能を観ているあいだに忘れ去っていた過去が思いだされ、その「残念（残った念）」の思いを聞くことによって、それは昇華されるのです。

能はそのようなかたちで人を癒してきました。

ですから、能は経験豊富な人ほど響くので、ある程度の年齢になった方、地位のある方に特に好まれます。

若い人がなんの予備知識もなく能を観にいっても、「なにこれ～超意味不明なんですけど～」ってすぐに眠ってしまうのは当然のことでしょう。そもそも鑑賞中に寝てしまう人が多い芸能なのですから（第十三講「眠りの芸術」にその理由を書きました）。

それは古典も同じです。

多くの人が、学校の授業で古典を嫌いになります。

でもちゃんと読み継がれているし、それなりの規模の書店に行けば古典の本はしっかり並んでいる。

なぜなのでしょう。

それは、二日酔いの朝に一杯の水を飲むとスッキリするような、そんな力が古典にはあるからです。

特段につらいことや、イヤなことがあるわけではないけど、なんとなくやる気が失せてしまう。そんなことって、たまにありますよね。

これを引き起こすのは「ケガレ」である、と日本では考えられてきました。

「ケ（褻）」とは、日常生活を生きていく力のことをいいます。

このおかげで、私たちは単調な生活を続けていられるのです。

そして「カレ」とは、「枯れ」であり、「離（か）れ」でもあります。

すなわち「ケガレ」とは、日常生活を生きていく力である「ケ」が自分から離れてしまって、枯渇してしまった状態をいいます。

そりゃあ、やる気がなくなるのは当然ですね。

そこで昔の人たちは、遊離してしまった「ケ」を取り戻すために、お祭りをしたりお祓（はら）いをしたりして、「ハレ（晴れ）」の時間と空間を作りだしました。

「ハレ」とは、「晴れ着」や「晴れの舞台」などという言葉が示すように、「非日常」を意味します。

「ケガレ」を清める、「ケ」を取り戻すための仕組みである「ハレ」によって、取り戻した「ケ」を再び身に着け、「さあ、明日からまた生きるぞ」という気持ちに切り替えていたのです。

しかしやがて、「ハレ」の本来あるべき「非日常」が、日常化してしまいました。

夜になっても街は煌々と明るく、なんでも売っている店、鳴り響く音楽が混じり合う喧騒など、至るところに祝祭空間が出現し、毎日がお祭り騒ぎです。

本来は「ハレ」の日にしか出現しなかったさまざまなモノが「ケ」の日常に居座ったおかげで、「ハレ」の出番がなくなってしまったのです。

そこで人々は、「ハレ」の日に用いる霊薬であった酒を使って、「ケガレ」を祓おうとしました。

しかし飲酒も、習慣になればその力を失います。

これは現代だけではありません。昔から都市の盛り場は祝祭空間となり、酒は日常化していました。都市生活者が「ケガレ」を祓うことはなかなか難しかったのです。

そんなときに役に立ったのが、古典でした。

古典は昔の物語です。

古典に描かれる土地は、同じ土地でもいまのそことは同じではありません。むろん時間も違います。古典に描かれるまったく違う世界の物語に接することによって、異質の世界、異次元への精神の飛翔をもたらしてくれるのです。

それは祭りや都市の祝祭空間ほどの派手さはありません。しかし、古典によってもたらされる異質の世界、異次元への精神の飛翔は、わたしたちの心にとっては圧倒的な「ハレ」の体験を与えるのです。静かな、しかしまったく異質な「ハレ」の体験によって、「ケガレ」はたしかに祓われます。

そんな素敵な古典を、学校の授業のせいで「つまらないもの」と思って読まずにいるのはもったいない。古典の持っている、そんな力を知っていただきたい、というのが本書執筆のきっかけです。

わたしは能楽師ですが、能の舞台のほかに、社会人向けの寺子屋を東京はじめ全国で開いています。学生時代には中国古代哲学や甲骨・金文などの中国の古代文字を専攻していたので、当初は『論語』などの中国古典を中心にお話ししていましたが、いまはそれにとどまらず日本の古典や能の謡(うたい)など、そのときにもっとも興味のあることをお話ししています。

この本は、わたしがいつもの寺子屋でざっくばらんに語っているようなスタイルで書きました。中国古典はほんの少しだけに絞り、日本の古典を中心に、だいたい年代順に第一講、第二講と進める全二十四講で構成しています。

さて、ここで読者の方に、ふたつほどお願いがあります。

ひとつは、本書で興味を持った古典があったら、ぜひ原文に当たっていただきたいということです。

古典には、解説書や、古文を解釈するための参考書がたくさん出ています。ひとつの語句、ひとつの文章に対しても諸説あります。

本書に記したわたしの解説も、そのうちのひとつにすぎません（古典文法についてはほとんど説明していませんが）。なので、さまざまな主張もあまり鵜呑みにせずに、各講の末尾に設けた「読書案内」コーナーの書物を参考に、原文に触れていただき、ご自身なりの解釈、読みかたを発見してみてください。

古典は開かれています。そして、読まれること、読み解かれることを待っています。

もうひとつのお願いは、古典を身体的に読んでいただきたいということです。

むろん、目で読むという行為も身体的ではありますが、ときにはほかの身体の部位も使って読むことをお勧めしたいのです。

たとえば、声に出してゆっくり読む。

立ちあがって朗読する。

あるいは原文を書き写す。

できれば謡う、舞う、などが思いつきます。

「古典を謡うなんて、能楽師じゃないんだからできないよ」とお思いの方、それが案外できるんです。

算盤の読みあげ算を思いだしてください。「願いましては、十五円な〜り〜、六十八円な〜り〜、三百六十五円な〜り〜」というあれです（ネットで「そろばん　読みあげ算」と検索すれば動画も出てきます）。

あの節で、たとえば「昔むか〜し、あるところ〜に〜お爺さんと〜お婆さんが〜いました〜。お爺さんは〜山へ〜柴刈りに〜、お婆さんは〜川へ〜洗濯に〜行きました〜」などとやってみてください。

ほら、謡えたでしょ。

『平家物語』などの合戦の場面ではリズムをつけるといいでしょう。それについてはご参考までに、第二十三講「声に出して読みたくなる」で、『南総里見八犬伝』の一節の謡いかたの一例を示してみました。

そのように謡いながら読んでいると、だんだん興が乗ってきて、思わず舞いだしたくなるかもしれません。

そうしたら立ちあがって自由に舞ってください。自由になんて舞えないという方は、動画で好きな舞やダンスを見つけて、見様見真似で舞ってみてもいいでしょう。だれが見ているわけでもありません。自分流でかまいません。

中国古典の『毛詩』(『詩経』の異称で、中国最古の詩集。前十一世紀頃~前六世紀頃)の大序には、「詩を読んでいるうちに〈ああ〉とため息をつきたくなり、さらに歌いたくなり、歌っているうちに舞いたくなる」と書かれています。

そうやって読んでいると、目で読むだけではわからなかった古典世界がそこに立ちあがるはずです。

また、古典の史跡を訪ねるというのも身体的な読みかたです。「ああ、ここで平家と源氏が戦ったのか」とか、「ここが黄泉(よみ)の国とこの世との境のヨモツヒラサカなのか」と現地を訪ね、そこで古典を身体的に読むのもいいでしょう。すると、古典の世界が突然立体化するかもしれません。

本書が、読者の方が新たな古典の扉を開くきっかけになれば嬉しいです。

堅苦しい本ではないので、どうぞ気軽にお楽しみください。

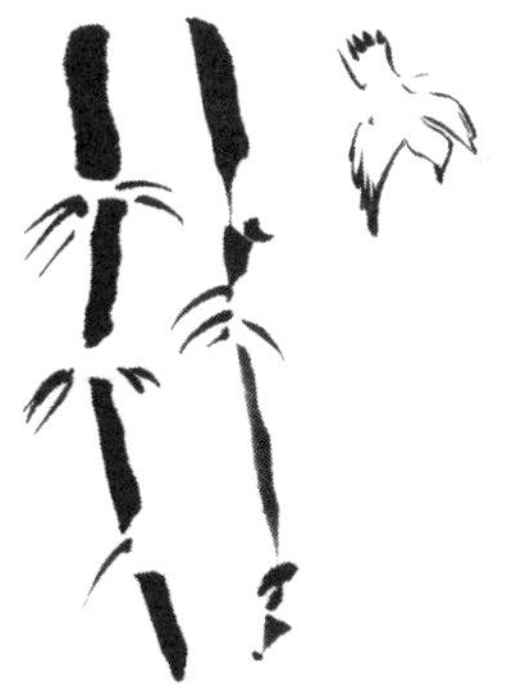

野の古典　目次

目次

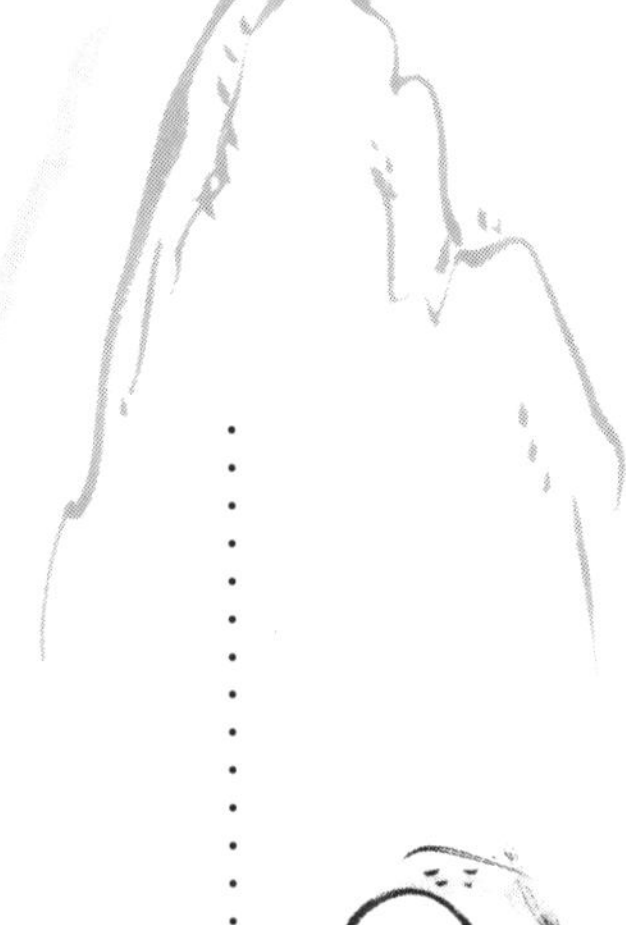

目次

◎本書で引用した原文および読み下し文は、基本的には各講末の「読書案内」で紹介した、入手しやすい書籍に典拠しましたが、読みやすさを優先し、一部に改行、句読点を追加し、旧字体／新字体を変えています。

◎原文に著者が補足した箇所は〔　〕で示しました。

◎本文における現代語訳は基本的には著者によるものですが、他者の現代語訳を引用した箇所にのみ出典を明記しました。

◎漢字の語源については、白川静、加藤常賢、赤塚忠、藤堂明保各氏の説を参考にしました。

◎本書は「scripta」二〇一四年秋号（第三十三号）から二〇二〇年夏号（第五十六号）までの連載に加筆修正をしたものです。

野の古典

第一講

神話の大便、扇と夏の恋

「古典が好きだ」という人は残念ながらあまり多くありません。それどころか世のなかには「古典なんて、もう見たくもない」と思っている人も少なくありません。

古典を難しいものと思っている人も多く、同じ日本語なのに「古典を読むよりも英語の本を読んだほうが楽だ」などという人もいます。

あ、「前口上」でも述べましたが、わたしは能楽師をしております安田登と申します。毎日、どっぷりと古典の世界に浸かっています。

舞台の上では古語でしゃべり、悠長な動作で動きます。洋服を着るよりも着物を着るほうが早いし、座り心地の悪い椅子に座るよりは正座のほうが楽。候文(そうろう)で手紙を書けといわれれば書けますし、「古語でスピーチをせよ」といわれれば、能の話法でよければできてしまいます。そんな、こてこての古典人間です。

が、「古典なんか嫌いだ」という人の気持ちもわからないではない。それは、そういう人にとっての「古典」は、学校で習った古典だからです。

中学生や高校生が目にする古典は、何度も何度も検閲の網を潜った、刺激の少ない、毒にも薬にもならないものです。目黒のサンマです。そりゃあ、面白くないのは当たり前です。

しかし、だからといって文科省を責めることはできません。授業中に古典を読みながら、むらむらと性欲が湧いてきたら困るし、「学校なんてアホらし」と教室を出ていかれてもマズい。そうはならないような箇所だけを集めたのが、学校で使われる古典の教科書なのです。

学校では、世のなかに数多ある古典のほんの一部を学ぶだけです。それ以外の「野の古典」には毒がいっぱい、薬もいっぱい。不思議な神秘現象もあるし、魔物だって登場する。この世のことも、あの世のこともなんでもある。ちょっと危険な美的世界も描かれる。本書ではそんな「野の古典」を紹介していこうと思っています。

大便が重要だ

今回は手始めに、教科書に載りそうにない古典の一節をふたつほど紹介しましょう。

まずは『古事記』から。

『古事記』といえば、『源氏物語』とともに古典の双璧のひとつです。しかも、戦前には天皇制の正統性を国民に教えるためにも使われたほどの、それこそバリバリの古典中の古典である『古事記』、そのなかにはこんなエピソードが記されています。

初代天皇である神武天皇（神倭伊波礼毘古命）の正妃となった姫の出生の物語です。

彼女の母は非常に美しい女性でした。その名を「せやだたらヒメ（勢夜陀多良比売）」というので、鍛冶師に関係する女性なのかもしれません（古式製鉄を指す「たたら」から）。

さて、そんな美しい女性を、三輪の大物主神が見初めました。「我が物にしたい」と思った神様はさっそく行動に移します。ここら辺はギリシャ神話同様、すばやい。

で、その方法がすごい。

まずはわが身を丹塗りの矢に変えます。赤い矢です。

そして、そのヒメがトイレに行くときを狙うのです。

『古事記』では、「大便為るとき」という表現を使います。別におしっこのときでもいいのではと思うかもしれませんが、この大便というのがじつは重要なのです。

日本神話は「大便」が大事なところで出てくる、世界でも珍しい神話です。古代メソポタミア神話にもギリシャ神話にも、あまりその例を見ることができません。これはどうも農作物の肥料として人糞を使うことと関係しているようなのです。

さて、赤い矢となった神様はトイレの溝を通って、ヒメが「大便為る」ところまで流れ下っていき、そしてなんと、その美人のホト（性器）にぶすりと突き刺さります。ヒメは驚いて立ちあがり、走り、慌てふためきました。彼女はそれから、その矢を持ってベッドの近くに置きます。すると、矢は忽然と麗しい男となり、ふたりが契りを交わして生んだ子が、のちに神武天皇の正妃となるというのです。

ね。こんな文章は高校の古典の教科書にはちょっと載せられないでしょ。

ちなみに教科書どころか、少し前の角川文庫版『古事記』（初版一九五六年、武田祐吉訳注）の現代語訳でも、この部分がかなりはしょって訳されているほどです。

声に出して読む

この物語、現代語訳で紹介しても、なかなか「いい話」なのですが、しかし古典を原文で「読む」というのは、もう一歩踏み込んだ行為です。

「よむ」という語の初出も『古事記』で、こちらは有名な因幡の白兎の話。ウサギがワニを一列に並べ、「其の上を蹈み走りつつ読み度らむ」といいます（傍点は筆者）。「よむ」は「声に出して数を数える」というのがもともとの意味でした。

ですから本を読むときにも、そのように声に出して、ひとつひとつ確認して読むことが本来の「読む」です。さらにそれは「人の心を読む」となるように、書かれていないことをも忖度して読む。そんな能動的な行為が「読む」なのです。

「前口上」でもいいましたが、古典を読むときには、そのもとに返ること。すなわち原文で、しかもその文にあった方法で音読すると、古文の魅力を感じることができます。

『古事記』の研究で有名なのは本居宣長ですが、彼の居室の前を夜通ると、大きな声で『古事記』を朗誦する声が聞こえたようです。

というわけでこの部分、特にぶすりと矢を突き刺されたあとの文を原文で見てみましょう。

尒其美人驚而立走伊須須岐伎

『古事記』の場合は原文で読もうとすると、こんな風に全部漢字になってしまってちょっと難易度が高いので、読み下し文に直したものでまずはよしとしましょう。

そうすると、こうなります。

尓(しか)して其(そ)の美人(をとめ)驚きて、立ち走りいすすきき

これを神官が祝詞(のりと)を奏するように朗誦してみましょう。

すると「いすすき」のところで音が立ちあがってくるのを感じるでしょう。

この「いすすき」、さっきの現代語訳では「慌てふためき」の部分です。「いすすく」の語幹の「すす」は「為為」、すなわち「する、する」です。

「驚き慌てる」と、「する、する」でなにかめちゃくちゃ慌てちゃったみたいで可愛いですね。

そして、生まれた娘につけた名前が、これまたすごい。

「ほと・たたら・いすすき・ヒメ（富登・多多良・伊須須岐・比売）」命(のみこと)です。

『古事記』の神様の名前は長くて面倒なのでスルーされることが多いのですが、このあたりもちゃんと読むと面白いのです。

彼女の名前に、意味に応じて漢字を当てはめてみるとこうなります。

女陰・踏鞴（立たら）・い為々き・姫

現代語にしてみると「性器に・ぶすりと立てられ、足をバタバタして（「立てられ」と「踏鞴」が掛詞（かけことば））・あれあれと走り回った女性」の娘という名です。すごい名前でしょ。いまだったら、こんな名をつけられたらトラウマどころではありません。でもさすがに古代人も「名前に女陰（ほと）はマズイでしょ」と思ったようで、のちに「ひめたたらいすけよりヒメ（比売多多良伊須気余理比売）」と改名したことも書かれています。

こういうところから古代の日本人のおおらかさというか、あけっぴろげな感じを知ることができるのも古典を読む楽しさのひとつです。

扇の意味

さて、次は奈良時代の『古事記』から時代も変わり、平安末期から鎌倉時代にかけて活躍した歌人、藤原定家（ふじわらのていか）の和歌を紹介しましょう。

藤原定家といえば小倉百人一首の編者として有名ですし（異説あり）、古典の教科書にもその歌は何首も載っています。

が、藤原定家は幻想歌人。その、もっとも定家らしい歌は実は教科書にはほとんど載っていません。

そんな幻想歌人、定家の面目躍如たる歌をひとつ紹介します。

ちなみにこの歌は、定家が女性のつもりになって詠（うた）った歌です。

そして、短歌にしろ長歌にしろ、日本の「歌」は本来、声に出してゆったりと歌われたものなので、そのペースで少しずつ詠んでいきますね。

まずは最初の句から。

移り香の

この「移り香の」がゆっくり歌われると、それを聞いていた昔の人は、これだけでも「おお！」と身を乗りだします。

「移り香」というのは、相手の香りが自分に、自分の香りが相手に移ること。

これはもうセックスの歌なのです。

「さあ、この次はどうなるか」

聞いている人がわくわくしているうちに、次の句が詠まれます。

身にしむばかりちぎるとて

おお、さらにすごい。「身に沁む」ですから、その移り香がお互いの体に沁み込むほどに激しいセックスをする（ちぎる）。

汗の匂いまで感じるし、季節も感じます。夏ですね。夏の恋です。

これは絶対に学校の教科書には載せられない。先生も授業中に説明できませんね。

さて、この上の句、もう一度、ゆっくりと朗誦してみましょう。すると恋の歌にしては音がやけに強いことに気づきます。それに冷たい感じもする。それは歌のなかにある「し」と「ち」の音のせいなのです。

柔らかい音のなかに混じる異質なこの「し」と「ち」の音を、ゆっくりと発音してみてください。なんとなく冷たさを感じます。「死」や「血」をイメージする人もいるかもしれません。

ともに硬口蓋(こうこうがい)(口内の上前歯の裏にある硬い部分)と舌との狭い隙間を強い息とともに通過する無声摩擦音、破裂音で、しかももっともキツイ母音である「イ」段の音。このふたつの音によって、上の句は、激しい愛を歌っていながら、聞く人に冷たさ、不安を感じさせます。

ワーグナーは、歌の背後に不安な示導動機(ライトモチーフ)*を響かせることによって、歌い手の複雑な心境を表現しました。

短歌は三十一文字という短い詩形ですので、そこに示導動機を忍ばせることはできません。しかし定家は、激しい恋の歌のなかに不安な「音(サウンド)」を忍ばせることによって、それが単純な恋でないことを暗示します。

定家、うまい!

また、定家の歌を読みなれた昔の人は、この句の最後の「ちぎるとて」の「て」の字にも引っかかったはずです。これは定家お得意の「て」止めです。「~て」が使われると、「ご飯を食べて、歯を磨いて」のように前の句を受けて次に続くのがふつうです。

しかし、定家の場合は、上の句の最後に「て」が使われると、これは「そ

*作曲技法のひとつ。オペラなどの曲で、特定の想念、感情、人物、事物と結びついて繰返し現れる楽想。

こで終止する」というシグナルなのです。とはいえ「て」ですから、完全には終わりません。余韻を残した未完の終結です。

それでも、この「て」を境に、上の句と下の句で情景ががらりと変わります。どう変わるか。その変容のキーワードが次に詠まれます。

あふぎの風の

こう来ます。

「あふぎ（扇）」

これがキーワードです。

「え〜、ただの扇でしょ。それがキーワードだなんて」と思われるかもしれませんが、これはじつに複雑な言葉なのです。

「扇」は、古語では「あふぎ」と書きます。それがゆっくり詠われたときに、最初に耳に入るのは「あふ（逢う）」という音です。

「逢う」という言葉を含む扇は、人と人とが別れるときに、「また逢うことを願って」と交換される風習*がありました。

ところが定家の編纂した『新古今和歌集』の時代になると、人の心も複雑になってきます。「扇」は、ただ「逢う」ことを象徴するだけのアイテムではなくなってしまっていました。定家の時代、「扇」は「逢う」という音を持っていながら、「逢えないもの」の象徴になっていたのです。

しかも「て」止めです。夏の恋は終わっています。となるとこの扇は「秋の扇」です。そして、秋の扇といえば昔の人は次の壬生忠岑（三十六歌仙のひとり）の歌を思いだしたはずです。

夏はつる扇と秋の白露と
いづれかまづはおかむとすらむ

夏が終わってしまった。
先に置かれるのは、扇だろうか、秋の白露だろうか。

*その風習は、たとえば能『班女』などで舞台化されてもいます。遊女の花子と、旅の途中にあった吉田少将が恋仲になり、お互いの扇を交換して再会を約束するが……という話ですが、詳細は「the能ドットコム」などで見てみてください。

この歌のなかの「置く」にはいくつもの意味があります。

まず、扇。扇で「置く」といえば「捨てられる」という意味になります。夏が終わって、用がなくなった扇は捨てられる運命にあります。無用の扇です。

秋は「飽き」に掛けられます。夏にあんなに激しい恋をした。だが、夏も果て、秋になって飽きられて捨てられてしまった女性。それが秋の扇に象徴されます。

そしてもうひとつ置かれるもの、それが「秋の白露」です。

秋の白露は、秋になって葉の裏側につく露のこと。これまでの文脈から、ここでは涙の象徴にもなります。それも、葉の「裏」につくことから、「うら」という音からの連想で「恨み」の涙を表しています。

夏が終わりを迎え、季節は秋になった。「逢う」という音を持つのに逢えない、そんな扇を眺めながら、飽きられ、捨てられた女性が恨みの涙を流している、そんな情景が「扇」の一語に込められています。

しかもさっきの定家の句、ただ「扇」ではなかった。「扇の風」でした。

「風」はむろん扇によって引き起こされる風ですが、それだけではありません。「風狂ず」や「風狂」という言葉があるように、気が狂うことをも表します。

飽きられ、捨てられた女性は気が触れてしまったのです。

「さあ、この女性、これからどうなるか」と聞き手が思っているとき次に耳に飛び込んでくるのがこれです。

ゆくへ尋ねむ

「わ！」と声を上げた人も、当時の聞き手のなかにはいたでしょう。「ゆくへ（行方）」ってなんだ。まさか、こう来るとは。

風狂じた女性が自分の体を「扇」であおぐ。すると、その風に引かれるように、自分の体の深奥に沁み付いた男の移り香が逃げていく。

それは男の幻影を出現させ、その「行方を尋ねて」彼女が追いかけていくのです。

そんな歌なのです。そして、これこそが定家の、もっとも定家らしい歌なのです。

では、全体を通して詠んでみましょう。

移り香の身にしむばかりちぎるとて
あふぎの風のゆくへ尋ねむ

この歌を知ったあと、わたしたちはもう「扇」をただの扇と見ることはできません。それは男女交合の象徴であり、再会と別れの象徴でもあります。

また、秋の風に寂しさや狂気の気配を感じるようになるでしょう。秋に野を歩けば、葉の裏につく露を探してしまうかもしれません。

世界は、いままでとは違った顔をわたしたちに見せはじめます。古典というのは、それを知ったあとでは世界が変容する、そのようなものなのです。

古典という宝庫

さて、今回は初回ということでちょっと扇情的なものを中心に紹介しましたが、むろん日本の古典はこのようなものばかりではありません。

しかし、だからといって決して無味乾燥なものでもありません。これからの講義では、世界の見えかたが変わるような、さまざまな古典を紹介していきます。

また、紹介する古典は日本のものが中心になりますが、少しだけ中国古典も紹介します。訓読というものを生みだした日本人は、漢文も日本古典のひとつとして受容してきたからです。

古典は宝庫です。「資源」といってもいいでしょう。いまわたしたちが知りたいことのほとんどの答えが古典のなかにすでに書かれています。わたしたちのすべきことは、石油という資源をさまざまに利用するように、その資源を現代にどのように活かすかを考えることです。

しかも、わたしたち日本人はその古典を、そのまま読むことができるという、とてもラッキーな国民なのです。

わたしは東京の東江寺（渋谷区）をはじめとして、全国で社会人向けの寺子屋を開いています。そこでは『論語』を中心とした中国古典や、能の題材となる日本の古典を読むのですが、参加される皆さんに注釈も語釈もない原文を渡して読んでいただきます。最初は「無理です」という方が多いのですが、慣れてくるとほぼ全員が原文そのままで読めるようになります。

日本語も中国語も、千年以上も前からの言葉がほぼそのまま継承されている稀有な言語です。ですから、ちょっと慣れれば、古典はそのまま読めるのです。

これは見かたを変えれば、わたしたちが使う、どんな小さな言葉のなかにも数千年にわたる歴史が秘されているということです。その数千年の歴史の連綿たる流れのなかにいる「いま」、そのことを噛(か)みしめながら、一緒に少しずつ古典を読んでいきましょう。

読書案内

▼内容が充実している入手しやすい『古事記』なら、『新版 古事記 現代語訳付き』(中村啓信訳注、角川ソフィア文庫)、今回取りあげた藤原定家の歌が収録されている本では、塚本邦雄『定家百首・雪月花(抄)』(講談社文芸文庫)がお薦めです。

第二講

お正月と罪と生贄

お正月といえば、歳神様(としがみ)を迎え、氏神様(うじがみ)にもご挨拶をする一年最大の神事です。普段は神様のことなんて考えない人でも、この時期だけは神社にお参りすることが多いでしょう。

わたしの能の先生は宮司でもあったので、年末年始はいつも先生の神社にお手伝いに行っていたのですが、ご参詣の方々を見ていると、どうも参拝のしかたを間違えている人が多いようです。

「二拝、二拍手、一拝」*はできている人も多いのですが、ほとんどの人が二拍手のあと、けっこう長いあいだお祈りをしています。

でもこれは間違い。

「良い年になりますように」とか「恋人ができますように」などと余計なことはなにも考えずに、無心で「二拝、二拍手、一拝」する。これが正しい参拝のしかたです。

*参拝のしかたは、東京都神社庁、神宮司庁、出雲大社など主だった神社においても、地域によっても異なります。

全身お願いの身体

「祈る」という言葉は「斎+宣る」で、もともとは神様の名前（「斎」は神聖なものを表す）を大きな声で唱えること（宣言）をいいました。

神社で神主さんが祝詞を奏上されるのをじっくりと聞いてみてください。最初に神様の名を唱えることが多い。あれこそが「いのり」です。

ちなみに祝詞の「のり」も「いのる」の「宣る」であり、「呪い」の「のろ」もやはり「宣る」です。「宣る」とはすなわち聖なる呪術的言語活動をいいます。そんな「祈り」に自分勝手な欲望なんかを乗せたら神様は怒っちゃうに違いない。くわばら、くわばら。

「えー、じゃあ、どうやって自分のお願いを神様に届ければいいの」という方には、学問の神様・菅原道真の作と伝えられる、この短歌を紹介しましょう。

心だに誠の道にかなひなば
祈らずとても神や守らん

本当に深く思っている願いごとならば、その場でことさらいわずとも、全身が願いそのものになっているはず。その「全身お願いの身体」で二拝、二拍手、一拝をすれば、声には出さなくても神様はわかってくれるはずなのです。神様にお祈りする前に自分がこれ以上はできないという最大限の努力をする。あとは神様にすべてお任せして無心にお祈りをする。これが正しい参拝方法なのです。初詣に行く前に、ぜひわが身を省みてくださいね。

立ちあがって音読する

そんなわけで今回は神様の古典を読んでみようと思うのですが、神様といえば前講に引き続いて、やはり『古事記』です。同時代に編まれた『日本書紀』に比べても、神様に関する記述が格段に多いのは、もともとは稗田阿礼（ひえだのあれ）が誦習（しょうしゅう）（声に出して読むこと）していた神話・伝承を、太安万侶（おおのやすまろ）が記述するという方法によって編まれた書物だからです。

もとが誦習されていたものなので、『古事記』は黙読をする本ではありません。また、『古事記』の本文はきわめて身体的に書かれています。そのまま能の型をつけて舞える文が多いのです。『古事記』に収められた様々な物語には、それが演じられた痕跡が数多く残っており、その物語をもとにさまざまな神楽も生まれています。『古事記』は神聖儀礼の台本でもあるのです。

　ですから声に出して読み（できれば朗誦し）、そして演じてみて、はじめて見えてくることもあります。試しにどの本でもいいので手にして、立ちあがって音読してみてください。なにか変わりませんか？

不可解なオロチ

　さて、神様の活躍が描かれるのは『古事記』のなかでも上巻が主ですが、そこに載っているエピソードで有名なのは「天岩戸」「八俣の大蛇退治」「因幡の白兎」「海幸彦と山幸彦」などでしょうか。「天岩戸」はのちほど世阿弥がらみの話で扱うことにして（第七講、第十三講）、今回は須佐之男命による八俣の大蛇退治から見てみましょう（以下「スサノオ」「オロチ」とします）。

　この話は絵本やアニメなどでもよく扱われる題材で、わたしも最初に知ったのは東映動画（アニメ）の『わんぱく王子の大蛇退治』

須佐之男命（歌川国芳 画）

（一九六三年公開）でした。また、神楽の人気曲でもあります。

　だれもが知っているつもりになっているこの話ですが、あらためて『古事記』をちゃんと読み直してみるといろいろと不思議なことが多い。そこでまずは物語のおさらいをしましょう。

　スサノオが、その姉・天照大御神のいる高天原に居座り、田を荒らす、御殿に大便（ここでも！）をまき散らす、皮を剝いだ馬を織小屋に投げ込んだせいで服織女が驚いて梭（機織具）を性器に刺して死んでしまう、などの乱暴をはたらいたので、天照大御神がそれを恐れて天岩戸に引きこもったため、世界が暗闇に包まれてしまうという事件がありました（天宇受売命のおかげでなんとかなりましたが）。

　この天岩戸の事件のあと、天上界を追放されたスサノオは出雲の国の肥（斐伊川）の河上にある鳥髪という土地に降り立ちます。そのときに箸が川を流れ下るのを見て「この河上には人がいるだろう」と川をさかのぼるのですが、まずこれ、変ですよね。

　だって降り立ったのがすでに河上。そこからさらに河上に上っていくのって変でしょ。これは、スサノオが降り立つべき土地が「河上」でなければいけない理由があるので、こんな辻褄の合わない話になっているのですが、それについてはあとで見ることにして物語を続けましょう。

　さて川を上っていったスサノオは、そこに「老夫と老女」と、ひとりの「稚女」を見つけます。この稚女がクシナダ姫で、物語のヒロイン。そしてこの老夫婦は泣いています。スサノオが「なぜ泣くのか」と尋ねると、老夫は答えます。

我が女(むすめ)は本(もと)より八(やたり)の稚女(をとめ)在り。是(こ)の、高志(こし)の八俣(やまた)のをろち、年毎(としごと)に来て喫(く)ふ。今其(そ)が来(く)べき時なり。故(かれ)泣く

自分には八人の娘がいたが、高志のヤマタノオロチが一年に一度来て(一回にひとりずつ七人を)食べてしまった。そして、いまがまさにオロチの来るころなので泣いているという。そのあとオロチの容貌を尋ねたスサノオに老夫は次のように答えます。

彼(そ)の目は赤かがちの如(ごと)くして身一つに八頭(やかしら)・八尾(やを)有り。また其の身に蘿(ひかげ)と檜椙(ひすぎ)生(お)ひ、其の長(たけ)は谿八谷(たにやたに)・峡八尾(をやお)に度(わた)りて、其の腹を見れば、悉(ことごと)く常に血に爛(ただ)れたり

ほおずきのような目に、八つの頭、八つの尾。その体にはヒカゲノカズラや檜や杉が生えている。その大きさは八つの谷や峰を覆うほど、腹は血に爛れている。

「おお、そんな恐ろしい怪物に娘が食べられてしまうのなら泣くのも当たり前」と納得しそうになりますが、ちょっと待った。このオロチ、変です。

まずオロチのくせに規則正しすぎ。こんなヤバいルックスで貪婪そうなオロチなのに、やって来るのは年に一度（年毎）だけ。しかも来る時期も決まっている。それがわかっているならば逃げればいいのに……とも思うのですが、ともかく規則正しいオロチです。

そして、それ以前にオロチの行動が変。一年に一度やって来るだけでなく、食べるのは、どうも一回にひとりずつらしい。八つの頭があって、八人の娘がいるならば一挙に八人を食べてしまうのがふつうでしょ。なのに「この娘はこの頭の担当で今年。あの娘はあちらの頭の担当で来年」なんて、最後の頭は七年待たなければ娘を食べられない。ストイックすぎるでしょ。

オロチの物語はこのあと、スサノオが老夫婦と共謀して酒を使ってオロチを騙し討ちにし（『古事記』の英雄は騙し討ちが非常に多い）、のちに三種の神器のひとつになる草那芸の大刀とこの娘をゲットしてちゃんと終わることはご存知のとおり。

オロチ退治の舞台を歩く

さて、オロチはなぜこんなにもストイックで、規則正しい存在として描かれているのか、それを考えるには、やはり現地に行かなければということで、スサノオが降り立った鳥髪山（現・船通山）から斐伊川沿いを歩いてみたことがあります。

すると不思議なことにヒロインであるクシナダ姫が生まれたというところが、斐伊川沿いには何箇所もあるのです。しかもそれだけでなく、その周囲には、この物語に関連する神社や旧跡もあって、おのおののエリアで物語が完結しています。

そのエリア、大きく括ると三つになります。ひとつはスサノオが降り立った鳥髪山の近くである「奥出雲」エリア、次いで斐伊川の中流域である「雲南市」エリア、そしてもうひとつが出雲大社を擁する「出雲市」エリアです。そしておのおののエリアにおけるオロチが、どうも別物のように感じられるのです。

最上流の奥出雲は映画『もののけ姫』*のモデルとなったといわれる地で、たたら製鉄で有名です。この地では「オロチは製鉄民だ」といわれています。ほおずきのような目の色や血に爛れた腹の色である「赤」、それはたたらの火や鉱毒なのではないか。草那芸の大刀とは鋼鉄の剣だったのではないか。

＊宮崎駿監督、スタジオジブリによるアニメ映画。一九九七年に公開され、当時の日本映画歴代興行収入第一位を記録した。日本アカデミー賞最優秀作品賞を受賞。

そんな風にいわれているのです。

また、斐伊川中流の雲南市、ここはオロチの旧跡が特にたくさんあるエリアです。クシナダ姫や老夫婦が住んでいたという場所もあるし、オロチに飲ませた八つの酒壺のひとつが残る神社もある。オロチ退治の成功を祈願してスサノオが舞った聖地に建立された神社や、退治のあとで報恩の舞を舞ったという神社まであります。

わたしがこの辺りを廻っているときに急に雨が降りだしました。すると斐伊川が突然、茶色の濁流と化し、古代の大氾濫のさまを見るようでした。世界中の神話で、龍は洪水の化身として描かれています。ここ斐伊川の中流域においてオロチとは、川の氾濫のことだったのでしょう。

そして、最下流の出雲市周辺エリア。いまは宍道湖に注ぐ斐伊川ですが、寛永年間の川違えまでは斐伊川は出雲市を潤し、海に流れ込んでいました。ここは川によって作られた肥沃な農業地帯。となれば、ここでのオロチ神話は、国文学者の西郷信綱が書いているように、特殊な豊穣儀礼の神話化、すなわち農業神に捧げる年に一度の人身御供儀礼の神話化に違いありません（『古事記注釈』第二巻、ちくま学芸文庫）。

このような別々の伝説が『古事記』編纂時にひとつの物語に統合され、やがて芸能化され、祭礼の場で演じられるようになる。その過程で、年に一度、生贄を神に捧げた豊穣儀礼の記憶が、規則正しさやストイックさとしてオロチの性格のなかに入り込んだのではないか、そんなことを現地を歩きながら思ったのです。

裸体のウサギの正体

さて、オロチ退治をしたスサノオに続いて現れるのが大国主命(おおくにぬしのみこと)。「因幡の白兎」で有名ですが、大国主命に助けられたこのウサギもまたかなり怪しい。

この物語にはウサギのほかにワニが現れますが、日本にはワニはいないし、山陰地方では鮫(サメ)のことを「ワニ」と呼ぶので、これは鮫だともいわれています。が、わたしはこれは「輪ぬ（丸くなる）」の連用形でウミヘビのことではないかなどとも思っています。とりあえずここではワニで進めておきますね。

さて、多くの方は、ウサギはワニに「皮」を剝がされたと思っているかもしれません。まずはそこからして違うのです。

裸(あかはだ)の兎伏せり。

大国主命がウサギに会ったとき、ウサギはなんと「裸（あかはだ）」だったのです。裸体のウサギって、なんか萌えキャラっぽいですが、おそらくこのウサギは人間の少女ですね。『古事記』にはワニをだましたがために最後にいたワニに「衣服」をすべて剝がされたと書かれています。ウサギが剝がされたのは皮ではなく衣服だったのです。

最端（いやはて）に伏せるわに、我（あれ）を捕（と）らへ、悉（ことごと）く我（あ）が衣服（きもの）を剝ぐ。

そこに通りかかった大国主命の兄たち。彼らは因幡の八上比売（やがみひめ）に求婚するために出雲から因幡に向かう途中でした。兄たちはウサギに「海塩（うしほ）を浴（あ）み、風に当たり伏せれ」と教え、そのとおりにしたウサギの身は「悉く傷（そこな）はえぬ」という状態になってしまうのです。全裸で海水に浸かって海風に当たれば、肌がカピカピの火傷状態になるのは当たり前。

そんな姿のウサギを見た大国主命が、水門（みなと）（河口）の水による沐浴と蒲（かま）を使う秘法によってウサギの肌を再生させることはご存知のとおり。するとあら不思議。このウサギは快癒するだけでなく、なんと「八上比売をゲットするのは兄たちではなく、あなたでしょう」と未来を的確に予知する「兎神」に変容してしまうのです。神へと変身するウサギ、かなり怪しいでしょ。

この大国主命のみわざは水による洗礼を施す治癒神としてのイエスをも髣髴させます。大国主命の物語には、このあとにも治癒のエピソードが続きます。

今度は傷つくのが大国主命本人です。兄たちの謀略によって全身火傷を負い、一度は死んでしまいます。こちらも火傷です。それを治癒するのが、蚶貝ヒメと蛤貝ヒメによって授けられる貝殻と貝汁による母乳の秘法。この秘法によって甦った大国主命は、真の英雄神へと変容します。

ウサギも大国主命も火傷を負って一度は瀕死状態になり、そこで施される治癒の秘儀によって復活して「神」になる。このふたつのエピソードはとても似ています。死と復活、そして超越者への変容の儀礼の神話化、芸能化が因幡の白兎の物語のようです。

生贄と神話

因幡の白兎のウサギが「裸」であったこと、そして大国主命の力によって新たな衣服を与えられたことは、これがやはり生贄の物語であったことを暗示します。

「いけにえ」という言葉は「生きた贄（供物）」ではなく「活かせておく牲である」といったのは民俗学者の柳田國男です。神の生贄のために指定され、一年、あるいは特殊の必要が生じるまで「世の常の使途から隔離しておく」、それが「生牲（いけにえ）」だというのです（『一目小僧その他』角川ソフィア文庫）。その間、生贄は大事に育てられます。「美」という漢字が、生贄のために養育されて太った大きい羊（羊＋大）を意味するのも同じです。

そして、大切に養育された彼の人は、供犠の儀礼において一度衣服を剝がされ、沐浴のあと、再び清らかな衣が着せられる。このような儀礼は世界共通のようで、ホメーロスの『オデュッセイア』*などにも描かれていますし、インカ帝国の遺跡からも生贄にされた少女たちの栄養状態が良好だったということがわかっています。

処女を生贄として異類に捧げる物語は、農耕民族の神話の典型的なモチーフです。農耕民よりも暴力的だと思われる狩猟社会の儀礼においては、人の生贄はあまり使われません。人の生贄を用いる儀礼だけでなく、戦争のように人が人を組織的に殺害することも農耕社会の誕生とともに起こり、灌漑（かんがい）農業の発明以降、それがより加速したことが近年の発掘調査などからわかっています。

猛獣を殺害する力を得ることによって地上生活を得たわれわれ人類のなかには、殺害者としての血が流れています。殺害欲求、暴力欲求は、おそらくわたしたちの根源欲求のひとつなのでしょう。その欲求は農耕という殺害を必要としない社会の形成とともに抑圧されたのですが、しかし深奥

＊紀元前八世紀ごろ成立した、二十四巻からなる長編叙事詩。トロイの木馬の発案者でもあるオデュッセウスが凱旋する帰途の、漂泊と冒険を描く。

に潜む殺害への欲求は根強く残り、それが人の生贄を必要とし、さらにはこのような神話を生みだしたのでしょう。

戦争も人間もこわいですね。

罪は水に流す

さて、さきほどペンディングにしていた問題がもうひとつありました。スサノオが「河上」に降り立つことがなぜ必要だったのか。話の整合性を無視してまでも。

それは、スサノオが罪の存在だったからです。

「罪と罰」といういいかたをしますが、本来、罪と罰とは対応するものではありません。なぜなら「つみ（罪）」は和語で、「罰(バツ)」は漢語ですから。昔の日本人にとって、罪は罰せられるものではなく、祓(はら)われるものだったのです。「罪」は川に流して、大海原にまで運ばれることによって消える。これが日本古来の「つみ」の考えかたでした。いまでも「水に流す」といいますね。

大祓(おおはらえ)のときに読まれる「大祓詞(おおはらえのことば)」には、罪を犯したら大祓の祝詞を大声で宣(の)れ、とあります。するとその罪を川の瀬にいる瀬織津比咩(せおりつひめ)という神様が大海原に持っていってくれるのです。

スサノオの降り立ったところが斐伊川の上流で、この川は古代には海に流れ込んでいました。

ここに降り立ったスサノオの罪は斐伊川によって海に運ばれ、浄化されるのです。そのためにスサノオは斐伊川の上流に降り立つ必要がありました。

罪が流れていった先の大海原には速開都比咩（はやあきつひめ）という神様がいて、運ばれてきた罪をガバガバと呑んでしまう。と、呑んだ罪を今度は気吹戸主（いぶきどぬし）という神様が、黄泉の国である根の国底の国にぶわーっと吹き放つ。すると根の国底の国にいる速佐須良比咩（はやさすらひめ）という神様が、その粉末状になった罪を持ってぶらぶらと流離（さすら）い歩く。ぶらぶら流離い歩いているうちに、粉末状になった罪はいつのまにか消失して、罪そのものがなくなってしまう。それが罪に対する日本の考えかたです。

いいでしょ、気楽で。

お賽銭を入れる意味

「神様の話を」と始めたのに、生贄やら罪やらの話をしてしまいました。しかし、オロチ退治も因幡の白兎も、スサノオというヒーローや、あるいは大国主命というヒーラーによって、残酷な供犠の習慣を捨てることができたということを記念して記憶され続けた物語です。

処女を生贄にする代わりに、年に何度かの「ハレの日」を作り、そこで大騒ぎをすることによって、わたしたちの深奥に眠る暴力欲求を昇華できるようになったのです。「ハレの日」につきもののお酒はオロチを退治するときの重要なアイテムでしたし、世界各国のお酒のほとんどが農産物によって作られるということも、豊穣儀礼であった人牲祭儀と無関係ではないでしょう。

酒によって普段は温和な人のなかにも隠れている暴力性を引きだし、そして安全な祭りの場においてそれを爆発させる。それが「ハレの日」であり、その最大の日がお正月なのです。そのとき、身についたさまざまな罪も祓われます。その象徴が「身」銭を切って払う（祓う）お賽銭です。*

今度のお正月は、思い切り飲んで騒いで、お賽銭もいっぱい入れて、心機一転、新年を迎えてください。

＊ここは神社本庁の見解とは異なり、安田なりの解釈です。

読書案内

▼『古事記』関連書はいまでも続々と刊行されていますが、現代語訳であれば、やはり古代文学研究者・三浦佑之さんの『口語訳 古事記』（神代篇・人代篇、文春文庫）と、池澤夏樹さんの訳した『日本文学全集 01』（河出書房新社）がお薦めです。さらに三浦さんの『古事記講義』（文春文庫）を読めばますます理解が深まります。

▼古典も、まずは漫画で親しむのもよいと思います。たとえば石ノ森章太郎さんによる『マンガ日本の古典 1 古事記』（中公文庫）や、こうの史代さんの『ぼおるぺん古事記』（全三巻、平凡社）などはいかがでしょうか。

第三講

歌の世界へ

二歳になったか、ならないかのある日、娘が突然、「足柄やめて」といいだしました。

足柄?

金太郎の話をした覚えはない。かりに保育園で金太郎の話を聞いたとしても「やめて」は変です。なによりも「やめて」というわりにはニコニコしている。理解できません。

意味を尋ねようにも相手は二歳。むろん答える言葉を持ちません。

保育園の先生に聞いても、やはり「わからない」という。そこで「足柄やめて」を使う状況を観察するために、先生にお願いして、子どもたちが遊んでいる端っこに座らせてもらうことにしました。娘が通っていたのは、公立ながら児童数が一学年十名以下という小さい保育園。さまざまな年齢の子が一緒の部屋で遊んでいます。

同年輩の子どもたちと遊んでいるときには「足柄やめて」をいいません。が、年上のお姉ちゃんたちが遊んでいるほうに向かったときに、とうとう出ました。

「足柄やめて」

すると、お姉ちゃんたちはみな口をそろえていいます。

「いいよぉ」

え、意味がわからない。「足柄やめて」に「いいよ」。しかし、子どもたちはこちらの意味のわからなさとは無関係に仲良く遊びはじめたのです。

そう。勘のいい方はおそらく気づかれたでしょう。この「足柄やめて」は「あたしも入れて」だったのです。「足柄やめて」と「あたしも入れて」は言葉としてはまったく違います。同じところといえば七音（四／三）という音数と、最初の「あ」と最後の「て」だけです。

わたしたち大人にはまったく理解できなかったのに、子どもたちは理解できた。なぜなのか。文字ではうまくお伝えできないのですが、じつはこのふたつ、節（メロディ）が同じだったのです。山形を描く「あたしも入れてぇ」と同じ節で「足柄やめてぇ」と歌うようにいえば、それがまったく違う意味の言葉でも「いいよぉ」を引きだせるのです。子どもたちにとって大事なのは意味ではなく節であり、これはすなわち、彼らが「意味の世界」ではなく「歌の世界」に住んでいることを意味するのではないでしょうか。

そう思って聞いてみると、「あーそーぼ」とか「くーだーさーいーな」とか、小さい子どもの言葉には「節」がついていることが多い。それが大人になるにつれ、節が減っていきます。わたしたちにとって成長するということは、「歌の世界」から「意味の世界」への移行をいうのかもしれない。そんなことを考えさせられました。

古の歌

人類がどのように言葉を使い始めたかについてはさまざまな研究がありますが、鳥の歌や動物の言語を研究している生物心理学者の岡ノ谷一夫さんは、言語の起源は求愛の歌だったという仮説を提唱しています（『さえずり言語起源論』岩波科学ライブラリー）。もし、その説が正しければ、古（いにしえ）のわたしたちは、子どもたちの世界である「歌の世界」に住んでいたのかもしれません。

そういわれれば世界の文学を見てみると、前八世紀半ば頃の成立とされるホメーロスの『イーリアス』や『オデュッセイア』も韻文、すなわち歌ですし、前十一世紀頃から前六世紀頃のものを編纂したといわれる古代中国の五経のひとつである『詩経』も、歌や詩劇の台本です。さらに古いところでは、世界最古の書かれたものであるシュメール語の神話も韻文で書かれています。

そしてわが国には、『万葉集』があります。

『万葉集』がいつできたかは、はっきりしていません。約四千五百首の歌が収められていますが、『古事記』の成立より前のものも含まれるといわれています。

ちなみにわが国最古の歌は、一般的には『古事記』に載っている須佐之男命の次の歌とされています。

八雲立つ出雲八重垣妻籠みに
八重垣作るその八重垣を

しかし『古事記』の冒頭には、これよりもさらに古形のものと思われる歌が載っています。それは伊邪那岐命と伊邪那美命との聖婚（男神と女神の結婚）のときの歌です。

天の御柱をそれぞれ別の方向に行き廻り逢うときに、まず伊邪那美命（女性）が歌いかけます。

中西進『万葉集（一）』講談社文庫

阿那迩夜志愛袁登古袁（あなにやしえをとこを）

「あな」は「ああ」という感嘆語、「にやし」は「嬉しい」、そして「えをとこ」というのは「ええ（いい）、男」。「ああ、嬉しい、いい男だわ」という意味です。「これが歌かよ」と思ってしまうほど直截（ちょくさい）でシンプルな歌ですが、ちゃんと五音＋（プラス）五音で、後世の「五七五」につながるリズムもある素朴な恋愛歌です。これこそ岡ノ谷さんのおっしゃる、鳥の求愛の歌を継ぐ古拙（こせつ）の歌の代表ですね。

そして、そのあとに伊邪那岐命（男性）が、

阿那迩夜志愛袁登賣袁（あなにやしえをとめを）

ああ、嬉しい、いい女だ。

と歌うのですが、たった一音、「をとこ」を「をとめ」に変えただけの歌。究極の擬きです。

歌に描かれる男と女

さて、では最古の歌集『万葉集』を繙いてみましょう。『万葉集』にも、素朴な恋愛歌がたくさん載っています。いくつか紹介しましょう。

巻十一に載っている旋頭歌から。旋頭歌というのは「五七七」・「五七七」という形の歌です。歌は歌われるものですから、最初から全部見てしまってはつまらないので、まずは上の句だけを。

うつくしとわが思ふ妹は早も死なぬか

「愛しいあの子は、早く死んでほしいなぁ」という、めちゃくちゃな上の句です。「え、なぜ?」と思っていると下の句が歌われます。

生けりともわれに寄るべしと人の言はなくに　（二三五五）

「生きていても、あの子がお前になんて靡くことはないよとみんながいうし」、どうせ自分のものにならないならあの子なんか死んじゃえ、という身勝手な男。ひどいですねえ。ひどいけど気持ちはわかる（歌のあとの数字は歌番号です）。

これとは逆に、思いどおりにならない相手の死を望むのでなく、自分が生きていてもしかたないや、という歌もあります。

何せむに命をもとな永く欲りせむ
生けりともわが思ふ妹に易く逢はなくに　（二三五八）

愛しいあの子に会えないならば、
生きていても命を永らえようなんて思わない。

この歌が載る巻十一と、次の巻十二は「古今の相聞（恋愛）往来の歌の類」としてまとめられ、素朴な恋歌がたくさん収められています。続いていくつか短歌を紹介しましょう。

男は「もう好きで好きで死んじゃいそうだよ」と恋人にいう。けれども、そんな男こそウザイもの。女はわざと男の家の前を素通りしていくという歌です。

恋ひ死なば恋ひも死ねとか
吾妹子が吾家の門を過ぎて行くらむ　（二四〇一）

恋い死ぬならば死んでみろとでもいうのか。
恋人は自分の家の前を素通りしていく。

こんな仕打ちを受けた男は、食事も喉を通らず痩せ衰えていき、とうとう影法師のようになってしまいます。そんな歌をどうぞ。

朝影にわが身はなりぬ
玉かぎるほのかに見えて去にし子ゆゑに　（二三九四）

ほんのちょっと会っただけのあの子のために、
朝の影法師のようになってしまった。

女性がストレスを感じると食べ過ぎて太るといいますが、男は痩せてしまうんですね。
ちなみにこの歌の「ほんのちょっとだけ会った（玉かぎるほのかに見えて）」というのは、ただ会っただけではなく、一夜をともにしたことを意味します。一夜だけの関係で異性を捨てる、なんていうのは、現代ではひどい男がすることという印象がありますが、当時はどうも逆のほうが多かったようです。
そして、そんな男はせめて夢のなかで彼女に会いたいと思うのですが、これもダメ。

吾妹子に恋ひてすべなみ

夢見むとわれは思へど寝ねらえなくに　（二四一二）

あの子のことをいつまでも恋しいと思っていてもしかたないので、
せめては夢ででも会おうと眠ろうとするが眠れない。

わかるわかる。「そんなくよくよしていないで眠って忘れろ」なんて無責任にいう人がいますが、本当に悩んでいるときには眠れないものなのです。おお、なんとも切ない男心。だれだ？『万葉集』を「益荒男ぶり」だ、なんていったのは（江戸中期の国学者、賀茂真淵ですが）。「いや、いや。いままでの歌は弱っちい男の話で、やはりわが国最古の歌集『万葉集』は益荒男ぶりである」なんて人のために次の歌を紹介しましょう。

健男の現し心もわれは無し
夜昼といはず恋ひしわたれば　（二三七六）

ますらおの正気の心もいまはなくなってしまった。
夜も昼もずっと恋し続けているので。

どんな「ますらを」も恋の前にはへろへろになって正気すらもなくなってしまうのです。ちなみに「『ますらを』ってなに？」という人のために、その姿を具体的に描いたこんな歌もあります。

剣刀（つるぎたち）身に佩（は）き副（そ）ふる大夫（ますらを）や
恋とふものを忍びかねてむ　（二六三五）

剣や太刀（たち）を身につけているほどの「ますらを」でも、
恋というものを堪（こら）えられはしない。

当時、最先端の武器である剣や太刀を身につけている「ますらを」ですから、現代でいえば自動小銃やマシンガンで完全装備した武装兵士という感じでしょう。そんな彼らですら恋には負けちゃうのです。

武器を携帯しているだけに、こんな「ますらを」は放っておくと危険です。

剣刀(つるぎたち)諸刃(もろは)の上に行き触れて
死にかも死なむ恋ひつつあらずは　（二六三六）

これほど恋に苦しむのならば、
剣や太刀の刃に触れて死んでしまいたい。

こんな人が、最初にご紹介した歌のように「愛しいあの子は、早く死んでほしい」なんて思ったら大変ですね。武器を携帯したストーカーになりかねない。でも、日本古来の「ますらを」とはこのようなものだったのです。

昔もいまも

では、こんな「ますらを」に対して女性はどうかというと、たとえば次の歌のようになかなかしたたかです。
まず上の句。

玉垂の小簾の隙に入り通ひ来ね
玉のすだれの隙間から通って来てね。

女性が「今夜うちに来てね」というのですが、そんなに広い家ではない。どこから入っても、女性の両親に見つかってしまいそう。ぐずぐずしている男に「ほら、すだれの隙間から入ってくればいいじゃないの」という女。「そんなぁ、ばればれじゃん」と男がいうと、はい、下の句。

たらちねの母が問はさば風と申さむ　（二三六四）
母からなにかいわれたら「風よ」とこたえるわ。

おお、さすがです。口うるさいお母さんからなにかいわれても「あれは風よ」ととぼけるから大丈夫。この女性に一本！

しかし、こんないじらしい女性もいます。

朝寝髪われは梳らじ
愛しき君が手枕触れてしものを　（二五七八）

朝の寝乱れたこの髪には櫛をかけないわ。
だって大好きなあなたが腕枕をして、触れてくれた髪だもの。

おお、かわいい。「あの人と握手したから今日は手を洗わないわ」なんていうのはいまでもよく聞きますが、昔からそうだったんですね。

なんて安易に思ったら大間違い。これは独白ではありません。女性が男に送った歌なのです。

つまり男が読むことを意識して詠まれた歌です。さっき紹介した、「死ぬ」とか「気が狂う」とか騒ぐ男の一連の歌と大違いです。男の歌は、送られた女性はげんなりするだろうという代物ですが、こちらはなんと計算し尽くされた表現でしょう。では、こんな歌を送られた男はどうなるか。

ぬばたまの黒髪敷きて
長き夜を手枕の上に妹待つらむか　（二六三一）

いとしいあの子は、漆黒の黒髪を床の上に敷いて、自分で手枕をしながら俺を待って、この長い夜をひとりで悶々としているんだろうなぁ。

朝寝髪の歌を送られた男の脳裏には、いやおうなしに恋人の黒髪が浮かんでしまいます。「ぬばたまの黒髪」と枕詞つきで表現した男、その瞼の裏には彼女の漆黒の髪が鮮明に描かれていたに違いありません。いや、黒髪だけでなく、ベッドに横たわる彼女の妖艶なる姿態も。

ひとり寝の夜を「長き夜」と感じているのは男自身なのに、相手も当然「長き夜」と感じているだろうと思い込んでしまう。そして「俺がした腕枕を自分でして、俺を思いだしながら待っているに違いないぜ」なんて妄想を膨らませてるなんて……、もう女性にやられっぱなしです。

歌のイメージを読み解いてみる

この歌にある「ぬばたまの」は「黒」に掛かる枕詞です。このようななにかに掛かる修飾表現には、もうひとつ「序詞（じょことば）」というものがあり『万葉集』ではよく使われます。枕詞と序詞を使った歌としては、百人一首に載る柿本人麻呂（かきのもとのひとまろ）の歌が有名です。

あしびきの山鳥の尾のしだり尾の
長々し夜をひとりかも寝む

この歌で意味の部分といえば、最後の「長々し夜をひとりかも寝む」だけ。「あしびきの」は「山」に掛かる枕詞で、そこから「山鳥の尾のしだり尾の」までが「長々し」に掛かる序詞です。

学校の古典の授業では、こういう修飾表現は「訳さない」と習うので無視してしまうことも多いのですが、『万葉集』ではそのイメージをちゃんと頭に浮かべることが大切です。

その代表として、同じく柿本人麻呂の長歌を紹介しましょう。

わたしたちは和歌というと「五七五七七」の短歌だけだと思いがちですが、『万葉集』には短歌以外にも最初に紹介した旋頭歌をはじめとしてさまざまな形式の歌が載っています。長歌というのは「五七」を何度も繰り返し、最後に「五七七」で終わる形式の和歌をいいます。

これから紹介する長歌は、石見国（現・島根県石見地方）に妻を置いて旅に出た人麻呂が妻を恋慕って詠った歌です。まずは一度、歌うようにして読んでみてください。

石見の海　角の浦廻を
浦なしと　人こそ見らめ
潟なしと　人こそ見らめ
よしゑやし　浦は無くとも
よしゑやし　潟は無くとも
鯨魚取り　海辺を指して
和多津の　荒磯の上に

か青なる　玉藻沖(おき)つ藻
朝はふる　風こそ寄せめ
夕(ゆふ)はふる　浪こそ来(き)寄せ
浪の共(むた)　か寄りかく寄る
玉藻なす　寄り寝し妹(いも)を
露霜(つゆしも)の　置きてし来(く)れば
この道の　八十隈毎(やそくまごと)に
万(よろづ)たび　かへりみすれど
いや遠(とほ)に　里は放(さか)りぬ
いや高に　山も越え来ぬ
夏草の　思ひ萎(しな)えて
偲(しの)ふらむ　妹(いも)が門(かど)見む　靡(なび)けこの山　（一三一）

この歌の最初の十一行（石見の海〜か寄りかく寄る）は「玉藻なす寄り寝し妹（玉藻のように寄り添って寝た妻）」にかかる序詞なのです。「　」で括(くく)ってみてください。なんと全体の半分以上です。こんなに長い部分を「修飾表現だから」と無視してしまったらなにも残りません。この歌は修飾表現を味わうことによって、より豊かになるのです。

そしてしつこいですが、歌は歌われたものです。

耳から入ってきた言葉は脳裏にイメージを結び、やがて次の音によってそのイメージは消えるのですが、しかしまた新たなイメージを結んでいきます。それが脳内で繰り返されるのが歌です。この歌を初めて聞いた古代人になったつもりで、そのイメージの変遷を楽しんでみましょう。

まず「石見の海」と歌われます。聞いている人は、石見の海を思い浮かべます。現代の石見市に行き、石見の海を通るＪＲ山陰線に乗ると、列車はずっと海沿いを走ります。冬ともなれば真っ黒な海に砕ける荒々しい白波が、列車のすぐ横までやってくるようで恐ろしくもあります。

そんな石見の海を「いい浦がないから船も寄せられない。いい潟がないから漁業にも適さない」と人はいうだろう、と歌いだします。だが、「いい浦なんかなくても、いい潟なんかなくてもいいじゃないか」。

そう歌った途端に、突然「鯨魚」＝勇ましい魚、「鯨」という語が飛び込んできます。鯨のような強烈なイメージが飛び込んでくれば、それまでの世界は一変してしまいます。浦のよしあし云々なんてそんなちまちましたことは雲散霧消して画面いっぱいに鯨が広がるのです。そして、それが「鯨魚取り」となりますから、鯨を獲るために大船団が出現し、沖を目指して進んでいく。

その映像を脳裏に浮かべていると、次の句でまた突然、世界が変わります。

今度は青々とした瑞々しい海草(玉藻)が、あるいは石の上に、あるいは海底にゆらゆら揺れ始めるのです。その海草を揺らしているのは、朝の風と夕べの波。しかも朝風、夕波を起こしているのは、幻の鳥のゆったりとした羽ばたき(朝羽振る、夕羽振る)です。

幻の鳥の羽ばたきが起こす波。その波とともにゆらゆら揺れる海底の海草。その姿がいつのまにか、嫋娜たる妻の姿に変容していきます。その柔らかな姿態の妻と床をともにした思い出。妻の肌のぬくもりや、床の暖かさも感じていると、突然現れる「露霜」という冷たい感覚。そんな露霜のように家に置いてきてしまった妻。

そんな妻の姿をもう一度見たいと、道の曲がり角(八十隈)ごとに何度も振り返ってしまう。しかし、もう遥か遠くに里は遠ざかってしまった。山々も越えるたびに高くなる。そして最後に「靡けこの山!」と高らかに叫びます。

山々よ。靡き倒されてしまえ。
妻の家を俺は見たいのだ。

すごいでしょ。このめくるめく心象の変遷に身をゆだねたときに、『万葉集』と「歌の世界」の本当の面白さが見えてくるのです。

読書案内

▼内容が充実している入手しやすい『万葉集』なら、その道の大家・中西進先生による『万葉集　全訳注原文付』（全四巻＋別巻、講談社文庫）がお薦めです。

第四講

アダルト小説的

わたしたちが子どものころから親しんでいる昔話には、その出自がかなり古いものがあります。そのひとつは、中学や高校で必ず学ぶ「かぐや姫」。

一般的には『竹取物語』という書名で数多く出版されていますが、原題は『竹取の翁(おきな)の物語』。学校の授業では「日本最古の作り物語」として教わります。成立は未詳ですが、しかし平安時代の十世紀半ばくらいまでにはできていたのではないかといわれています。もう千年以上も前から伝わる物語です。かなり古い。

もうひとつは「浦島太郎」。

これはもっと古くて、『丹後国風土記(たんごのくにふどき)』（以下『風土記』）や『日本書紀』（以下『書紀』）、『万葉集』などにその形を少しずつ変えて載っています。こちらは奈良時代に成立した物語です。

今回は、「浦島太郎」の話を中心に、このふたつの物語を見ていきたいと思うのですが、しかしどちらの話も、よく考えるととても理不尽ですね。日本の子どもはこんな話をよくおとなしく聞いているものだと思います。

特にひどいのは浦島太郎。亀を助けたそのお礼が急速な老化と、そしておそらくは彼を待ち受ける孤独死。鯛や平目の踊りなんて見たってだからなんだよ、こんな仕打ちを受けるくらいなら、亀なんか助けなきゃよかった、そう太郎も思ったはずです。

この物語から得る教訓は「困っている亀（人）を見たら、絶対に助けてはいけない」となるでしょう。しかし、そんなひどい話がこんなに長いあいだ、伝わるはずもない。

だとしたら、もともとは違う話だったかもしれない。というわけで、浦島太郎の話を遡って見ていきたいと思います。

浦島太郎（歌川国芳画）

亀はいじめられていたのか

浦島太郎の物語は、前述の古典以外にもさまざまな形で継承されています。たとえばわたしが従事している能や狂言にも、『浦島』という作品があります。

現在では、能の『浦島』は廃曲（上演されることがない作品）になっていますが、狂言の『浦島』はいまでも和泉流の野村又三郎家だけが上演しています。ただ、野村又三郎家は名古屋を拠点とする家なので、『浦島』も名古屋以外で観る機会はあまりないのですが、わたしたちが主催する能の会（天籟能）で二〇一五年六月に上演しました。

さて、この狂言『浦島』のストーリーはわたしたちが知っているものとはだいぶ違います。

まず主人公、名前は浦島ですが老人です。老浦島が孫を連れて釣りに出かけます。孫が釣ったのが大きな亀。「みんなで食べよう」という孫に、老浦島は亀がいかに恐ろしいものであるかを語り、孫は亀を海に帰します。その帰路、後ろから呼び止める者がいる。見れば海のなかから現れた亀の精。命を助けてくれたお礼にと玉手箱をくれます。老浦島が恐る恐る箱を開けると煙がぱっと立ち、老浦島は若い男になるのです。

やはりこうでなくちゃ、ですよね。玉手箱は狂言『浦島』では若返りの箱だったのです。

しかし、『風土記』をはじめ、浦島の物語を載せる古典群のなかでもこのような結末になるものはほとんどありません。狂言は能や古典をよくパロディするので、そういう意味でもこのラストシーンは狂言特有と考えてもいいでしょう。

しかしこの『浦島』、主人公の年齢やラストシーンだけでなく、発端からして違いますね。

わたしたちの知っている浦島太郎の話では、子どもたちにいじめられている亀を助けるというシーンが物語の発端になっています。それに対して、狂言『浦島』では釣った亀を海に帰しています。では、ほかの古典ではどのように書かれているのでしょうか。

奈良時代の『書紀』と『風土記』、室町時代から江戸時代にかけてまとめられた『御伽草子』においても「亀を釣った」とあり、どうもこちらがもとだということがわかります。なんかいままでだまされていたみたいですね。

古代文学研究者の三浦佑之さんによると、子どもたちにいじめられた亀を助けるというのは、児童文学者の巌谷小波の手で明治期にまとめられた国定国語教科書『尋常小学読本』巻三（二年生前期用）からの話で、近代のものなのだそうです（『浦島太郎の文学史』五柳書院）。

浦島太郎はどんな男か

では古典の浦島太郎に戻りましょう。まずは、浦島太郎がどのような人物として描かれているかを見てみます。

浦島本人についての描写が詳しいのは『風土記』です。それによると、まず彼は姿が美しく（姿容秀美れ）、そして「風流なること類なし」と書かれています。つまり詩歌や書画などをたしなむ、イケメンの文系男子なんです。う～ん、ちょっと漁師のイメージからは遠い。

中世の『御伽草子』では性格描写も加わり、親孝行で慈悲深く、人を敬い、身を守り、情けも深い二十四、五歳の男子と書かれます。ちなみに「浦島太郎」という名前の初出もこの『御伽草子』で、その以前の『書紀』『風土記』では「浦島子（うらのしまこ）」です（「嶼子」「嶋子」など諸表記ありますが）。

もう一冊紹介しておきましょう。これは古典ではありませんが、岩波文庫の『日本の昔ばなし(Ⅲ)』（関敬吾編）に、やはり浦島太郎の話が載っています。

それによると浦島太郎は四十歳。八十歳近い母と二人暮らしです。「わたしが丈夫なうちに嫁もらってくれ」という母に「お母（かあ）があるあいだは、日に日に漁をして、このままで暮すわい」と結婚をしない、母親べったりの中年男です。「太郎」という名前からして長男。しかも次男、三男の影は見えないのでおそらくひとりっ子。親離れができない、ひとりっ子の独身中年男子です。

彼が亀を釣るシーンも「浦島はきざみ煙草でもすってまた釣ったが」と、こちらは『風土記』のイケメン文系男子のイメージからはほど遠い。

しかし、彼も含めて、すべての浦島太郎にはひとつの共通点があります。それは「独身」だということです。

亀ではなくて美女だった

そんな独身の浦島太郎が亀を釣った、さて、それからどうなるか。古典を読み比べてみます。

中世の芸能である狂言『浦島』に近いのが、同じく中世の『御伽草子』。

浦島は釣った亀に対して「汝、生有るものの中にも、鶴は千年、亀は万年とて、命久しきものなり。忽ちここにて命をたたん事、いたはしければ、助くるなり」と、さすが二十五歳親孝行イケメン文系男子のいい人ぶりを発揮して亀を海に帰すのですが、そのあとで、「いつもこの恩を思いだせよ（常には此恩を思ひ出すべし）」と、なんとも恩着せがましいことをいうのです。これさえなければいい男だったのに、ひとこと多い。

それはともかくその翌日、また釣りをしようと思って浦島が浜辺に出てみると、美しい女性がたったひとりで小さい船に乗って彼のもとにやってきます。

「乗った船が難破をしたので、里まで送ってほしい」

そう彼女にいわれ、彼が送るとそこは竜宮城だった、そしてじつはこの女性こそ助けられた亀でした、という話の流れになります。

迎えに来たのは亀ではなくて、女性だったのです。

たしかに亀に誘われるよりも、女性に誘われるほうがリアリティがあります。

この部分、もっと古い本ではどうか。

『書紀』では、釣った大亀が「便ち女に化為る」とあります。亀が突如、女性になってしまうのです。これはびっくり。ところが、これは『風土記』のイケメン文系男子＝島子が釣った亀も同じなのです。

ここからは『風土記』を読んでいきます。

イケメン島子は亀を釣ったあと、なぜか眠ってしまい、そのあいだに亀はやはり「忽に婦人となりぬ」と書かれています。

しかもただの婦人ではない。「その容美麗しくまた比ぶひとなし」、すなわち超絶美人になったのです。

島子はその変容の瞬間を目撃していません。まさか亀が女性になったとは思わない。なぜ、こんな船上にかくも美しい女性が突如出現したのかと不思議がる島子に彼女がいいます。

風流之士、独蒼海に汎べり。

近く談らはむおもひに勝へず、風雲の就来れり風流な男子が、たったひとりで海に浮かんでいたので、お話ししたいという欲求に勝つことができずに、風雲に乗ってここまで来てしまったのよ、って、おいおい。じゃあ、釣られたのもわざとかよ。

島子が「風雲っていったってどこから来たんだよ（風雲は何処ゆか来れる）」と尋ねると、「天上の仙人（天の上なる仙家之人）」と答える美麗なる女性。でも、そんなことというとさすがにちょっと怪しまれるかなと彼女も思ったのか「お願いだから疑わないで（請はくは君な疑ひそ）」と付け加えますが、それでも強引に「相談の愛を垂へ」と島子に迫るのです。

この「相談の愛を垂へ」というのは、「お話ししましょ」というよりは「エッチしましょ」というのに近い、かなり直接的な表現です。「ねえ、どっちなの？　早く決めてよ！（但君は奈何そや、許不の意を早先にせむ）」と畳みかける女子に、「あ、はい、もちろんＯＫです！　もう即ＯＫですよ!!（また言ふことなし。何そ懈らむ）」と島子が答えれば、「じゃあ、常世の国に行きましょう（蓬山に赴かむ）」といって島子をまた眠らせてしまうのです。

かなり積極的というか、きわめて怪しい亀女子ですね。現代ならあとで怖いお兄さんが登場するか、高い絵画や壺を無理矢理買わされる展開が予想されます。ちなみに彼女の名前はあとで明かされるのですが、「亀比売」といいます。

めくるめく性描写

女性に変身した亀に連れていかれたのは、わたしたちは竜宮城だと思っていますが、じつは『書紀』でも『風土記』でも、「蓬莱山（ほうらいさん）」あるいは「蓬山（ほうさん）」になっています。

蓬莱山というのは、不老不死の仙人が住むという東方海上にあるといわれていた島です。実際の場所ははっきりしませんが、紀元前の中国で司馬遷（しばせん）が編纂した『史記』でもすでに言及されているほど由緒ある島。『風土記』には、具体的に「海上の大きな島（海中（わたなか）なる博大之島（とほしろきしま））」と書かれています。つまり浦島が亀と向かったのは海のなかではなく、島だったのです。

さて、お姫様の宮殿に浦島は着きました。浦島太郎物語のメインはここからなのです。

文部省唱歌では、このあと「乙姫様の御馳走に、鯛や比良魚（ひらめ）の舞踊（まいおどり）」となります。

しかし、『風土記』には鯛や平目は出現しません。代わりに「乃ち（すなは）百品（ももつしな）の芳（よ）き味（あぢ）を薦（すす）む。兄弟姉妹等（はらからたち）、坏（さかづき）を挙（ささ）げ献酬（くみかは）せり。隣（となり）の里なる幼女等（うなゐたち）も、紅顔（にのほ）なし戯接（まじ）はれり」と書かれています。このほか仙神たちの舞や歌もあり、要するにきれいどころをそろえての飲めや歌えの大宴会が開かれたというのです。

そしてやがて黄昏時。辺りが暗くなると舞い遊んでいた仙神たち（群（もろもろ）の仙侶等（やまひとたち））はひとりふたりと去っていき、浦島と乙女ふたりだけになります。そこで「肩を双（なら）べ袖を接（あ）はせ、夫婦之理（みとのまぐはひ）

を成しき」となるのです。

この「夫婦之理」とは、『古事記』でイザナギとイザナミが「体の余剰部分」を「体の不足部分」に刺し塞いで性行為をしたときに使われたアダルトな表現です。

ちなみにこのアダルト表現部分は、平安時代に書かれた『続浦島子伝記』にはもっと詳しく書かれています。以下で見てみましょう。

ベッドルーム（玉房）に入った浦島と乙姫（神女）。ドキドキする浦島の心を落ち着かせようと乙姫様は、アロマやらライティングやらでムードを盛りあげます。そしていよいよベッドインになるのですが、そこは原文で紹介します。

玉体を撫で繊腰を勤はり。燕婉を述べ、綢繆を尽くせり。魚、目を比ぶるの興。鸞、心を同じうする遊。舒巻の形。偃伏の勢。

撫玉体、勤繊腰。述燕婉、尽綢繆。魚比目之興。鸞同心之遊。舒巻之形。偃伏之勢。

って、これだけではよくわかりませんが、しかしここに出てくる「綢繆」「魚比目」「鸞（鵉）

同心」という語は『医心方』*巻二十八の「房内篇」に出てくる用語で、さらに「舒巻」「偃伏」もその仲間の言葉だということを知っている人が読むと、「おお、これはこれは」と、ちょっと子どもには見せられないワクワクドキドキのアダルト小説なのです。

「綢繆」というのは体や足を絡ませあうこと。「舒巻」とは体を曲げたり伸ばしたりすること。そして「偃伏」とは仰向けになったりうつ伏せになったりすること。そして「魚比目」と「鸞同心」(『医心方』では「鴛同心」)はセックスの体位の名前です。『医心方』で「魚比目」を引くと、どんな体位かが克明に記されていますが、過激なのでここでの説明は割愛します。

ですから、これを読む平安貴族の脳裏には、浦島と乙姫の性行為のさまがはっきりと浮かんでいたに違いないのです。というよりも、ここを描くために前後があるという、平安時代の浦島はまさにポルノ目的だったのかも。

最初期の物語にはあったアダルトな場面が、明治期に子どもに聞かせるということでR指定を受けてカットされていったのです。もしかしたら「鯛や比良魚の舞踊」も、「綢繆」「魚比目」をアレンジしたのでしょうか?

*丹波康頼が九八四年に著した、現存する日本最古の医書。古典医学研究家の槇佐知子さんによる現代語訳が、筑摩書房から全三十巻全三十三冊で出版されている(二〇一二年完結)。

玉手箱の正体は

こんな羨(うらや)ましい生活を送っていた浦島太郎も故郷が恋しくなる。

そこで有名な「玉手箱」が登場するのですが、『風土記』には玉手箱のことが「玉匣(たまくしげ)」と書かれています。

「匣」は中国最古（一〇〇年頃成立）の字書である『説文解字(せつもんかいじ)』には「匱(はこ)なり」とあるので、玉手箱で全然問題ないのですが、『万葉集』ではこの字に「櫛笥(くしげ)」という漢字を当てている用例があるのがちょっと引っかかります。

この「玉匣＝櫛笥」は、ただの美しい箱ではなく櫛を入れる箱なのです。そして「櫛」とは「奇(く)し」、すなわち神秘的な霊力であり、そうであるならばこの「玉匣」は霊力を封じ込めた箱ということになるでしょう。

となると、なおさら気になるのが、この箱にはなにが入っていたのかということ。で、思いだすのが『竹取物語』、かぐや姫の物語です。

かぐや姫を迎えに天人たちがやって来るときに、やはり不思議な箱を持っています。そして、そのなかに入っていたものは「天(あま)の羽衣(はごろも)」と「不死の薬」だったのです。まさに「奇し（霊力）」の具体物。

不死の薬はいいとして、特に注目したいのが「天の羽衣」。この衣を着ると「心異(こと)」になり、「物思い」もなくなり、自分を育ててくれた翁を「いとほし、かなし」と思うことも失せてしまうのです。喜怒哀楽がなくなる衣、いわば人間から非・人間への移行を実現するものが天の羽衣なのです。

天皇陛下が大嘗祭(だいじょうさい)のときに身につける衣も「天の羽衣」です。人間としての記憶を捨て、天皇霊を身につけ、名実ともに天皇になるための衣なのでしょう。

そんな霊妙なモノが入っているのが『竹取物語』の箱だとすれば、浦島の玉匣にも似たようなものが入っていたかもしれない。すなわち、それを開けた途端に浦島は非・人間になり、そして不死になるのです。

これを受けるかのように『御伽草子』の浦島太郎は、玉手箱を開けたとたんに鶴になりました。鶴ですから千歳の寿命を得たのですね。『御伽草子』によると、この箱には浦島の「年」を畳み入れたとあるのですが、年を畳んで入れるというイメージ、この時間論はとても面白い。玉手箱は、時間を封じ込めた、まさに「奇し箱」だったのです。鶴となった浦島は虚空に飛び去り、蓬萊山で再び亀比売と出会い、めでたし、めでたしとなります。亀は万年ですから、ふたりのあいだには九千歳の寿命の差はありますが、まあ、このあたりは気にしないことにしましょう。

さて、このふたり、後年には丹後の国（現・京都府北部）に浦島明神として出現し、迷える人々を救済したとのことです。

「浦島太郎」については、古い話だけあって日本の各地に少しずつ形を変えて伝説が残っています。興味を持たれた方は、ぜひご自身で調べてみてください。

「浦島太郎」にしろ「かぐや姫」にしろ、実際の古典を繙(ひもと)けば、いまの世に伝わっているストーリーと異なることはままあります。教科書には載せられないような古典を読んで、遠い昔に生きた日本人の感性や想像力に触れてみてはいかがでしょうか？

読書案内

▼古くから日本に伝わる話をそのままに愉しむなら、岩波文庫の『御伽草子』（上下巻、市古貞次校注）を読んでみてください（現代語訳がついていませんが）。

第五講

『論語』はすごい

今回は漢文の『論語』に挑戦です。

漢文は古典の授業のなかでも特に人気がない。男性には漢文が好きな人もいますが、よく聞いてみると「古文よりはマシ」という程度であることも少なくない。ましてや今回取りあげる『論語』は、もっとも有名ながら、固いイメージがあるし、わかった風な説教まで垂れるので余計に嫌いだという人も多い。

しかし、『論語』は書物としてだけ見ても二千年以上、孔子（前五五一〜前四七九）の生きていた時代から数えれば二千五百年も読み継がれてきた古典です。

こんなに長く読み継がれているのだからすごいに違いない。『論語』を読む第一歩は、「『論語』はすごいに違いない」と「思い込む」ことです。これをつまらないと思うのは、読みかたが悪いに違いない。

というわけで、今回は『論語』に対してよくある誤解を解消し、少しでも身近に感じてもらえるような「読みかた」を紹介したいと思います。

四十にして惑わず？

ビジネス誌などでも『論語』はよく取りあげられますし、中高生のときよりも大人になってからのほうが身近になります。しかし、「よし、俺もいい年になったから、そろそろ『論語』でも読んでみるか」と手に取った人をまず打ちのめすのが「不惑」の言葉。これは『論語』の「四十にして惑わず（為政四）」が出典です。

四十歳以上の方、あるいはそろそろなりそうな方は、四十歳で「惑わず」なんて境地には到底なれないよ……と思うはず。しかし、世のなかにはおせっかいな人もいて「お前もそろそろ不惑の年になるんだから、もっとしっかりせにゃならんな」などといってきたりします。「じゃあ、お前はどうなんだ」といいたいところをぐっと我慢はしますが、こんな人のせいで「現実離れしたことをいう孔子なんて」とより『論語』嫌いになったりするのです。

しかし、これは孔子が悪いわけではありません。さっきも書いたとおり、これは読みかたに問題があるのです。

じつは孔子の時代の文字数は、いまわたしたちが使っている漢字の数よりも少ないのです。そしてわたしたちがいま読んでいる『論語』のなかには、孔子の時代にはまだなかった文字も入っています。

って、これは変でしょ。

孔子が、その時代にない文字を使っているはずがない。となるとこれは、孔子が口に出したのはいまわたしたちが読んでいるのとは違う言葉で、それが伝承の過程で変化してしまった可能性があるのです。

そこで「不惑」のところの『論語』の原文、「四十にして惑わず（四十而不惑）」をチェックしてみると、なんと「惑」の字が孔子の時代の漢字には見当たらない。「惑」がないなんて、もうこの文は崩壊していますね。少なくとも孔子は「惑わず」とはいわなかった。

じゃあ、本当はなんといったか。それを考えるためには、その字に似ている漢字で、かつ、その古代音がもとのものと類似しているものを探します。具体的には『殷周金文集成』と、その引得（いんとく）（索引）などを使います。*

すると見つかるのが「或」の字です。孔子は不惑ではなく、本当は「不或」といったのが、音が似ていたので口承の過程で「不惑」に変わってしまったのではないか、そう考えてみるのです。

では「不或」というのはどういう意味か。孔子が活躍したあたりの時代

＊現在はインターネットでも探せるようになりました。中国語ですが「先秦甲骨金文簡牘詞彙資料庫」というサイトです。▼https://inscription.asdc.sinica.edu.tw

の「或」の字体を見てみます。

或

左側の「口」は城郭で囲まれた土地で、右側は棒に武器をつけた形「戈（ほこ）」です。子どものころ地面に棒で線を引いて「ここからこっちは俺の陣地だから入んなよ！」などとやって遊んだ、あれです。この字は棒の代わりに戈を使ってやっています。

この字は、もともとは「区切られた区域」を意味しました。「或」に「土」をつけると地域の「域」になりますし、「口」で囲むと「國（国）」になります。それから「分けること」、「限定すること」も意味するようになりました。

ということは、四十にして「惑わず」ではなく、「或（くぎ）らず」、すなわち「自分を限定してはいけない」と孔子はいったのではないでしょうか。

人は四十歳くらいになると「自分はこんな人間だ」と限定しがちになります。「自分ができるのはこのくらいだ」とか「こんな性格だからしかたない」とか「人生はこんなもんだ」などと、限定してしまいがちです。

「不惑」ならぬ「不或」とは、「そんな風に自分を限定しちゃあいけない。もっと自分の可能性を広げなきゃいけない」という意味なのです。四十を過ぎたら、いままでまったく手をつけなかった分野のことを極めてみる。苦手だと思っていたことにトライする。それが孔子の勧める生きかたなのです。

不惑＝「惑わず」と全然違うでしょ。

ちなみに孔子は「君子は器ならず」といい（為政十二）、君子はひとつのことの専門家になってはいけないともいっています。

天命とはなにか

四十歳、不惑（不或）で自分の可能性を広げたあとに来るのが「五十にして天命を知る」です。

「天命」を辞書で引くと「天から与えられた使命」とありますが、もともとの意味はどうも違うようです。「天命」が歴史上最初に現れるのは紀元前一〇〇〇年くらいに作られた「大盂鼎（だいうてい）」という青銅器の銘文です（『中国法書選 1 甲骨文・金文』二玄社）。

「天有大命（令）」、すなわち天が有する命（令）の大なるものが、「天命」のもとの形です。

まず「天」の字をよく見てください。「大」に似ています。「大」とは、両手を広げた人が立っている姿であり、その頭部が強調されているのが「天」です。「天」とは両手を広げて立つ人の頭部、天然自然の自分自身を表す文字なのです。

また「命（令）」という漢字は、跪（ひざまず）く人（図1）の上に蓋（図2）が覆いかぶさっている字形です。大いなる存在に上からのしかかられ、跪く人の姿です。また、この跪く人を大きな手で押さえるという文字（図3）があります。これは現代の「印」の字ですが、もともとは「令」と同じような意味を持っていました。

図1

図2

図3

すなわち天命とは、その人に生まれつき刻まれた刻印です。この「原初の刻印」をギリシャ語でいえば *αρχη-τυπος* になり、これがユングの「元型」になります。

その原初の刻印、元型に気づくのが「天命を知る」ことなのです。

「心」が不安を生みだす

天命を知った人は泰然自若としています。この「泰」も孔子時代にはない漢字で、孔子が使っていたのは「大」です。「天」と「大」はほとんど同じ漢字なので、天命を知った人が泰（大）然としているのは当然ですね。

この泰然とした人と逆の人として孔子が考えたのが驕慢な人です。次のような章句があります。

子の曰わく、君子は泰にして驕らず、小人は驕りて泰ならず。（子路二十六）

君子は泰然（ゆったり）としており驕慢になることはない。
それに対して小人は驕っていて泰然としていない。

泰然の反対はふつう「おどおど」とか「びくびく」ですが、わたしたちの周りにいる驕慢な人は、おどおどもびくびくもしていない。むしろ傲然（ごうぜん）としています。しかし、このふたつを対比させるのが孔子のすごいところなのです。

天然自然の性質をいう「大（泰）」に対する「喬（驕）」は、高い建物を表す漢字で、そのような高いところから見下ろすような態度をいいます。ところが、彼が立っている「喬＝高い建物」は砂上の楼閣です。いつ崩れるかわからない。それはこの土台が「不安」でできているからです。

この不安を生みだすのは「心」ですが、「心」という文字は比較的新しい漢字で、孔子が生まれる五百年前にやっとできた新生概念なのです。「心」というと、人によってイメージすることはいろいろあると思いますが、ここでいう「心」とは「時間を知る力」だと思ってください。未来の計画を立てたり、過去から教訓を得たりするのが「心」の機能です。

「心」ができたおかげで人は未来を変え得る力を持ちました。しかし、同時に過去が生みだした「悲しみ」や「後悔」、そして未来が生みだす「悩み」、すなわちさまざまな「不安」をも手に入れてしまったのです。

「心」の構造上、その不安は自然に生成されるものですが、しかしそれを煽り、新たな不安を創出することが非常に容易であることに気づいた人が出現し、またその解決の「可能性」のみを見せることで「力」を得る人が現れました。現代の多くのビジネスもそれで成り立っています。

たとえばわたしが若いころには、日本人は「匂い」に対してもっとおおらかでした。しかし、現代社会に生きる人々は体臭や口臭などに対してきわめて狭量になっていて、自己臭恐怖症と呼ばれる病気まで作りだされてしまいました。ちなみにストレスという考えかたも以前にはありませんでした。このように、「作りだされた不安」は少なくありません。

このような不安は、一度なくなっても次から次へと創出されるし、自分でもどんどん生成してしまうので、わたしたちは少しでも不安を和らげるために、その解決の可能性のみが示される消費財を購入するなどして、際限のない消費を繰り返してしまうのです。さらにこの不安の創出に社会全体が関わると、不安に実体が与えられ、過熱する受験戦争や就活や、老後の終活ビジネスまでもが生まれるようになります。

驕慢な人々が住んでいる「高い建物（喬）」は、こんな「不安」の上に建っているので、そりゃあ安泰になれないのも当たり前です。

さらにこの不安創出に国家が関わると、どこかの国を仮想敵と想定し、その恐怖を煽り、戦争に突き進むことになります。その場合は自衛のためというもっともらしい理由付けがなされますが、孔子はそれを「いいわけ（辞）」と断じます。たとえば『論語』には、こんなエピソードが書かれています。

孔子の祖国である魯の国の実権を握っていた季氏が顓臾という国を攻め取ろうとしていました。季氏に仕えていた、孔子の弟子・冉有（孔門十哲のひとり）は、孔子に会って「顓臾は季氏の領地の近くですし、守りを堅くして戦闘態勢に入っています。いま攻めなければ後世に憂いを残すことになります」といい、季氏の侵略行為を正当化しようとします。

それを聞いて孔子は「本当は（顓臾という国を）欲しいくせに、それを欲しいとはいわずになにかといいわけ（辞）をして、それを取ろうとする者を君子は憎む（季氏二）」と一刀両断するのです。

いつの世にも戦争は起こり得ます。戦争を始めるにはなんらかの「いいわけ」が常に必要です。わたしたちは戦争を回避するためにも、そんな「いいわけ」を見極め、そして糾弾しなければなりません。さあ、いまの日本の政治はどうなのでしょうか？

君子は小人である

日々わたしたちを悩ませ、戦争までも生みだしてしまう、こんな「心」なんかなきゃいいのに、そう思うこともあります。そんな「心の使いかた」を教えてくれるのが孔子であり、『論語』なのです。そのようなつもりで『論語』を読み直すのもいいでしょう。

　ではここで、「心」の使いかたに深く関わる『論語』のなかのキーワードである、「君子」と「小人」についてお話をしておきましょう。

　学校などではたいてい、君子＝立派な人、小人＝つまらない人と習いますが、五経のひとつである『書経（尚書）』を読むと、小人というのは「ふつうの人」、「大衆」という意味で使われています。

　ですから『論語』のなかで「小人はどうのこうの」という文が出てきたら「ふつうの人は、こうしちゃう」と読めばいいのです。たとえば、

「人はふつう失敗すると、それを誤魔化したくなるものだ」（小人の過つや、必ず文る〔子張八〕）

「人はふつうなにか問題が生じると他人のせいにしたがるものだ」（小人は諸れを人に求む〔衛霊公二十二〕）

などなど、「ああ、あるある」という記述がよく出てきます。これは別に悪いことではなく、ふつうの人のふつうの反応なのです。

　わたしたちは、日常生活の大部分のことを無意識で行っています。歩くのも、食べるのも、仕事の大部分も、人との会話もほとんどが無意識です。一日を振り返ったとき、ほんの数分で済んでしまうのは、無意識行動の占める割合が大きいからです。そして、この無意識で行動する、

「思わず」行動するのが「小人＝ふつうの人」です。

では、君子とはなにか。

君子とは、ふだんのわたしたちが「思わず」してしまう自動反応を一度ストップさせ、「心（意志）」を使って選択的に反応しようと決断した人たちのことをいいます。

『論語』にこのような文があります。

子の曰わく、君子は人の美を成す。人の悪を成さず。小人は是れに反す。（顔淵十六）

ふつうの人は、他人の悪いところばかりを完成させてしまうが、君子は他人の美点を完成させる。

たとえば、何度も遅刻をしてくる人がいるとします。その人に対して「遅刻をしないように」とか「なぜ遅刻をするんだ」などというのは、まったくの逆効果だということはよく知られています。何度もそういい続けられるうちにその人は「わたしは遅刻をする人なんだ」という確信を得て、「遅刻する人」が完成してしまうからです。

でも、これをわたしたちは思わずやってしまいます。注意をするときに、直してほしいところをいう。これは相手のためを思っているつもりでも、じつは自分のムカつきを解消したいという無意識の欲求にしたがっている部分が大きいのです。

では「君子」だったらどうするか。やはり一瞬ムカつきます。そして、まずはそのムカつきを自覚し（これが大事です）、そこで「ふつうだったらこういう」ところをちょっとストップさせ、どのような言葉をかけたら相手がこのような行動をしなくなるかを考えてから言葉を発するようにします。

ここで大事なことは「じゃあ、どういう言葉をかけたらいいのか」を教えてくれるようなマニュアルはないということです。なぜなら、ひとりひとりが別々の天命を持っているからです。ふだんからその人のことをよく知り、どのような言葉をかけたらいいかを考えておく必要があります。それはとても面倒なことです。

またそれ以前に、自分の自動反応をストップすることも簡単ではありません。だから練習が必要になるのです。「君子」というのは、このようなことが「できる」人ではなく、こうしようと決め、それに向けて精進している人をいいます。

君子がそれをできるのは、彼がやはり小人だからです。君子の「君」は古くは「尹（いん）」と書きました。これは「允」に通じ、身体的な欠陥を持った聖職者を示しました（加藤常賢『漢字の起原』角川書店）。古代、聖なる人であるためには身体的、あるいは精神的欠陥をもつことが条件だったのです。

自身が欠陥や障害を持つからこそ他人の苦しみがわかり、そして君子であるための修業を本気でしようと思うのです。

そう、『論語』は小人＝ふつうの人のためにこそある書物なのです。

身体で論語を実感する

わたしが『論語』をすごい本だなと実感したきっかけは、その冒頭に書かれている有名な章句「学而時習之、不亦説乎（学んで時にこれを習う、また悦ばしからずや）」（学而一）を、身体で実感したときの衝撃でした。

それはある日、能楽師として立った、とてもたいへんな舞台を終えたときにとつぜん訪れました。

少々長くなりますが、章句の漢字についてひとつずつ説明しながら、そのいきさつをお話しします（拙著『身体感覚で『論語』を読みなおす。』の序章でも書きましたが、ここでもあらためて）。

▼学――まねぶ身体

では最初の文字、「学」から見てみましょう。旧字は「學」で、さらに古い文字では次のようになります。

上の「」は両手です。学校のようなところで、子弟に手取り足取りなにかを教えるという姿を表したのがこの漢字です。

両手のあいだにあるシャープ記号のような形「」は「爻」で、「カフ（コウ）」という音を表しますが、その「カフ」が「ガク」に変わっていきます。この音の示す意味は「マネをする」なので、「学」とは、机に向かってする勉強ではなく、手取り足取り教わり、そして自分でも手足や全身、五感をフルに活用して何かをマネすること。すなわち「身体を使った」学びをいいます。

「學」に「攴（攵）＝鞭を持つ手」をつけた「斅」という漢字や、「爻」と「子（）」に「攵

（）」をつけた「教（）」という字もあります。「攴（攵）」という字は「ボク」と読みますが、このボクという音が怖いでしょ。現代でも「ボコボコにする」という表現がありますが、「攵（）」は、手（）に鞭（）を持ってビシバシと打つ形です。「攻」や「激」という字の右側にも残るように、「攵」には厳しさや激しさが感じられます。

教育の「教」とは、鞭を持ってビシバシと打ちながら教えることで、「学」とは鞭で打たれながら何かを習得する、厳しい学びでした。孔子の学団も厳しいものだったのでしょう。そしてわたしが入門した能の世界の稽古も、それはそれは厳しいものでした。

▼而——魔術的な身体時間

次に「而」を見てみます。

この字は、学校の授業などでは「置き字です」と無視されることが多いのですが、じつは非常に重要な意味を持ち、この章句の大事な役割をこの字が担っているといってもいいでしょう。

古い字では、このように書かれます。

これは、雨乞いをする呪術師を表しています。

「而」の上に「雨」をつけると「需」になります。「需要」という言葉にも用いられますが、「需」は「求める」とも読みます。「雨」を求めるから「需」。そして、雨を求める人が、人偏を付けた「儒」です。

孔子の一派を「儒」といいますが、「儒」と呼ばれた人々は雨乞いの術を身に付けていた巫祝(ふしゅく)だったといわれていますから、「而」にはそんな呪術的イメージがあります。

もちろん「学而時習之」という章句ではそんな意味はなく、ただ「そして」という意味で使われているのですが、単なる「そして」だけではない重要さがあります。

その重要性とは、「而」が示す、しかるべき時間の経過です。

それは、なにかが変容するための呪術のような、魔術的時間なのです。

能の稽古が何年も何十年もずっと続く。鞭で打たれるし、つらいしつまらない。それでも稽古を続ける。永遠とも思われる時間が続くなか、その奥底で何かが静かに変容している——そんな魔術的な時間の経過を表したのが、「而」という字です。

▼時――時をつかむ

その次に来る「時」もまた大事な字です。

この字の右側は「寺（ 　）」です。上の部分は、もっと古い字体では「 　」と「一」が組み合わさった形で書かれています。「 　」は足跡です。その足跡がどこか（一）にくっついていることを表す漢字で、いまの字に直せば「止」です。

下の部分は「手（　）」で、「止」と「手」で、「なにかをしっかりと摑む」という意味になります。「 　」は、「之」にもなります。

時間はどんどん流れていく。その流れゆく時間をガッと一瞬摑む。それが「時」です。

ただの時ではなく、「まさにその時」。

何かをするときに、ちょうどいいタイミングというのがあります。早すぎてもいけないし、遅すぎてもダメ。五経のひとつの『易経』ではこれを「時中（じちゅう）」と呼んで、とても大事にします。

つらく苦しい「学」が続く。そのつらい日々の果てに輝く「時」がやってくる。

それをガッと摑まえる。これが『論語』の「時」なのです。

▼習──解き放たれる身体

では、「時」を摑んだらなにをするか。それが「習」です。

「習」という字の上は「羽」です。下の「白」は手偏をつければ拍手の「拍」になります。「白」という字はパタパタという擬音。「習」は鳥がパタパタと飛びたつさまを表します。

長い、長い、果てしないほど長い稽古の期間、先生はぜんぜんOKを出してくれない。能ではこれが十年間も続きます。自分には才能がないんじゃないかと落ち込む、ストレスフルな日々が続く。

そんなある日とつぜん、先生から「GO!」が出る。

先生も、そして生徒も一緒に、「時」をガッと摑んだ瞬間です。

「もう羽ばたくときだ」といわれ、舞台に立つ。

両手を開いて、ゆったりと舞う。

長い稽古期間を通過してきたから、もう頭でなんか考えなくても体は自然に動く。

お囃子(はやし)の音が体のなかを通り抜けていて、その流れに身を浸しているだけでいい。

まさに悦楽の瞬間です。

『論語』冒頭の一文はこの意味ではないだろうか――舞台のあとで、そう実感したのです。

▼学の喜び

能の稽古は「謡十年、舞三年」といわれます。現代の生活の感覚からするととても長い。しかしその長くてつらい日々を通過しなければ一人前になれません。

ただ、これは能の世界だけの話ではないはずです。

なにかを習得しようとすれば、長い時間がかかるのは当然です。しかも結果がまったく見えなければ、よけいにつらくなります。

「学而時習之、不亦説乎」という章句は、長くてつらい稽古があってはじめて、わたしたちは「学」の喜びを味わえるということを教えてくれます。いまのつらい稽古も、それを通り越したあとには、鳥がはじめて空を飛ぶような悦楽が必ず訪れる。そんな境地が保証されているのです。

それに気づいたとき、わたしたちは「長さ」や「つらさ」を回避するのではなく、むしろそれを求めるようになり、インスタントな学びは敬遠するようになる。

この章句の意味に気づいてから、『論語』はそれまでのイメージとはまったく違うものに見えました。

それはわくわくするほどダイナミックで、しかも実用的な古典として、その姿を現したのです。

読書案内

▼現在『論語』を読むなら、わたしのお薦め順では、①岩波文庫（金谷治訳注）、②中公文庫（貝塚茂樹訳注）、③講談社学術文庫（加地伸行全訳注）です。訳注者によって解釈が異なる章句はあります。①と②のあいだには振れ幅がありますが、③はバランスがよいです。

▼現代語訳もいろいろありますが、最近の本では高橋源一郎さんの『一億三千万人のための『論語』教室』（河出新書）は楽しく読めます。

第六講

誠を極める

年始のニュースで気になるのが初詣の人出です。

初詣の人出と景気とは、ゆるやかな相関関係にあるといわれています。「苦しいときの神頼み」というくらいで、景気が悪いときに初詣に行く人が多いのは当たり前じゃないかとは思うものの、それだけではなくその年の、少なくとも上半期の景気予想の指標に使われたりするのは面白いところです。

消費を左右するのは人の心。統計がいくら「景気は上向いている」と示しても、その実感がなければ消費は冷え込みます。そのような、人々の景気に対する率直な感覚が反映されやすいのが初詣の参拝者数なのです。

ところで、初詣ではただお参りしてもダメだということを第二講に書きました。そのときに紹介した菅原道真の作とされる和歌を、もう一度ここで紹介しておきましょう。

心だに誠の道にかなひなば祈らずとても神や守らん

心が「誠」の道にかなっていれば、祈らなくても神様は守ってくれる、という和歌です。

ではその「誠」ってどういうことなのか。今回はこの「誠」について、中国古典の『中庸』を中心にお話をしていきましょう。「誠」を極めることには、初詣に行くよりも大きなご利益があるはずです。

しかしこの『中庸』、四書五経の「四書」の一冊でありながらマイナー感があります。前講で取りあげた『論語』は大メジャーで、書店の中国古典コーナーを眺めても圧倒的に『論語』の解説書が多く、続いて老子や荘子、ビジネスマンが好きな「孫子の兵法」あたりまではあっても、『中庸』の解説書はあまり見かけません。学校でも中学高校くらいではあまり教わらないでしょうし、ビジネス雑誌でも特集されませんね。せっかくいいこと書いてあるのにもったいない。

じつは「四書」には難易度に沿った読む順番があって、最初に読むのは『大学』。二宮金次郎が薪を背負いながら読んでいるのが、この『大学』です。そして『論語』、『孟子』と続き、最後が『中庸』なのです。そのくらい難解で深遠な書であり、すばらしい叡智にあふれています。あ、でも『中庸』の内容を紹介する前にちょっと寄り道して、とあるマタギの方の話から始めます。

熊を見てから撃っても遅い

白神山地には、今年で七十八歳になる工藤光治さん*というマタギの方がいます。その方と山を歩いたときのことです。

予定の行路を歩き終えて駐車場に戻ると、その奥にも魅力的な林がありました。工藤さんに「あちらに入ると、どのくらいかかりますか」と尋ねたら、一時間くらいとのことだったので、「それならもう少し歩きましょう」と、その林に入ることになりました。

ところが歩き始めて、ほんの二、三分経ったころ、工藤さんが「まずい、戻りましょう」というのです。空は晴天だし、風も穏やか。まずい要素なんてなにもないと思ったのですが、彼のあとを追って小走りに駐車場に戻り、車のなかに入った途端に沛然（はいぜん）たる驟雨（しゅうう）が……。

＊内田樹さんとの対談が、『日本の身体』（新潮文庫）に収録されています。

背筋が寒くなりました。

雨の激しさにではありません。なんの兆候も見えない空に豪雨の到来を予知した工藤さんに、です。

「近ごろのマタギはダメだ」と工藤さんはいいます。それは「熊を見てから撃つからだ」そうなのです。それでは遅い。熊が現れたときには、もう撃っていなければ遅い。熊を見る前に撃つなんて、鉄砲すら持ったことのないわたしたち素人からするとなにをいっているのか全然わかりません。しかし、工藤さんと山を歩くと、それを実感します。

わたしたちがロープを伝わなければ下りることができないような下り道を、工藤さんは「そこ、足を折る人がいるから気をつけて」などとニコニコ笑いながら、見えない足場に足をかけつつ平坦な道を歩くように下りていきます。なんの変哲もない（とわたしたちには見える）一本の木の前でふと立ち止まり、「そろそろこの裏にキノコが出ているはずだ」と裏に回ってみると、顔を出したばかりのキノコがあったりして、熟知しているというのとは次元の違う山との接しかたが、工藤さんにはあるのです。

そのとき思いだしたのは松尾芭蕉の言葉でした。

句を作るときに芭蕉は「松の事は松に習へ、竹の事は竹に習へ」といい、それはそのものに入ること、すなわち一体化することであると、芭蕉から直接教えを受けた弟子の服部土芳（どほう）が、俳諧論『三冊子』に書き留めています。

工藤さんの山歩きは、工藤さんが山を歩いているのではない。山という一個の有機体の体内を工藤さんが巡っているというか、工藤さんの体内が山そのものになっている。山と一体化しているからこそ、山の天気の急変を予知し、視界に入っていない熊の動きを感知することができるのでしょう。

そして、じつはこれこそが「誠」の極意なのです。

新撰組の旗印「至誠」とは

「誠」という言葉自体は人口に膾炙しすぎていて、わたしたちはすでにそれについて知っているつもりになっています。しかしその奥深くにある、本当の意味のすごさはあまり知られていません。

新渡戸稲造は著書『武士道』で、「孔子は『中庸』において誠を崇び、これに超自然力を賦与してほとんど神と同視した」と書いています。さらに新渡戸は「彼［孔子］はさらに誠の博厚にして悠久たる性質、動かずして変化を作り、無為にして目的を達成する力について、滔々と述べている」と続けます（矢内原忠雄訳、岩波文庫）。

「誠」には神と同視されるほどの超自然力があり、それは動かすことなく変化を生みだし、無為にして目的を達成する力があるというのです。

変化を生みだす力、それが「誠」のもつ第一の超自然力だからこそ、幕末の新撰組は「至誠（しせい）」を旗印にしました。すなわち彼らは、誠を極めれば天下国家は変わると信じていましたし、吉田松陰は「変化しないのは自分の誠が足りないからだ」と自省しました。

わたしたちは、人を変えようと思ったら相手を説得したり、命令したりしますし、社会を変えようと思ったら、たとえばデモなどの行動を起こす人もいます。しかし『中庸』では、変化を起こそうとするならば「誠を極めよ」というのです。

誠を極めれば、なぜ変化を起こすことができるのか。それを考えるために、まずは「誠」という文字に注目してみましょう。

じつは孔子の時代には「誠」という漢字はまだありませんでした。あったのはこの字から偏である「言」を外した「成」です。

では「成」とはなにか。

「成」の古代文字を見てみると、「戈（武器）」に、呪飾である「棒」を加えた形であることがわかります。それをひとつ加えることによって、ただの武器である戈が聖具として完成するのです。

すなわち「成」とは「聖なる完成」が原義です。人間でいえば、その人の本来もっている「性」を十全に引きだす、すなわち本性を完成させることをいいます。

誠は「動かずして変化を作る」と書きましたが、これが「至誠」によって「人を変える」方法論です。「思うがままに相手を操る悪魔の人心操縦術」などでは決してないのです。

「なぁんだ」なんて思わないでください。自分の周りにいる人がみんな「誠」を実現した、いい人だったらとても楽でしょ。そのような人間関係を構築しようというのが「誠」の人間変容法です。

『中庸』版マインドフルネス

「誠」によって人が変わるためにはふたつのステップがあります。最初のステップは自分を「誠」に近づけること、すなわち自分の本性を完成させること、そして次のステップは「一体化」という方法によって相手に変容を及ぼすことです。

最初のステップである「自分の本性の完成」ですが、これはいわゆる「自分探し」とはまったく違います。自分のなかをのぞいて分析したりして、その「性」を探そうなんてするとドツボに嵌(はま)ります。

『中庸』で提案するのは、日常の細々したことのなかから「誠」を探し、その些事のなかから誠が現れるように行うことです。掃除でもいいし、お茶を淹(い)れることでもいい。日常のルーチンワークでもいいし、コーヒーを飲むことでもいい。そのような些事に隠れている「誠」を見つけるために、心を込めてそれを行う。ちょっとわかりにくいかもしれませんが、いわばいま注目されているマインドフルネスにも通じる方法です。

この『中庸』版マインドフルネスでは、五つのキーワードを提案します。

「博学」「審問」「慎思」「明弁」「篤行」です。

この五つのキーワードを頭の片隅に置きながら、日々の行いを実践してみよう、それを意識しながら生活をしているうちに、いつのまにかに「誠」に近づくことができる、『中庸』はそういいます。

ですから、まずはこの五つを覚えてしまいましょう。五つすべて覚えるのが難しかったら、傍点をふった語をつなげて「学問・思弁・行（い）」と覚えてもよいかもしれません。

では、このキーワードをひとつずつお話ししていきます。

誠に至る五つのキーワード

最初は「博学」です。

「学」というのは身体的な学びをいいます。また、それが「できる」ようになるまで学ぶことです。頭のなかだけで終わるものは「学」ではありません。博学の「博」は田に苗を植えることを意味する文字です。すなわち、ただ「博（ひろ）く学ぶ」のではなく、苗をひとつひとつ、田に植え尽くすように学ぶことをいいます。

古代ローマの喜劇作家テレンティウスは「私は人間である。人間に関わることで自分に無縁なものは何もないと思う」といいました（山下太郎訳「山下太郎のラテン語入門」HPより）。世のなかのことで学ぶに値しないものはひとつもありません。世のなかのすべてを学び尽くすくらいの気持ちで、書店の棚で興味がないものがなくなるくらいの気持ちで学ぶのが「博学」です。

ふたつめは「審問」。

大切なのはこの「問」という字です。「問」という漢字には、「門」のなかに「口」があります。古代の「門」は、神霊の宿る廟堂（びょうどう）の門です。神霊は、この門を通ってこの世に来臨します。すなわち問うとは、ただ質問をするのではなく、霊に神意を問うということが原義なのです。

現代でいえば占いでしょうか。しかし、すぐに占いに頼るのはダメです。問いには、自分に問う、他人に問う、そして神意に問うという三種類の問いがあり、この順番で行います。

まずは自分に問うことから始めるのですが、そのときの姿勢が「審問」の「審」です。「審」の「宀」は「門」と同じく廟堂で、そのなかの「番」は獣、すなわち神に捧げる生贄の動物を表します。神様に捧げる際、その生贄に問題がないかを、毛皮や角や蹄、そのほかありとあらゆる部分をチェックする。それが「審」です。

問いも、神様に捧げる動物をチェックするような真摯な姿勢で行う、あらゆるところから問いを発し、ひとつも疑義が残らないように問う。それが審問です。

その疑問を自分で調べる。するとまた新たな疑問が生じ、またそれを調べる。それを繰り返して、まずは自分で調べ尽くす。それでもまだどうしても解決できないことは人に聞く。それでも残った問い、これだけが神意に問うてよい問いなのです。

さて、三つめの「慎思」。

「思」の上の「田」は脳髄の形だとか、あるいは「細」の右の「田」と同じだとかいわれます。すなわち「思」とは細かく熟考することをいいます。

「慎」は、立心偏を金偏に替えると文鎮の「鎮」になるように、もともとはどっしりした気持ちを表します。なにかを考えるときには、周りの意見や気分に左右されずに、どっしりと沈思熟考する、それが「慎思」です。

四つめの「明弁」の「弁」は旧字で書けば「辨」。

ふたつの「辛」のあいだに「刀」が入った形で、裁判のときに是非を分けることを表します。

また「明」は、窓から見える月の形です。なにかを見るときにはなんらかの枠組み（窓）をはめてみると、それがよりはっきりします。是非の判断をするときも同じです。正しい枠組み、基準を持つことによって、スッキリと分けることができる、それが「明弁」なのです。

そして最後は「篤行（とっこう）」です。

「篤（とく）」は毒と通じ、馬が毒で重篤になった状態を意味します。しかしもとの意味の「毒」はいわゆる害毒（ポイズン）とは違いました。本来は祭りに奉仕する巫女が、髪飾りをつけ、盛装した姿がその形です。そのように神に仕えるような気持ちでおごそかに行動をする、それが「篤行」です。

この五つを極めよ、と『中庸』はいいます。

「学んで、自分でそれができるようになるまでは学ぶことをやめない。問うて、それを心底知ったと思わなければ問うことをやめない。熟考して、これだというところにまで至らなければ熟考をやめない。分別をして、明瞭に分別できなければできるようになるまでそれをやめない。もうこれ以上できないと思うところまでしなければその行動をやめない」と。また、「人が一回でできることでも、自分はこれを百回する。人が十回でできることなら自分はそれを千回する。そうすればだれでも誠に至ることができる」といっています。

人を変える、社会を変える

さて、このような日々を繰り返しつつ「誠」に近づくと、自分の「性」や心を尽くすことができるようになります。

心を尽くすということについて、吉田松陰は「十五貫目を持つ力のある者は十五貫目を持ち、二十貫目を持つ力のある者は二十貫目を持つことが力を尽くすことである」といいます。自分の持てる限りの心力を、惜しむことなくめいっぱい使う。それが「心を尽くす」ことであり、そして、それを念頭にまずは一事、そして一日から始めよ、そうすればその「性」を知ることができるというのです（『講孟劄記』尽心上篇、近藤啓吾全訳注、講談社学術文庫）。

これは、いわゆる自分探しとはぜんぜん違いますよね。この五つのキーワードの教えについて心を尽くして行えば、自分の性を尽くすことができる。そして、自分の性を尽くした人だけが、ほかの人の性を尽くす手助けができるといいます。

これが『中庸』でいう人を変える方法です。

そしてさらに、それは人にとどまらず、物や社会などの性を尽くすこともできる。これが「至誠」による社会変革です。

新撰組の至誠は少し違っていたかもしれませんね。そして、それができたとき、はじめて「天地人」の三体の一員になれるのです。

そのとき、その人と他者や社会との境界はなくなっています。マタギの工藤さんが山と一体化し、松尾芭蕉が松や竹と一体化したように、その人もなにかと一体化しているのです。芭蕉はこの境地を「風雅の誠」と名づけました。

心だに誠の道にかなひなば

さて、『中庸』に以下の一文があります。

至誠の道は、以て前知すべし。国家将に興らんとすれば、必ず禎祥あり。国家将に亡びんとすれば、必ず妖孽あり。蓍亀に見われ、四体に動く。

「至誠」、すなわち誠を極めれば、未来予知もできる。国家の興亡には必ず前兆があり、それは占いに表れることもあれば、自分の身体に現れることもある。他者や社会と一体化していれば、その変化は自分の「四体（両手・両足）」に現れるのでしょう。

そうなれば、もう占いも神頼みも必要なくなります。その境地が、冒頭に掲げた「心だに誠の道にかなひなば祈らずとても神や守らん」です。

新年によく一年の抱負を考えたりしますが、そんなときには『中庸』の五つのキーワードを念頭に置き、「誠」への道を歩む一歩を踏みだしてみてはいかがでしょうか。

読書案内

▼『中庸』を読むなら、金谷治訳注『大学・中庸』（岩波文庫）がお薦めです。今回、この書物の成り立ちを（長くなるので）説明できませんでしたが、同書の解説をご参照ください。さらなる興味を持たれた方には、宇野哲人全訳注『中庸』（講談社学術文庫）も読み比べにお薦めです。こちらは朱子の注に沿った解説と和訳で、章立てからして全然違います。

▼三十歳で刑死した吉田松陰の思想に触れるなら、本文中でも触れた『講孟劄記』（上下巻、近藤啓吾全訳注、講談社学術文庫）や、『吉田松陰 留魂録』（古川薫全訳注、講談社学術文庫）を読んでみてはいかがでしょうか。

第七講

ゲス不倫どころではない

今回は『伊勢物語』を読んでみます。平安文学の代表、古典中の古典です。古典好きにとってはなんともたまらない作品ではありますが、古典嫌いにとっては、文法に悩まされたりして、名前も聞きたくないくらい嫌いな作品でもあるようです。

わたしは高校時代、古典の先生から「『伊勢物語』は恋愛のバイブルである」と教わりました。「これを読み込めば、男は女にモテるようになり、女は悪い男に引っかからなくなる」と。

大ウソです。

主人公は、ただ「男」と呼ばれます。「むかし、男ありけり」という書きだしが多いので「昔男」ともいわれますが、後世の人はこれを在原業平（ありわらのなりひら）として読みました。

在原業平は天皇家直系の貴族であり、顔かたちも美しかったらしい。口（歌）もうまかった。これでモテないわけがない。「男」は最初からモテていたわけです。

しかもこの「男」、危険きわまりない恋はするわ、たくさんの女性と浮名を流すわで、現代にいたとしたら、ゲス不倫がどうしたとか世間を騒がせている昨今の男たちなんて甘っちょろいくらいの「悪い男」代表選手なわけで、こんなのを恋愛のバイブルにしたら大変なことになります。

それはさておき、まずは『伊勢物語』の基本情報を見ておきましょう。

じつはこの作品、成立年代も作者も不詳です。『源氏物語』ですでにその名前が書かれているので、平安時代の成立であることはほぼ明らかです。「男」の元服の日から始まり、死に臨んでの歌で終わる、全百二十五段によって構成されている小品集です。

形式は「歌物語」。「五七五七七」という和歌がストーリーのピークに置かれる、現代でいうならばミュージカルのような構造です。

これは第十講でお話ししますが、日本では古来、和歌というのは、ただの詩でも、ただの歌でもなかった。あらゆることを聖化する力を持つ、呪術的機能を備えた特別な言葉なのです。

これが物語の最後に置かれることによって、あらゆる恋愛は聖化されるというわけです。

和歌の恋愛作法

では、これから高校の古典の授業で学んだ（はずの）『伊勢物語』の、いくつかの段をおさらいしながら話を進めます。「えっ、学校の授業でやったんですけど〜」と本書のコンセプトに反することを指摘されてしまうかもしれませんが、説明のしかたは学校の先生とは違うのでご安心ください。

一番有名なのは、おそらく「筒井筒」の段（第二十三段）でしょう。井筒とは、井戸の枠のことです。井戸の周りで遊ぶ幼い男女は、井筒で「丈（たけ）くらべ（背比べ）」をしていましたが、やがて成長して会わなくなる。そんなふたりが再会し、歌を贈りあってめでたしめでたしとなる物語です。ふたりの贈答歌を見てみましょう。

最初に歌を贈るのは男です。

筒井（つつゐ）つの井筒（ゐづつ）にかけしまろがたけ
過ぎにけらしな妹（いも）見ざるまに

昔、筒井の井筒で測ったわたしの背丈は、もうその井筒より高くなってしまったようです。
あなたと会わないでいるあいだに。

うまい！

「筒井つの井筒〜」と過去の共有物から歌いだすことによって、相手のなかにあるふたりで過ごした時間の記憶を最初に引きだすというこの手法。さすがですね。

昔の話というものは夢と同じで、他人の話はつまらないものですが、自分が関わるそれは快感を生みます。ましてやそれが内心で好きあっていたふたりの記憶であり、しかも、丈くらべをしたという身体的記憶であればなおさらです。これはもう、うまくいかないはずがない。身がうずくのです。

ちなみに、ふたりに共有の「もの」から詠み起こして記憶の共有を促すという手法は、この男の和歌の常套手段です。この段から学べる恋愛作法は、「まずは過去の共有物を提示して、そこから話を盛りあげよう」ですね。おお、勉強になる！

が、じつは女のほうが一枚上手でした。女の歌を見てみましょう。

くらべこしふりわけ髪も肩過ぎぬ
君ならずして誰（たれ）かあぐべき

あなたとその長さを比べていたわたしの振り分け髪も肩より長くなりました。
あなたでなくてほかのだれかがこの髪を結いあげてよいものでしょうか。

やられた〜。

共有された記憶の想起、それも身体的記憶というところまでは同じですが、男は「丈比べ」、女は「髪」。全然違う。

「子どものころにふたりで背比べしたよね」という男に対して、「わたしの髪にはあなたの指を入れて上げてほしいわ」という女の肉感的な誘惑。もうダメですね。これでこの男は、生涯女のコントロール下に入ることが運命づけられてしまった。

ちなみにこの物語には、後日談があります。

このふたりはめでたく結婚したものの、のちに男が浮気をするのですが、女がまったく嫉妬しない。男は、「さては女も浮気しているのか」と疑い、出かけたふりをして草陰に隠れて見ていると、美しく化粧をした女が、物思いにふけりながら男の道中の無事を祈る愛の歌を詠うのです。

そんな妻を疑い、かつ浮気などをした自責の念が男に生じ、で、それからいろいろあったけれども結局元の鞘に戻って、もう一度めでたし、めでたしとなるのですが、最初の贈答歌を見る限り、おそらく女は「あなたのことなんか全部お見通しよ」と、男の浮気も覗き見もみんなバレバレで、すべては女の掌中で転がされていた、なんてことが想像できます。

早熟ナンパ師の華麗なテクニック

さて、次に有名なのは「東下り」と呼ばれる一段なのですが、これはあとで見ることにしましょう。ほかに高校の授業でよく扱われるのは「芥河」の段、「梓弓」、「さらぬ別れ」なのですが、やはり『伊勢物語』の冒頭、「初冠」の段（初段）を無視するわけにはいきません。

「初冠」というのは、いまでいえば成人式のことです。男は初めて冠をつけ、女は初めて髪を上げる。さっきの女性の「あなたに上げてほしいこの髪」がそれです。

近年の成人式といえば、若者の乱痴気騒ぎが毎度のように報道されますが、「色好み」を第一とするこの男はそんなことはしません。「ふる里」と呼ばれる時代遅れの旧都である奈良の、さらに街外れである草深い春日の里でふと見かけた姉妹の美しさに、思わず歌でナンパするのです。

彼は当時の最新ファッションに身を包んでいました。時代遅れの旧都にはふさわしくない美しい服、紫草（若紫）で乱れ染めした赤みがかったパープルの狩衣です。彼はこう思った。「この草深き里に隠れるように住む彼女たちこそ、この衣を染めた若紫の草だ。そしてわたしの心はこの衣の乱れ染めのように、乱れに乱れている」

そこで彼は惜しげもなく、その狩衣の裾をビリッと破り、そこに歌を書きつけます。

春日野(かすがの)の若紫のすりごろも
しのぶの乱れかぎり知られず

春日野の若紫のようなあなたがたの姿に、
この狩衣の模様のようにわたしの心は千々に乱れています。

さっきの歌と比べれば、若さゆえの稚拙さも見えますね。それは、すべて自分の視点で歌っているというところです。

彼女たちを「若紫」にたとえたのも自分の視点ですし、自分の心の乱れがいま着ている「乱れ染め」と同じだというのも自分の視点です。とことん俺様目線なんです。これでは自然に相手を自分の歌に引き込むという、この男お得意の戦法が使えません。

ですが、今回はいいのです。彼は若い。美貌も備えている。そして、なんといってもこのファッション。いまとは違います。

テレビも雑誌もない時代、田舎は田舎でした。しかも旧都。流行への憧れはある。そんなところに最新のファッションに身を包んだイケメン登場です。俺様目線だってなんだって許されます。そして、彼は「若紫」というキーワードで相手と自分をつないでしまった。しかも身にまとう衣です。衣という直接身体に触れるアイテムを使って、相手を自分の身の内に取り込み、「君らと僕とは一心同体だよ～」なんて歌いかけてるわけです。

しかも、その素敵な衣を惜しげもなくビリッ、です。こりゃあいちころですね。

よくよく読むと、相手がひとりではなく姉妹だというのもすごいのですが、まあ、そんなことはともかく、目の前にいる女性と自分の気持ち、それを着ているものに託して、しかも着物を破って書いて贈る。当意即妙です。

作者はそれを「いちはやきみやび」と称します。素早いし、過激な優雅さであるということ。この「いちはやき」は、「こんな若いときから」とも読めるかもしれません。初冠は現代でいえば小学校五、六年生から中学を卒業するくらいまでのあいだに行われました。『好色一代男』（第十七講）の主人公・世之介（よのすけ）の七歳には負けますが、なかなかの早熟ナンパ師ぶりですね。

禁じられた恋

さて、それでは教科書でもっとも採用されることが多い、「東下り」の段（第九段）の杜若（かきつばた）の一節を見ていきましょう。

「むかし、男ありけり」と始まるこの段は、「その男、身を要なきものに思ひなして、京にはあらじ、あづまの方に住むべき国求めにとて、行きけり」と続きます。

「思いなす」とは、無理にそう思うことをいいます。本当は、自分は「用がない」人間ではない。しかし、あえて「俺はこの世には、もう用のない人間なのだ」と「思ひなし」、そして「もう京には住むまい」と心を決めて、当時としては人跡未踏の地にも等しい東国への旅に出たのです。

　彼をそうまでさせたもの、それは許されざる恋でした。

　相手の名は『伊勢物語』本文で明らかにされてはいませんが、当時の読者にとっては、それが藤原高子（ふじわらのたかいこ）であるのは周知のことでした。高子との逃避行すらも含むスキャンダル。それはただのスキャンダルではない。高子は、清和（せいわ）天皇の后（二条后（にじょうのきさき））となった女性なのです。

　これが現代の話だったら、「天皇の后に決まったあの女性の赤裸々な過去」なんていう、週刊誌ですら怖くて扱えないような大スキャンダルです。

　しかしよくこんな物語を、宮内庁をはじめ、歴代の皇室も放っておくものだと思いますが、西洋でも、アーサー王の后グィネヴィアと騎士ランスロットとのスキャンダルが『アーサー王物語』の重要な一隅を占めるように、恋をするならやはり危険な恋なのでしょう。

　しかし、それだけではありません。「月やあらぬ」の段（第四段）には、「本当は恋してはいけないのに深く恋してしまった人（本意（ほい）にはあらで、心ざし深かりける人）」とある。彼女は、天皇の后になるならない以前に、絶対に恋をしてはいけない相手だったのでした。それは家と家との問題、さらには国家的な問題も孕むのです。

高子は藤原の「北家」の息女です。それに対して、業平と関係が深いのは同じ藤原でも「式家」のほうなのです。両家の確執は、業平のお祖父さんである平城天皇の時代から続くものでしたが、ただ家と家との確執に留まる問題ではありませんでした。

時代は、天皇中心の世から貴族中心の世へと大きく変容する、数百年に一度の大変革期でした。その変革の裏で、天皇家から実権を奪い、貴族（藤原氏）中心の世にせんと暗躍したのが藤原「北家」の冬嗣、良房父子です。

高子はこのふたりにつながる北家の女性、業平は天皇家につながる男。個人の恋など、大きな大きな時代の渦のなかではなきに等しい。若いふたりにどうにかできる問題ではないのです。

業平と高子は、ロミオとジュリエットよりも悲劇的な恋人同士でした。ロミオとジュリエットは自死に至りましたが、平安貴族の男には自殺という選択肢はありえません。現代ならば「もう死んでしまいたい」と思うほどの傷ついた心を抱えて、彼は旅に出たのです。

業平の天才的テクニック

「東下り」の解説を続けます。友だち数人と都をあとにして旅に出た業平は、うつむきながらとぼとぼと歩きました。

そうこうしているうちに三河の国（現・愛知県）の八橋にたどり着きます。およそ百五十キロメートルの距離です。一日三十キロ歩くとして五日で到着するほどの道のりですが、詳細な地図もない昔のこと。「道を知る人もなく、あちらこちらと迷いながらの旅だった」と書かれています。心細く、疲弊していたでしょうし、着いたころにはへとへとになっていたはずです。

橋を八つ渡した沢のほとりで、乾燥させたご飯（乾飯）を水でふやけさせてぼそぼそと食べました。と、そこに杜若が「いとおもしろく」咲いていています。

「おもしろし」というのは、目の前がぱっと明るくなって状況が一変するようなさまをいいます。「しろし」は「白し」を意味しますが、「著し」でもある。

尾形光琳の『燕子花図』のように、杜若が目にも鮮やかに群生していたのでしょう。うつむきながら歩いていた業平は、この杜若群の発する光にはっと顔を上げます。

同行のひとりが、「『かきつばた』という五文字を、各句の上に置いて歌を詠んでくれ」と業平に請います。このような修辞法を「折句」といいます。業平は「初冠」のころからインプロヴィゼーションの名人なので、即座に歌を詠みます（傍点は筆者）。

からころも着(き)つつなれにしつましあれば
はるばる来ぬる旅(たび)をしぞ思ふ

都には長年馴れ親しんだ妻がいるので、
はるばる遠くここまでやって来た旅を、悲しく思うことだ。

この歌は「折句」だけでなく、「枕詞(まくらことば)」や「掛詞(かけことば)」、そして「縁語(えんご)」も駆使した、和歌の修辞法オンパレードの一首です。

この歌を覚えておくだけで、和歌の修辞法の多くがカバーできます。それを業平はアドリブで作ってしまいました。複雑な対位法を、遊びの要素も入れてインプロヴィゼーションで作るバッハのようです。

本文では、この歌を聞いた一行はみな涙を流し、その涙が乾飯の上に落ちて、乾飯がふやけてしまった、とあります。

涙で乾飯がふやけたなんて、この深刻な状況には似合いませんね。むろん、これはお笑いの表現です。暗く沈んでいた一行が笑いを取り戻した瞬間を描いています。

そして彼らに笑いをもたらしたものは、杜若の「面白さ」でもあります。

この「面白さ」を後世でもっとも重視したのは、能を大成した世阿弥です。「あの役者には花がある」といまでもいうように、彼は芸のすばらしさを「花」で表現しました。そして、その花とは「面白き」であるというのです。

世阿弥は「面白き」の説明として、『古事記』から天照大御神の岩戸隠れの話を紹介します（第二講）。

天照大神が岩戸に籠ったがために生じた漆黒の闇。それが再び明るさを取り戻した状態こそが「面白き」だといいます。岩戸から漏れ出た光によって、神々の顔（面）が明るく（白く）なったからです。

その「面白」の明るさを取り戻すきっかけとなったのは、天宇受売命の舞と、それを見た神々の笑いでした。

笑うは「割る」です。また、笑いという言葉に、『古事記』では「咲」の漢字をあてています。咲くは「裂く」です。漆黒の闇という閉塞状態を割り、そして裂いたものは花（咲）であり、笑いでした。

花と笑いによって、暗闇の閉塞状態は打ち破られ、明るさが取り戻されるのです。

鎮魂の物語としての『伊勢物語』

さて、『伊勢物語』は非常に奥の深い作品なので、紹介したい段はもっとたくさんありますし、「『伊勢物語』の秘事」にも触れられませんでしたが、キリがないので今回は最後に、鎮魂の物語としての『伊勢物語』に触れて終わりにします。

『伊勢物語』は、能の素材としてもっとも多く採られる古典のひとつです。能に多く採られる古典としては、ほかに『平家物語』や『源氏物語』があります。能の主人公（シテ）は、幽霊が多いのです。平家の亡霊がこの世に現れて、生前の苦しみを語り、かつ舞う。それを旅の僧侶が鎮魂する。この「鎮魂」が、能（夢幻能）という芸能の特徴です。未完の思いを抱いたままあの世へと旅立った死者たちが、再びこの世に現れて、昔の物語を謡い、かつ舞うことによって、その思いを発散することを保障する鎮魂の芸能が能なのです。

そんな鎮魂の芸能に、『伊勢物語』が多く採られる。シテとして現れるのは、在原業平の亡霊であったり、業平と関係を持った女性であったりします。業平の兄である行平と関係を持った女性の場合もありますし、あるいは杜若など、植物の精霊だったりもします。老若男女どころか植物までもが鎮魂を要求して、再びこの世に現れるのです。

これは、『伊勢物語』に取材した能の作品が、単に在原業平や在原家だけを鎮魂するものではないということを示すのでしょう。

そこで鎮魂するのは、天皇の時代から貴族の時代への大きな変革期に犠牲となった数多の魂であり、さらにそれは平安期に留まらず、いつの時代にも変化の波に飲まれて犠牲となる、有名無名の人々、さらには声なき植物の魂なのです。

これは、『伊勢物語』が主人公の名を示さず、ただ「男」としたこととも符合するように思われます。『伊勢物語』自体が、個別性を排除した、普遍性を目指した物語なのです。

だから、いつの時代にも読み継がれる物語なのでしょう。

読書案内

▼現代語訳付きの一般的な本としては『新版　伊勢物語』（石田穣二訳注、角川ソフィア文庫）がお薦めです。初心者の方には『ビギナーズ・クラシックス日本の古典　伊勢物語』（坂口由美子編、角川ソフィア文庫）もよいでしょう。こちらは一部の段が省かれているものの、解説がやさしくて読みやすいです。

▼また、髙樹のぶ子さんの『小説伊勢物語　業平』（日本経済新聞出版）が話題を呼んでおり、第四十八回泉鏡花文学賞を受賞しています。

第八講

源氏物語ごっこ

今回と次回はご存知！『源氏物語』です。西暦一〇〇〇年ごろ、平安時代に書かれた作品で、かの藤原道長も読んでいた（というか『源氏物語』の作者の紫式部は道長の愛人だったという説もあるとか）、日本を代表する古典です。

カルチャーセンターの古典講座でも『源氏物語』が群を抜いての一番人気。しかし一方、『源氏物語』というタイトルすら聞きたくない方も多いと思います。世に源氏好きの方がたくさんいらっしゃるのと同じくらい、いや、それ以上に源氏嫌いは多いのかもしれません。

源氏嫌いには二種類あり、一方は主人公の光源氏が嫌いな人たち。あんな女ったらしのどこがいいのかと。

もう一方は学校の古文の授業で嫌いになった人たち。「敬語から主語を推測する」という、あの脳みそがかゆくなるような作業は、日本人に『源氏物語』嫌いを増やすのに、確実にひと役買っています。

が、日本のみならず世界中で愛されている『源氏物語』です。チェコ語やフィンランド語にまで訳されていて、フランスでは全三巻千三百十二ページの豪華版源氏が出版され、好評を博したようです*。

そこで、外国人には難しいこと＝せっかく日本語を読める人ならやっておきたいこと、すなわち「『源氏物語』を原文で読む」に今回は挑戦してみましょう。

原文で読むといっても、すべてを読み通す必要はありません。一部をじっくりと読めばいいのです。部分には全体が含まれると捉え、精読する。これがわたしのお薦めする古典の読みかたです。

この本で何度もいっていますが、古典を読むときに大事なことは、原文を声に出して、そしてゆっくりと読むことです。

『源氏物語』は「物語」です。物語には、本文と聞き手のあいだを取りもつ「語り手」という媒介者がいます。『源氏物語』はたしかに「書かれた」文学ですが、それであっても同じです。そこには、肉声を持つ物語の語り手が想定されています。

肉声と肉体の復権。それこそが『源氏物語』を楽しむためのキーワード

*フランスにおける日本文学研究の大家ルネ・シフェール氏による訳で二〇〇七年に豪華版が刊行されて、日本円で八万円以上でしたが完売しました。その判型を少し小さくした普及版が二〇〇八年に出て、こちらはいまでも販売中です（ISBN 9782903656461）。

▼ちなみに訳者のシフェール氏は若い頃に能に興味を覚えて一九六〇年代に世阿弥の『風姿花伝』を仏語訳しましたが、能を理解するためには日本の古典文学の全体像をつかまないとダメだと考え、『万葉集』『平家物語』から近世までの主要作品をかたっぱしから仏語に翻訳した人物です。

なのです。

光源氏プロデュースのバンドメンバーがヤバい

「物語が肉声と結びつくのはいいけど、肉体まで結びつける必要はないんじゃないか」と思う方もいるでしょう。

ところがどっこい。『源氏物語』は本来、肉体的に（というか身体的に）享受された作品なのです。その例として、まずは『とはずがたり』という別の古典を紹介しましょう。

『とはずがたり』は、『源氏物語』から下ること二百五十年から三百年くらいの鎌倉時代中・後期に書かれた日記（後半は紀行文）です。作者は後深草院二条（ごふかくさいんのにじょう）という女性。

『源氏物語』を読むときには、光源氏が関係を持った女性たちとの相関図をノートに書きながら読まないとこんがらがっちゃうのですが、『とはずがたり』のほうは、著者である二条が関係した男性たちをチャート化する必要があります。片や物語（フィクション）、片や日記（ノンフィクション）、片や女性遍歴、片や男性遍歴といろいろ逆ですが、なかなか興味深い古典なのです（内容はかなり愛欲ドロドロなので、古典の授業で『とはずがたり』が取りあげられることはほとんどありません）。

さて、そんな二条が仕える宮中で、ある日、『源氏物語』に描かれている「女楽（おんながく）」を再現しようという話になります。

そこでちょっと長くなりますが、『源氏物語』の「女楽」について説明しておきましょう。

「女楽」は、「若菜（下）」の巻に出てくる女性たちによる管弦の遊びです。

光源氏も四十代後半にさしかかって美貌の盛りは過ぎ、いろいろ鬱々とすることも多い日々を送っています。そんな光源氏が、朱雀院（すざくいん）の五十の賀の趣向のひとつとして、自分の館にいる四人の女性たち（明石上（あかしのうえ）、紫上（むらさきのうえ）、女御君（にょうごのきみ）、女三宮（さんのみや））による雅楽の合奏を企画します。

明石上が琵琶（びわ）、紫上は和琴（わごん）、女御君が箏（そう）の琴（こと）で、女三宮が琴（きん）を受けもち（以上すべて弦楽器）、これに童子たちが管楽器奏者として加わりますから、美女とかわいい童子たちによるバンドです。

しかしこのバンド、自分の娘である女御君を除いては全員、光源氏と現在進行形の関係にある女性たちなんです。そういう女性を一堂に会させるなんてさすがです。

また、受けもつ楽器にもそれぞれ意味があります。

最初の明石上。彼女は光源氏が須磨に配流（はいる）（いわゆる島流し）されたとき（当時二十六歳）に関係をもった女性です。そしてそのときにできた娘が、バンドメンバーに入っている女御君（明石君）です。

明石上は最初、娘だけを源氏に預けて自らは明石にいたのですが、娘が天皇に召されてから、光源氏に請われて、いまは光源氏の邸に住んでいます。

彼女が演奏するのは琵琶で、その腕は名人の域に達しています。それに琵琶はバンドのリズムパートを担う楽器で、通常もっとも上手な人が受けもちます。『源氏』本文で彼女の琵琶は、「かみさびたる手づかひ（神々しい弾きよう）」と絶賛されています。このバンドの陰のリーダーです。

次は光源氏の正妻（正式には正妻格）、紫上。十歳のときに見初めて、半ば強奪するように自分の屋敷に連れてきて、好みのままに育てあげ、妻にしてしまった女性です。ちなみに光源氏の最初の正妻の葵上（あおいのうえ）は六条御息所（ろくじょうのみやすどころ）の生霊に殺されて、このときすでにこの世にはいません。

彼女が弾くのは和琴です。日本古来の琴で、もっとも格式の高い楽器でもあります。これを紫上に弾かせたのは、正妻格の彼女を立ててのことでしょう。

次に描かれるのは女御君、天皇の妻です。彼女は先ほどの明石上と光源氏とのあいだにできた娘です。彼女が弾くのは箏の琴。調律が難しい楽器で、この調律のために光源氏はわざわざ自分の息子、夕霧を呼びます。天皇の妻を立てるためにアシスタントをつけたのです。

その演奏は「うつくしげ（可愛らしく）」に「なまめかしく（若々しく）」聞こえると書かれ、女御君の初々しさが表れています。

そして最後は女三宮。彼女は上皇、朱雀院の娘。朱雀院に請われて光源氏が妻にした女性です。ちなみに妻にしたときの彼女の年齢は十四、五歳、光源氏は四十歳になろうとしていました。すごい年の差、そして幼妻。

彼女が弾くのは琴。孔子も愛した、中国文人の好んだ楽器です。光源氏の時代ですら弾ける人が少なくなりつつある楽器で、ハーモニクス奏法があったり、弾く姿勢も大事だったりとなかなか難しい楽器です。そんな難しい楽器を女三宮に教えていたのは光源氏その人でした。

この配置、さすがなんです。それぞれの女性に、それぞれの美点が引き立つように楽器を配する。さすが管弦の名手光源氏ですが、彼がモテたのは、こういう細かな心遣いができたからなのでしょう。

そんなバンドによる合奏のすばらしさに、夕霧は拍子を取りながら唱歌(しょうが)を口ずさみ、光源氏も扇を打ち鳴らしつつ唱歌を歌い、演奏に色を添える。そういう光景が描かれています。

身体で読む『源氏物語』

ここで話は『とはずがたり』に戻ります。そんな「女楽」を『源氏物語』から三百年ほど経った宮中で再現しようということになったのですが、ちょっとした問題が勃発します。

著者である二条が割り振られた役は明石上。『源氏物語』をよく読めば、とても名誉ある役なのですが、彼女は「一番身分が低い女の役なんてイヤ」と不満です。それに拍車をかけるように、依怙地(いこじ)な祖父に席順を代われないなどといわれ、「もう、やってられない」と怒った二条が退席し、結局この女楽の再現は実現しなかったのです。

しかし、このような「源氏物語ごっこ」は、古来日本ではよく行われていたようなのです。

そこで、わたしのおススメする『源氏物語』を身体で読むためのアイデアのひとつが、この「源氏物語ごっこ」です。

『源氏物語』のなかから「ごっこ遊び」ができそうな場面を探し、それを再現してみましょう。まずは現代語訳の本をぱらぱらとめくりながら「どこが面白そうかな」と探します。そして面白そうなところがあったら、その原文に当たって、そのセリフも含めて再現します。

さすがに光源氏が女性の寝室に忍び込んでいく場面はやめておいたほうがいいと思いますが、たとえばラップのバトルのような歌や詩の応酬もあります。ダンス(舞)のバトルもあります。宴会の場面でもいいですし、「雨夜の品定め」(「帚木(ははきぎ)」の巻の冒頭、光源氏と彼より女性経験の豊富な男たちが女性について語り合う場面)のような会話を、役を決めて読んでみるのも一興です。そこからアドリブで会話を発展させるのも面白い。

皆さんもぜひ、「源氏物語ごっこ」を楽しんでみてください。

怨霊登場

『源氏物語』と肉体、そうくれば、あれだけ多くの女性と関係をもった光源氏です。すぐに期待するのが性的な場面なのですが、残念ながら本文にはそのものずばりの肉体的接触の描写はほとんどなく、婉曲に描かれています。

肉体的接触をぼんやりと表現するわりに、やけに詳しく表現されるのは「非在の身体」である怨霊の描写です。そこで、怨霊の描写を「葵」の巻から見てみましょう。原文の部分は、ぜひ声に出してお読みください。

場面は光源氏の正妻、葵上の寝室。彼女は横になって苦しんでいます。葵上の年齢は二十六歳、光源氏は二十二歳です。

出産を控えた葵上。ところがどうも体の具合が悪い。その原因を探ってみると、「御物の怪」、すなわち怨霊による病だということになりました。お坊さんや修験者を呼び、悪霊を祓う勤行が始まります。怨霊を憑依させるための霊媒としての巫女も枕辺に呼ばれます。

勤行が始まるとさまざまな物の怪や生霊が現れて、霊媒に憑依し、「我こそは」「我こそは」と名乗りだします。ところが……

さまざまの名のりする中に、人にさらに移らず、ただ自らの御身につと添ひたるさまにて、ことにおどろおどろしうわづらはし聞ゆる事もなけれど、又片時離るる折もなきもの一つあり。

さまざまな者が名乗りでるなかに、どうしても霊媒にも憑依せず、ただ葵上の枕辺にじっと付き添った様子で、だからといって特におどろおどろしく苦しめるわけでもないけれども、しかし片時も離れない怨霊がひとつある。

こわいですね。

霊媒の巫女にも憑依せず、ただ葵上の枕元にじっと付き添い、片時もそこから離れようとしない怨霊。まわりの人たちは、光源氏が関係している女性たちを思い浮かべ「もしかしたら彼女だろうか、それともあの女性だろうか」と疑ってみると、どうも六条御息所が怪しい。

六条御息所は、前の東宮（皇太子）妃でありながら若くして未亡人となった人物で、光源氏より七歳年上。光源氏と彼女とのなれそめは『源氏物語』には描かれておらず、彼女が物語に登場するときには、すでにふたりはやや冷めた関係になっています。

しかし、その教養の高さと美貌、そしてなによりもその「おもてなし」は比類ない。が、それゆえにこそ光源氏の足も遠のく。光源氏を思う気持ちはつのるものの、元皇太子妃という身分の高さから、「もっと通ってほしい」とも頼みづらい。愛されることよりも愛することを求める女性であり、その思いを上手に表現することができない人なのです。

そんな六条御息所ですが、葵上を呪い殺そうなんて思ったことは一度もありません。しかし、世間では自分の生霊が葵上のもとに現れるという噂が囁かれている。

それについて彼女はこう思います。

身一つの憂き嘆きよりほかに、人をあしかれなど思ふ心もなけれど、物思ひにあくがるなる魂は、さもやあらむ

我が身の憂きを嘆くよりほかに、人を悪く思うような心もないけれども、物思いをすると魂が身体から遊離するという、そんなこともあるのかもしれない。

たしかに自分自身のことをつらく思うことはある。でも、人を悪く思ったことはない。でも

……。

「あくがる（憧る）」とは、魂が身体よりふらふらと抜けだしてしまうことをいいます。「物思ひにあくがるなる魂」というフレーズは、「物思いにふけって、ふと沢を見ると、沢に乱舞する蛍たちも自分の身体から抜けだした魂のようにも見える（物おもへば沢の蛍も我が身よりあくがれいづる魂（たま）かとぞみる）」と詠った和泉式部の歌を思いださせます。

六条御息所にも、思い当たることがなくはなかったのです。

すこしうちまどろみ給（たま）ふ夢には、かの姫君とおぼしき人の、いと清らにてある所にいきて、とかく引きまさぐり、うつつにも似ず、たけくいかきひたぶる心出できて、うちかなぐるなど見え給ふこと、度重（たびかさ）なりにけり。

少しうつらうつらまどろむ夢には、あの姫君、葵上とおぼしき人のいる、とても美しいところに出かけていき、引っ張り倒したり掻きむしったり、いつもの自分とは違って、猛々しく荒々しく抑えきれない心が出てきて、打ったり叩いたりという姿を見ることがたび重なっていた。

まどろむ夢のなかのわたしは、葵上のところに行き「とかく引きまさぐり（引っ張り倒し）」、「うちかなぐる（打ったり叩いたり）」。そんな夢を何度も見た。夢だけではなく、わたしの魂はこの体を抜けだして葵上のもとに行っているのだろうか。「ああ、いやだ。いやだ。わたしはそんな女ではないのに」と御息所はひとり煩悶するのです。

生霊が呪い殺す

そんなある日、葵上が突然産気づきます。出産の日まではまだまだ日がある。そうだれもが油断していた時期です。でもやはり例の怨霊は枕元にいる。

「やむごとなき験者ども（すぐれた修験者たち）」が呼ばれて悪霊調伏の祈禱をしていると、苦しそうに葵上がいいます。

少しゆるべ給へや。大将に聞ゆべき事あり

調伏の祈禱を少しゆるめてください。大将〔源氏〕に申しあげたいことがございます。

人々は遺言でもあるのかとしばらく座を外すことにし、僧たちも加持祈禱をやめて声を潜めて法華経を読誦(どくじゅ)する。光源氏は几帳(きちょう)の帷子(かたびら)をかかげて、葵上の手を握って「ああ、つらい」といったきり、なにもいえずに涙があふれてくる。

葵上も号泣している。あまりに激しく泣くので光源氏が「もし、今生(こんじょう)で別れても、またのちの世では必ず会うから、もう嘆かないでくれ」と慰めると、葵上はやさしい口調でこういいます。

いであらずや。身の上のいと苦しきを、しばし休め給へと聞(きこ)えむとてなむ。かく参り来むともさらに思はぬを、物思ふ人の魂は、げにあくがるるものになむありける

いえ違います。我が身があまりに苦しいので、祈禱をしばらくやめてくださいと申しあげようと思ったのです。こうして参ろうなどとはさらさら思っていなかったのに、物思いをする人の魂は、本当に身体から離脱するものなのですね。

ん？　なんか変だ。しゃべっているのは葵上なのに、「かく参り来むともさらに思はぬを（こうして参ろうなどとはさらさら思っていなかったのに）」というなんておかしい。するとここで葵上の声が突然変わり、怨霊の声、別人の口調で一首の歌を詠みます。さあ、皆さんもぜひ怖い怨霊の声色で、この歌を読んでみましょう。

嘆きわび空に乱るる我がたまを
結びとどめよしたがひのつま

嘆き、詫び、あげくに中空に乱れ飛んでいってしまったわたしの魂。その魂を結び留めてください。あなたの下前の棲(つま)を結ぶという呪術で。

おお、怨霊は霊媒ではなく葵上に憑依していたのです。こわいですね。
「この声、どこかで聞いたことがある」と思った光源氏は尋ねると、この怨霊の正体は六条御息所、その人の生霊でした。「わたしは嫉妬なんてする女ではない」、そう思っている六条御息所の無意識が生霊となって葵上に憑依していたのです。

　このあと修験者たちの祈りが効いたのか、六条御息所の怨霊は一度葵上の身体から離れ、その合間に無事に出産が行われます。しかし結局、葵上は怨霊に呪い殺されてしまうのです。

　さあ、怨霊の声で朗読をしてみていかがでしたか。何度かやっていると「怨霊ごっこ」、もとい「源氏物語ごっこ」をしてみたくなるはずです。そして、それを実現したのが能なのです。能でよく演じられる『葵上』は、六条御息所の生霊が主人公（シテ）となっています。次回は能を通じて、「非在の身体」たる『源氏物語』の怨霊が、どのように肉体化されるのかを見ていきたいと思います。

読書案内

▼『源氏物語』を読もうとすると、種類がかなりあるので迷う方もいらっしゃるかと思いますが、原文と現代語訳が収められている『源氏物語』（玉上琢彌訳注、全十巻、角川ソフィア文庫）がお薦めです。ただ、原文がついていないものであれば、最近刊行された、林望さんの『謹訳 源氏物語』（全十巻、祥伝社文庫）が群を抜いて読みやすい現代語訳です。
▼漫画なら、超ベストセラーの大和和紀『あさきゆめみし』（全七巻、講談社漫画文庫）や、いがらしゆみこ『マンガ日本の古典 13 とはずがたり』（中公文庫）などはいかがでしょうか。

魂を鎮める

引き続き、日本古典文学の最高峰『源氏物語』を取りあげます。

前講は、「源氏物語ごっこ」を通じて『源氏物語』を身体的に読んでみることを提案し、最後に、「葵」の巻に登場する「非在の身体」として、六条御息所の怨霊の物語を紹介しました。

今回は、能になった『源氏物語』という身体化の極致についてです。

能は室町時代に、観阿弥とその息子世阿弥によって大成され、それから現代まで途切れずに続いているという、世界でも稀有な芸能です。その素材は神話・伝説から巷間の民話、さらには海外の話まで多岐にわたりますが、その中心はなんといっても日本の古典文学です。なかでも『源氏物語』は、世阿弥に上々の「舞歌の本風」といわれ、最高の本説（典拠する対象）として大切に扱われています。

能の本質は「遊楽」です。それを実現するために「舞」と「歌」にふさわしい姿を能にすべきだと世阿弥はいい、その例として、「貴人の女体（身分の高い女性）」「気高き風姿（気高い姿）」

「世の常ならぬかかり・よそおひ（一般人ではない風体）」を挙げています（竹本幹夫訳注『風姿花伝・三道』角川ソフィア文庫）。

いわゆるセレブを主人公にせよと世阿弥はいうのです。そんな人物をシテ（能の主人公）にするような能ができれば、まさに玉のなかに玉を得たような作品ができるといい、その具体例として挙げているのが『源氏物語』の登場人物たちです。

世阿弥は次のように書いています。

「六条御息所の葵の上に憑き祟り、夕顔の上の物の怪に取られ、浮舟の憑物」

あれ？

能にするには、ただ、セレブなだけではだめなようです。セレブな女性が生霊となって相手を呪い殺したり、物の怪に命を取られたり、なにかに取り憑かれたりするようでないと能にはならないというのです。

そんな状態を世阿弥は、中原致時の詠んだこのような古歌（『八代集抄本後拾遺』一〇八六年）で表現しています。

梅が香を桜の花に匂はせて

柳が枝に咲かせてしがな

「梅」のよい香りと、見目美しい「桜」、さらにはしなやかな「柳」、これらが一緒になったような幻想植物の創出というのが世阿弥の目指すところです。

なんという贅沢。セレブなだけではだめ。セレブな女性が怨霊に取り憑かれて、乱れに乱れる姿が美しい。そういうのです。いわば「昼は淑女、夜は娼婦」のような人でしょうか。

そんなわけで、光源氏の正妻である葵上が物の怪に取り憑かれ、元皇太子妃という超セレブの六条御息所が怨霊化するという「葵」の巻は、能にとっては格好の素材。

能の現行曲（現在も上演されている作品）としては、六条御息所の生霊が葵上を取り殺そうとする『葵上』や、愛を失った六条御息所の亡霊が清らかな野の宮にひとり佇(たたず)み、昔を思うという、静かななかにも凄艶(せいえん)さを醸しだす『野宮(ののみや)』がありますが、今回は『葵上』を中心にお話ししていきましょう。

能『葵上』

舞台は、光源氏の正妻である葵上の病室（寝室）です。

葵上に憑いた物の怪がいよいよそのパワーを増し、葵上はまさに生死の境をさ迷っています。貴僧・高僧が呼ばれ（現代でいえば日本中の名医という名医が呼ばれ）、大法や秘法など、当代随一の医療がすべて施されますが、いっこうに効かない。

そこで呼ばれたのが照日（てるひ）という名の梓巫女（あずさみこ）です。

巫女にもいろいろあり、ここで呼ばれた梓巫女というのは明治のころまでは京都にもいた、遊行（ゆぎょう）の歩き巫女です。おそらくは差別もされていた。葵上の家（左大臣家）としては、あらゆる手を尽くし果て、もう「藁をもつかむ思い」で梓巫女を呼んだのでしょう。

それまで医療行為を施していた貴僧・高僧とは身分もまったく違う。この能は室町時代に作られたものですが、それを享受した江戸時代の人々にもこの身分差が引っかかったらしく、次のような川柳を詠んでいます。

陸尺（ろくしゃく）の中を押し分け照日来る

貴僧高僧（名医）たちは、六人で担ぐ陸尺という立派な駕籠で来ていた。それに対して照日の巫女は、そんなながを押し分けるようにしてとぼとぼ歩いてくる。そんな川柳です。呼ばれた医師たちからすれば、「あんな歩き巫女なんかと一緒にされてたまるか」と、そそくさとその場を立ち去ります。こんな川柳もあります。

典薬*と照日の神子とはすりちがい

梓巫女は、梓弓、すなわち竹の弓をびんびん鳴らしながら霊を呼ぶ口寄せをするのでそう呼ばれます。箱を持っていたようで、そのなかには髑髏か土偶が入っていました。その箱に寄りかかりながらの口寄せ、かなり怪しい。

能に登場する梓巫女は竹の弓も箱も持っていませんが、梓弓を鳴らしながら呪文を唱える体で「天清浄地清浄、内外清浄六根清浄」と謡います。

するとどこからともなく「梓の弓の音はいづくぞ、梓の弓の音はいづくぞ（この梓弓の音はだれが鳴らしているのか）」という声が聞こえてくる。

＊宮中の医療職

見れば、破れ車（牛もいないぼろぼろの牛車）に乗る身分の高そうな女性の姿が現れます。破れ車といえば、先ごろ世間の噂となった葵上と六条御息所との車争いが思いだされる。「もしかやうの人にてもや候ふらん（もしや、このお方が怨霊）」と巫女はいいます。

ちなみに、葵上の寝室には、照日巫女を呼びにいった大臣もいるのですが、大臣にはその姿が見えません。しかし、不思議に思った大臣が「ただ包まず名をおん名のり候へ（名をお名乗りください）」というと、怨霊は照日巫女に憑依して、自分の正体を明かします。「只今梓の弓の音に、引かれて現れ出でたるをば、いかなる者とか思しめす。これは六条の御息所の怨霊なり（この梓弓の音に引かれて出てきたのは六条御息所の怨霊である）」

葵上に取り憑いている怨霊は、六条御息所の生霊だったのです。

生霊は「かかる恨みを晴らさんとて、これまで現はれ出でたるなり」というや立ちあがり、病床の葵上をきっと睨みつつ、「あら恨めしや。いまは打たではかなひ候ふまじ」と手に持つ扇で葵上を打とうとします。

照日は止めるのですが、しかし生霊は「いやいかに言ふとも、いまは打たではかなふまじとて、枕に立ち寄りちやうと打てば」と葵上を打ち据え、照日の「思ひ知らずや」という忠告に対し、「思ひ知れ」といい放ったあと、嫉妬の舞が始まります。

ここでこの舞の登場人物と詞章（セリフ）を紹介しておきましょう。古文が苦手な人はパスしても話はつながりますが、できれば声に出して読んでみてください。「シテ」が主人公、六条御息所の生霊です。「ツレ」とあるのは梓巫女の照日。「地謡」というのは、この能において地の文にあたる箇所を謡うコーラスグループです。

ツレ「思ひ知らずや。

シテ「思ひ知れ。

地謡「恨めしの心や、あら恨めしの心や。人の恨みの深くして、憂き音に泣かせ給ふとも。生きてこの世にましまさば、水暗き、沢辺の蛍の影よりも、光る君とぞ契らん。

シテ「わらわは蓬生の、

地謡「もとあらざりし身となりて、葉末の露と消えもせば、それさへことに恨めしや、夢にだに、返らぬものをわが契り、昔語りになりぬれば、なほも思ひは真澄鏡、その面影も恥づかしや、枕に立てる破れ車、うち乗せかくれ行かうよ、うち乗せかくれ行かうよ。

シテの六条御息所はこの謡(うたい)に合わせて舞います。舞の動きを文字で書くのは難しいのですが、「蛍の影」「蓬生（ヨモギが生い茂り荒れ果てた場所）」「葉末の露」「真澄鏡（増鏡）」などという具体物を表現しながら、しかしそのじつは光源氏への思い、捨てられた自分の気持ち、正妻である葵上への恨みを謡い舞います。

このとき、舞台上でシテがかけるのは「泥眼(でいがん)」と呼ばれる面(おもて)が一般的です。一見、ふつうの女性の顔のようですが、よく見ると白目の部分に金泥(こんでい)が塗られています。蠟燭(ろうそく)の炎のゆらめきに、この金泥がキラリと光って涙のようにも見え、観客は恨みの奥にある悲しみも感じるのです。

そして、彼女は乗ってきた「破れ車」に再び乗るや、忽然とその姿を消してしまいます。ここまでが舞台の前

狩野柳雪「能之図　葵上」（国立能楽堂　提供）
六条御息所の生霊（シテ）と横川の小聖（ワキ）
手前の小袖（着物）を病に伏す葵上に見立てている

半です。
この顚末に驚いた大臣は従者に、横川の小聖という行者（山伏）を呼ぶよう命じます。この人物が、能舞台の役割としては「ワキ」です。「ワキ」は、亡霊や怨霊として登場することの多い主人公「シテ」に対峙する現実側の人間として物語を進めます。ちなみに梓巫女の夫は山伏であることが多かったようなので、彼は照日巫女の夫かもしれません。

さて、行者が祈っていると、六条御息所の生霊が再び登場します。

しかし、ここで登場するシテの面はさっきの泥眼ではなく、恐ろしい般若の面に替わっています。般若の面も、よく見るととても悲しい顔つきをしているのですが、やはり金の角や金の牙によって、悲しさよりは恐ろしさが際立ちます。

般若となった六条御息所の生霊と行者は「イノリ」という囃子に乗って、追いつ追われつの攻防を繰り広げます。やがて生霊は行者に向かい「はや帰り給へ」といいますが、行者はなおも明王に祈り、真言を唱え続けていると、怨霊も心を和らげ、菩薩も来迎し、やがて成仏得脱の身となるのです。

謡の稽古はポピュラーだった

以上が能『葵上』です。

わたしたちは実際に能『葵上』を演じたり、能の詞章である「謡」を謡ったりすることによって、『源氏物語』の「葵」の世界を身体的に体験できるのです。

「能を演じるっていったって、自分は能楽師じゃないし」という方もいると思いますが、いまはだれでも能を学ぶことができます。

「いまはだれでも」というのも、江戸時代、能は武士だけのためのもので、武士以外の人が能を学ぶことはできませんでした。しかし、能の詞章を歌う「謡」は、寺子屋の教科書にもなっていたくらいポピュラーなもので、町民も謡を楽しんでいました。

たとえていうと、オペラを演じることは武士だけの特権でしたが、オペラのアリアを歌うことはだれにでも許されていたのです。

しかも能の音楽である囃子を習ったり、「仕舞」という形で舞を習ったりすることもできたので、衣装こそ着ないものの、オーケストラ付きで『源氏物語』オペラ全曲上演、なんてこともできました。

また、寺子屋で習っていたということは、子どもたちも『葵上』の名場面として、「思い知らずや、思い知れ」なんてやっていたはずなのです。

いまでこそ「能」というと遠い存在になってしまっていますが、一九七〇年くらいまでは能の謡が市民生活に浸透していて、そのころの東京で、観世（かんぜ）流というひとつの流派に限ってみても、謡を習う人が十万人いたといわれています。

ですから、人々が『源氏物語』を知るための入り口が能であっただけでなく、後発の芸術も能を通じて『源氏物語』と触れ合っていました。

たとえば江戸時代の長唄『面影葵の上』は能の詞章を多く使っていますし、三島由紀夫の『近代能楽集』（新潮文庫）に収められている戯曲「葵上」も、『源氏物語』そのものではなく、能『葵上』を現代的に翻案したものなのです。

能の効用

さて、前回紹介した『源氏物語』の「葵」の巻と、今回紹介した能『葵上』とを比べてみると、『源氏物語』の六条御息所は、どちらかというと気の毒というか寂しさを感じますが、能のほうは『源氏物語』の詞章を使いながらも、六条御息所の執念がより強調され、怖い感じになっています。

『源氏物語』においては、六条御息所の恨みや執心は最後の最後まで隠されていて、六条御息所本人ですら意識化していないように読めます。それが能では、隠れている無意識の執心が露わになって、さらには般若の面として肉体化さえします。

舞台化されることによって執心はデフォルメされ、ひとつのテーマとして焦点が当てられます。焦点化された執心は男女の恋愛の執心を超えて、あらゆる執心の象徴として、能『葵上』で立体化するのです。

わたしたちは『葵上』を謡い舞うことによって、自分の執心を意識化し、さらには「成仏得脱の身」として、その執心を昇華させることができます。

ふだんは無意識という海の底に沈めているものを意識化し、そしてそれを昇華させる。それによって無意識の大海に引きずりこまれるのを抑止する。それこそが能の、ひいては物語の役割のひとつでしょう。

平安時代の人たちは『源氏物語』を身体的に読むことによって、そして室町以降の人たちは能を謡い舞うことによって、それを実現しました。

古典文学は、ただ教養であるだけではなく、わたしたちの精神生活に欠かせないものだったのです。

能で観る『源氏物語』

最後に、『源氏物語』に取材した、ほかの能も簡単に紹介しておきましょう。

世阿弥は、能にふさわしい『源氏物語』の登場人物として「六条御息所」「夕顔」「浮舟」の三人を挙げました。六条御息所が登場する曲は、先に紹介したとおり『葵上』と『野宮』です。

夕顔を扱った能の曲には、『夕顔』と『半蔀』があります。

能『夕顔』は夕顔の幽霊が僧の回向（仏事供養をすること）によって迷いを脱するという話で、『源氏物語』の本文が随所にちりばめられている名曲です。

一方、同じ夕顔を扱った作品でも、能『半蔀』のほうは、シテを夕顔なのか、あるいは夕顔の花の精なのかもはっきりとさせず、ただ黄昏時の朧な世界を描き、テーマもあらすじも物語もない、だからこそ能以外では表現できない縹渺たる美を描いています。

浮舟が登場する能『浮舟』も、能『夕顔』と同じく浮舟の幽霊が僧と出会う物語で、その詞章の多くを『源氏物語』の文中から採っています。

しかし、その前場のシテの姿が川舟に棹さす舟人の姿であり、一曲のメインである舞も優雅な舞（序之舞）ではなく、狂乱のような舞（カケリ）であることなど、『夕顔』や『半蔀』の優美さとはちょっと違う、凄艶な感じが出ています。

同じく舟人をシテとし、狂乱の舞を舞う作品には能『玉葛』があります。夕顔の娘である玉葛を扱う作品です。

また、男としては無理を承知で演じてみたいのが光源氏。そんな野望をかなえる曲が『住吉詣』と『須磨源氏』です。

能『住吉詣』は、光源氏一行と明石上の一行との出会いを、まるで立体絵巻のように再現する絢爛たる能です。

そして『須磨源氏』は、木こりに姿を変えた光源氏がその一生を物語り、やがてその本体を現して舞を舞うという能。両方とも謡っていると光源氏になったようで、かなりいい気分なのです。

嘘つく人は地獄行き

能は鎮魂の芸能です。『源氏物語』の登場人物たちは、物語世界から抜けだしてきて、事跡を語り、謡い、舞うことによってその魂が鎮められます。

しかし、もっとも鎮魂されなければならないのは紫式部です。

物語を作ることによって仏教の五戒のひとつ「不妄語戒(嘘をつかない)」を破ったため、紫式部は死後、地獄に堕ちてしまいます。そんな紫式部と『源氏物語』を供養する『源氏供養』という曲も能にはあります。

思わず嘘をついてしまうのが人間。ときどき『源氏供養』を謡って罪を祓っておきましょうか。

読書案内

▼能『葵上』の謡曲を読むのであれば、創業三百六十年の老舗版元、檜書店が刊行している『葵上 対訳でたのしむ』がよいでしょう。能を鑑賞しにいく場合、このような本を一読のうえで臨めば舞台を味わえる度合いはグンと高くなるので、眠らずに能を楽しむことができます。

▼また、ウェブサイト「the 能ドットコム」には、能鑑賞に役立つ基礎知識が充実していますので、ぜひ覗いてみてください（わたしの過去の連載「安田登の能を旅する」も閲覧できます）。

▼ https://www.the-noh.com/jp/people/essay/travel/index.html

第十講

呪詞としての和歌

前講の最後で触れましたが、能に『源氏供養』という演目があります。タイトルのとおり『源氏物語』と、その作者である紫式部を供養するという能なのですが、そもそも中世には「源氏供養」という文化があり、紫式部は多くの人々に供養されていたようです。

なぜ紫式部は供養されなければならなかったのか。それは、彼女が死後、地獄に堕ちてしまったからです。紫式部が地獄に堕ちた理由は「作り話で人を惑わした」、すなわち「嘘をついてはいけない（不妄語戒）」という仏教の戒律を破った廉によるのです。

しかしそんな紫式部に対して、在原業平や和泉式部などの歌人は地獄に堕ちないどころか天上世界をも超えてしまい、輪廻を解脱して「歌舞の菩薩」と呼ばれ、仏様のグループに入るのです。

ひどい話でしょ。

在原業平といえば数多くの女性と浮名を流したプレイボーイ。和泉式部だって藤原道長に「浮かれ女（め）」と呼ばれたほどの男性遍歴を重ねた愛欲ドロドロの女性。そんなふたりは菩薩になり、ただ空想世界での恋に遊んでいただけの紫式部が地獄に堕ちるだなんてひどいですよね。

紫式部は道長の愛人だったという話もありますが、真偽は不明。ひょっとしたらリアルな世界での恋の話はほとんどなかったのでは、ともいわれています。陽キャの浮かれ女が菩薩で、陰キャのまじめな女性作家が地獄だなんて可哀そうすぎます。

ちなみに紫式部と和泉式部とは同い年、九七八年生まれです（和泉式部は正確には生年未詳ですが）。紫式部は、その日記のなかで和泉式部の和歌や手紙は評価していますが、人としては「けしからぬかた（感心できない人物）」だといっています。

恋愛上手な和泉式部

和泉式部のなにが「けしからぬ」なのかは、いろいろな説があるようですが、ひとつは彼女のことを「どうも倫理的に問題がある」と、紫式部が思っていたふしがあります。

和泉式部にはたくさんの恋人がいて、そのなかの何人かとの関係は宮中でのスキャンダルにもなっています。彼女のもっとも有名な歌といえばこれですね。

物おもへば沢の蛍(ほたる)も我が身より
あくがれいづる魂(たま)かとぞみる

長いあいだ、物思いに沈んで、ふと顔を上げると沢を埋め尽くす蛍の一群。現代ならば水辺に輝くクリスマス・イルミネーション。そんな光を彼女は、自分の身から抜けだした魂と見るのです。おお、すばらしい感性。そりゃあモテるわけです。

そんな彼女も結婚をします。が、最初の結婚はほどなく破綻する。結婚に破れた彼女の二度目の恋のお相手は、なんと天皇の息子、為尊(ためたか)親王でした。まさにシンデレラ。皇子様との恋です。しかしこれがスキャンダルとなり、和泉式部は「身分違いの恋だ」と親から勘当されてしまいます。さらに、この皇子様は不運にも二十六歳で若すぎる死を迎え、シンデレラの恋も束の間で終わってしまうのです。

失意の和泉式部に声をかけたのが、亡き皇子様の弟、敦道(あつみち)親王です。前の恋人の弟、しかも和泉式部の三つ年下、そして皇族。危険な香りがぷんぷんしますね。この弟皇子、兄以上の恋の巧者で、最初から求愛の歌を贈ったりはしません。

まずは使いの少年に「橘(たちばな)の花」(柑橘類の木で白い花を咲かせる)を持たせます。「橘の花」とくれば、古歌を知る人ならば「昔の人の袖の香」(『古今和歌集』)というフレーズが連想され、暗に「あなたはまだ昔の人(亡き為尊親王)のことを想っているのでしょう」ということをいいたいんだなとわかります。

過去の記憶の想起に香りを使うとは、さすが敦道親王です。香りというものはあらゆる感覚のなかでも、記憶ともっとも強く結びつく感覚です。しかも、橘の花という男の香りのなかではいまでも人気の柑橘系を使うところなど、敦道親王、本当に憎いですね。

ここで「え、なに?」とわからなかったら、もうその時点で恋の相手としては失格ですが、もちろん和泉式部は橘の花からその意味を読み取り、こんな歌を返します。

薫(かを)る香(か)によそふるよりはほととぎす
聞かばや同じ声やしたると

親王が「橘の花」というアイテムを使って「古歌を想起せよ」と来たわけですから、こちらも古歌の暗示で返さなければナメられる。そこで和泉式部が用意したのは「ほととぎす」。香りに対して音（声）です。当時の教養のある貴族なら、ほととぎすと来れば、素性法師の歌にある「昔と同じ声で鳴くほととぎす」が思いだされるはずなのです。

もう、こんな高度で絶妙なやり取りというか駆け引きというか、たまらないですね。「橘の香りであの方を思いだすよりも、昔と変わらず鳴くというほととぎすの声（亡き親王の声）を聞きたいわ」、そう和泉式部は返しました。

ICレコーダーのような録音機材などなかった時代。ふと薫る橘の花に昔の記憶がよみがえることはあっても声は難しい。でも、聞きたい。「あの人はもう二度と戻ってこない、恋に対するわたしの情熱は燃え尽きたわ」と、求愛をやんわり拒絶する歌のようにも読めます。

むろん、そんなことで諦める敦道親王ではありません。彼はこんな返答歌を送ります。

同じ枝になきつつをりしほととぎす
声は変はらぬものと知らずや

「わたしと兄とは同じ枝で鳴いていたほととぎすのようなもの。声も同じなんですよ。知らなかったのですか?」

おお、うまい！　さすが皇子様。

しかし、これを誘導したのは和泉式部だったのです。

先ほどの和泉式部の歌をもう一度、ご覧ください。「同じ声」という句がありました。この「同じ」によって親王は「同じ枝」を詠みだすことができたのです。

拒絶するように見せかけて、ちょっとした隙を作る。この隙が恣意的なのか無意識なのかはわかりませんが、和泉式部を恋愛上手(浮かれ女)たらしめたのでしょう。

そしてこれこそ、紫式部から「けしからぬ」といわれるゆえんなのかもしれません。

奔放きわまれり

その先がどうなったかはもうご想像どおり。ふたりは晴れて恋人同士になりました。

が、問題はそこから。

皇子様はなんと和泉式部を自分の正妻のいる宮中に呼び込むのです。なんとも大胆な……。そのために正妻から「里に帰らせていただきます」といわれたり、和泉式部は宮中であれこれ陰口をたたかれたりと、もうめちゃくちゃな状態になります。

でももっとすごいのは、この親王も後日二十七歳の若さで亡くなってしまうことなのです。

お兄さんが二十六歳、弟が二十七歳。しかも、ふたりとも和泉式部を恋人にしている。当時も大騒ぎだったようですが、いまだったら彼女が毒でも盛ったんじゃないかと警察が動きかねない事態で、もう「週刊文春」とかネット上で大騒ぎの特ネタ。

しかし、そんなことでへこむ和泉式部ではありません。彼女はそのあともさまざまに相手を替えて恋をし続け、最後の夫と思われる人は藤原保昌（やすまさ）。彼は歌人でもありながら武勇のほうが有名。源頼光とその四天王とともに大江山の鬼退治をしたことはよく知られています（いわゆる酒呑童子（しゅてんどうじ）伝説で、おそらくフィクションですが）。

セレブな皇子様からマッチョな武将まで、和泉式部のストライクゾーンの広さにも恐れ入ります。かつ、そんな怖い旦那がいながら、その後も夫以外の男に恋の歌なんかを送ってしまうという、なんとも奔放な女なのです。

さて、そんな和泉式部の歌がたくさん載るのが『拾遺和歌集』や『後拾遺和歌集』、ちなみに在原業平の歌が多く載るのは『古今和歌集』です。

これらの歌集は天皇や上皇の命によって編まれた歌集なので、勅撰（ちょくせん）和歌集と呼ばれます。『古今和歌集』から『新古今和歌集』まで八つの勅撰和歌集（八代集）があり、そのなかにはさまざまなカタチの恋を表現した歌が載っていますので、高尚な恋の指南書としても読めるのです。

和歌の特権的な地位

というわけで話を最初に戻しますと、物語作者の紫式部は地獄に堕ちたのに、なぜこんな奔放な和泉式部や在原業平が菩薩になれるのかという問題でした。

答えは簡単。それは和泉式部や在原業平が歌人だったからなのです。

「えー、歌人ならばだれでも菩薩かよ」って、まあだれでもというわけではありませんが、たいていは菩薩になれます。これは本人の徳云々による問題ではなく、ひとえに和歌の徳のなせるわざであり、それほど和歌は、わが国において特別な地位を与えられていたのです。

『古今和歌集』の序文のひとつである仮名序には「和歌というものは天地創造のときに生まれた（この歌、天地の開け始まりける時より出で来にけり）」と書かれています。

『旧約聖書』には、天地創造のときには、まず神の息（霊＝風）が言葉になり、そしてその言葉は光を生んだと書かれています。

我が国では、言葉は光を生みだすより前に「歌（和歌）」を生んだのです。『旧約聖書』の「光」に当たるものが日本では「歌」だった。死に臨んだゲーテは「もっと光を」といったそうですが、日本人ならば「もっと歌を」というところです。

　そして、そんな和歌には数々の不思議な力があります。ここであらためて、『古今和歌集』の仮名序を見てみましょう。

力をも入れずして、天地（あめつち）を動かし、
目に見えぬ鬼神（おにがみ）をもあはれと思はせ、
男女の仲をもやはらげ、
たけき武士（もののふ）の心をもなぐさむるは歌なり。

和歌は、「天地」や「鬼（先祖の霊）神」までも感動させるし、「男女の仲」も和らげ、「たけき武士」の心も慰めるというのです。

　この「天地」「鬼神」「異性（男女の仲）」「いきり立っている人（たけき武士）」には、「通常ならばコミュニケーションができない他者」という共通点があります。

「天地」や「鬼神」と、ふつうではお話ができないというのはいいでしょう。また、ある程度人生経験を重ねた人なら「異性」とのコミュニケーションの難しさもわかると思います。「いきり立っている人（たけき武士）」は酔っ払いを想像するといいでしょう。からんでくる酔っ払いにはなにをいってもダメですし、酔っていると痛みを感じにくいので殴ってもダメです。そんな、通常ではどうにもできない相手の心を和らげ、動かすことができるのが歌なのです。

掛詞と夢の世界

現代人であるわたしたちは「歌」と聞くと「ソング」だと思ってしまいますが、日本の古典の「歌」はソングではありません。

歌の語源は「打つ」とも「訴える」だともいわれています。霊や神をはじめとする声の届かない相手に自分の思いを訴え、そして打つ（感動させる）のが歌なのです。

ですから歌はソングというよりは、「呪詞（じゅし）」といったほうがいいでしょう。

神霊の力を引きだし、通常では考えられないような状態を実現する神聖な詞です。

歌（和歌）にそのような力があるのは、「日本には言葉に魂が宿っているという考え、すなわち『言霊（ことだま）思想』が古代からあったからだ」という人がいます。言葉を発すると、言葉に宿る魂によってそのとおりの状態が実現されるのだ、というのです。

でも、それはちょっとロマンチスト過ぎる。

「言霊」という語は古代ではそんなに有名な言葉ではありませんでした。

まず『古事記』には「言霊」は出てきません。初出は『万葉集』で、たしかにそこには「言霊（ことだま）の幸（さき）はふ国」という句（八九四）も出てきます。

しかし、『万葉集』でも「言霊」が出てくるのは三回だけ。四千五百首以上もあるなかでたった三首です。しかも、そのうち二首では「事霊」という表記です。万葉集の時代に「言霊」という考えを持った人はいたかもしれませんが、古代の日本人がみな言葉には魂が宿っていたと考えていたとはいえないのです。

さて、言葉を発するだけでは神霊は動かないとすると、そのためにはなんらかの技法が必要です。それが「掛詞（かけことば）」や「枕詞（まくらことば）」などの修辞法なのです。

たとえば『新古今和歌集』の代表的な歌人のひとりである藤原定家（ていか）には、小倉百人一首に入っているこのような歌があります。

来ぬ人をまつほの浦の夕なぎに
焼くや藻塩（もしほ）の身もこがれつつ

定家は男ですが、この歌は女性の視点で詠われています。

彼女はまず「来ぬ人を待つ」と詠いだします。

が、「まつ（待つ）」と声を発した瞬間に、その「まつ」は「松」になり、それがそのまま「まつほ（松帆）」となり、場面は一転して「松帆の浦（淡路島）」に移動してしまうのです。時刻は夕凪のころ。凪が止み、潮の香りがもっとも強い時刻、魚の腐臭もかすかに漂う不吉なときです。そんな夕凪に、この松帆の浦では「海藻が焼かれている（焼くや藻塩）」。そう詠うとふたたび視点は自分（身）に戻る。そして自分は、なかなか来ない恋人を「待ち焦がれる」と詠う。その「焦がれ」という言葉を発した途端に、またまた場面は松帆の浦に引き戻され、めらめらと燃えさかる炎のなかで焼かれ焦がれる海藻が描かれるのです。

が、焼かれるのは海藻だけではない。恋人を待ち「焦がれ」、恋の炎のなかで焼き尽くされる自分がそれに重なり、さらには夕凪の屍臭とも重なり、恋の死をも予感させる歌となるのです。

この歌の「まつ」は「待つ」と「松」に掛かり、「焼く」は海藻を焼くだけでなく、身を焼くでもある。そして「こがれ」には海藻が焦がれる（黒くなる）と身が焦がれる（思い焦がれる）が掛かっています。

「このようなものを掛詞という」と古文の授業では習いますが、このように言葉の端がきっかけで全く違う場面に移動するこの感じ、「あれ、この感覚、どこかで経験したことがある」と思うでしょう。

そうです、夢です。

夢の場面は突然、変容することがあります。夢日記をつけて観察してみると、その変容のきっかけというものが和歌における掛詞のように、ほんの些細な事物の端であることがわかります。掛詞はまさに夢。ひょっとしたら夢のなかから生まれた修辞法なのかもしれません。換言すれば、掛詞は自分の意識と無意識とを結ぶ技法であるともいえるでしょう。しかも、その無意識は個人の無意識ではなく、集合的な無意識です。昔の人風にいえば、掛詞のような修辞法は「神との架け橋」あたりでしょうか。

しかし、神との架け橋になるのは修辞法だけではありません。

修辞法を使わずとも、歌は詠唱されることによって集合的無意識、あるいは神との架け橋たり得ます。それは日本語の発声がノイズを含む声だからです。

ノイズを多く含む声は人の精神に影響を与えます。音楽家の武満徹（たけみつとおる）は、人の心を動かしすぎるからという理由で、ノイズを使うことを一時やめていたことがあると、昔の雑誌の記事に書かれていたのを覚えています。

歌は歌人だけでなく、その聴き手にも影響を与えるのです。能では歌を詠われた樹木すら菩薩になります。おお、和歌の徳、すごいですね。

ですが、じつは歌人でも菩薩にならずに地獄に堕ちてしまった人がいます。それは絶世の美女として名高い小野小町です。

彼女を恋い慕うあまりに恋い死に、一緒に地獄に堕ちた深草少将（ふかくさのしょうしょう）が、「煩悩の犬となって殴打されても絶対に離れない」と小町の袖にすがって彼女の成仏を妨げ続けているのでした。

この話は、能の『通小町（かよいこまち）』という作品になっています。この能は「執心男物」というジャンルに入っているのですが、能のなかで精神的に暴走するのは圧倒的に男なのです。

読書案内

▼勅撰和歌集の代表格『古今』『新古今』を読むなら、やはり現代語訳が付いていて価格もお手頃な角川ソフィア文庫をお薦めします。『古今和歌集　新版』（高田祐彦訳注）、『新古今和歌集』（上下巻、久保田淳訳注）。和泉式部に興味が湧いた方は、こちらも現代語訳付きの『和泉式部日記』（近藤みゆき訳注）を読んでみてはいかがでしょうか。

第十一講

音の文学

「楽しいことはビール、いやなことは遠征」

そういったのは、いまから四千年以上も前のシュメール人です。現在、確認し得る最古の言語であるシュメール語で書かれた箴言（しんげん）に、楽しいこととしてのビールとの対比で、いやなこととしての遠征、すなわち戦争が書かれています。

ほんと、人って何千年経っても基本的には変わらないんですね。

できれば戦争はしたくない。それが大昔からの人々の願いでした。しかし、いまも世界のどこかで戦争が行われ、多くの人命が失われています。

人類が同じ人類を、大量に、そして組織的に殺害する「戦争」という行為は、農業の発明とともに生まれ、灌漑（かんがい）農業への発展とともに加速したといわれています。

しかし、狩猟採集民同士による大規模な戦争もあったようなので、ひょっとしたら戦争への欲求は、人の本能に根深く埋め込まれたものなのかもしれません。

だからでしょうか、多くの国において最初期の文学は戦記文学です。

たとえばギリシャ。吟遊詩人ホメーロスによる『イーリアス』（前八世紀頃）は、トロイの木馬で有名なトロイア戦争について書かれています（ただしトロイの木馬の話の前まで）。

また、古代インドの叙事詩である『マハーバーラタ』（前四世紀頃から四世紀頃）は、パーンドゥ族とクル族との戦いが中心に描かれますし、『旧約聖書』にも戦いの描写を多く見ることができます。

古代中国の甲骨文字を読むと、もっとも大人数の軍隊を率いた将軍が婦好(ふこう)という女性で、現在の将軍のイメージとちょっと違うのですが、ギリシャでも戦争の神は女神アテーナーですし、シュメール語で書かれた神話でも戦いの神は女神であるイナンナです。

イナンナは、戦いのないところに戦いを起こし、自分の起こした戦争の勝敗を自分で決め、さらには戦死者の頭を喰らうというなんとも暴力的な女神なのですが、その女神を奉じるシュメール人の箴言が冒頭に紹介した、「楽しいことはビール、いやなことは遠征」なのです。

翻(ひるがえ)ってわが国を見れば、最古の歴史書である『古事記』や『日本書紀』の多くの部分も、やはり戦争の描写に費やされています。第二講に書いたスサノオによるオロチ退治をはじめ、倭建命(やまとたけるのみこと)による熊襲建(くまそたける)や出雲建(いずもたける)の退治、さらには神武東征などと日本人も昔からよく戦争をしており、戦記にはこと欠きません。

そして、そんな日本における戦記（軍記）文学の最高傑作のひとつが、『平家物語』です。

日本史上最大の変化

『平家物語』がすごいのは、戦記文学としてだけではありません。

この物語は、平安末期の武将である平清盛とその一門、すなわち平氏の繁栄と滅亡の歴史を題材としていますが、平氏一門の興亡だけでなく、平安時代の終焉と、鎌倉時代という新たな時代の到来の予感も描きだしているのです。

そしてこの、貴族が支配する平安時代から、武士が支配する鎌倉時代への変化は、単に「時代が変わった」という言葉で済むものではなく、日本史上最大の変化ともいうべき大事件でした。

この時代に確立した、「家」や「土地」を中心とした家族制度や、働いたらその見返りに報酬をもらうという制度（御恩と奉公）などは、現代にまで引き継がれています。歴史を大観すれば、いまもまだこの転換期に確立された制度の延長線上にあるといえるでしょう。

そんな千年以上にも及ぶ歴史の基礎を作ったのが平清盛であり、その時代を描いたのが『平家物語』なのです。

そして現在この世界は、数千年に一度の大変革のすぐ手前にいるという議論があります。人工知能（ＡＩ）が人間の能力を超える技術的特異点（テクノロジカル・シンギュラリティ）という、いわばＡＩ革命の日が近い将来（二〇四五年）にやってくると予測されたりもしています。こんな時代だからこそ、大変革の時代を描く『平家物語』を読む意味もあり、そして面白さも増すのです。

祇園精舎の鐘の声はどんな音か

と、ここまで持ちあげておいてなんですが、じつは高校時代、『平家物語』はあまり好きではありませんでした。だって、あの冒頭、変じゃないですか。

祇園精舎（ぎをんしやうじや）の鐘の声、諸行無常の響（ひびき）あり。
沙羅双樹（しやらそうじゆ）の花の色、盛者必衰（じやうしやひつすゐ）の理（ことわり）をあらはす。

中学や高校で習うこの文章ですが、みなさん、中高生のころ、これ、すんなりと受け入れることができましたか。「沙羅双樹の花の色」のほうはまだ許せます。季節によって移り変わり、そして時季がくれば散ってしまう花に盛者必衰の理を見るのは、まあいいとしましょう。

しかし、「祇園精舎の鐘の声」に「諸行無常の響」なんて聞けるものか?!と（少なくとも高校時代のわたしは）思ってました。たしか学校の先生は、「鐘の音の余韻に無常を感じるんだ」なんていってましたが、それはそう感じようとするから感じられることで、「そんなの気のせいだよ」といわれればそれまででしょ、なんて思ったものです。

そして（CDがまだない時代に）カセットテープで聞いた、あのなんとも間延びして途中でいまどこを歌っているのかわからなくなる平曲（琵琶を弾きながら語られる）の「祇園精舎」は、高校生にとってはなんともとっつきにくく、それが『平家物語』嫌いになるきっかけだったといえます。

しかしそんなわたしが「おお、これだったのか」と思ったのが、狂言『鐘の音』を観たときです。

この狂言は、主人から「鎌倉へ行って金の値を聞いてこい」といわれた太郎冠者（使用人）が、鎌倉の寺々を巡って鐘の音を聞いて帰り、主人に叱られるというお話です。なんとも狂言らしくゆるい設定ですが、この狂言のなかで、さまざまな鐘の音がオ

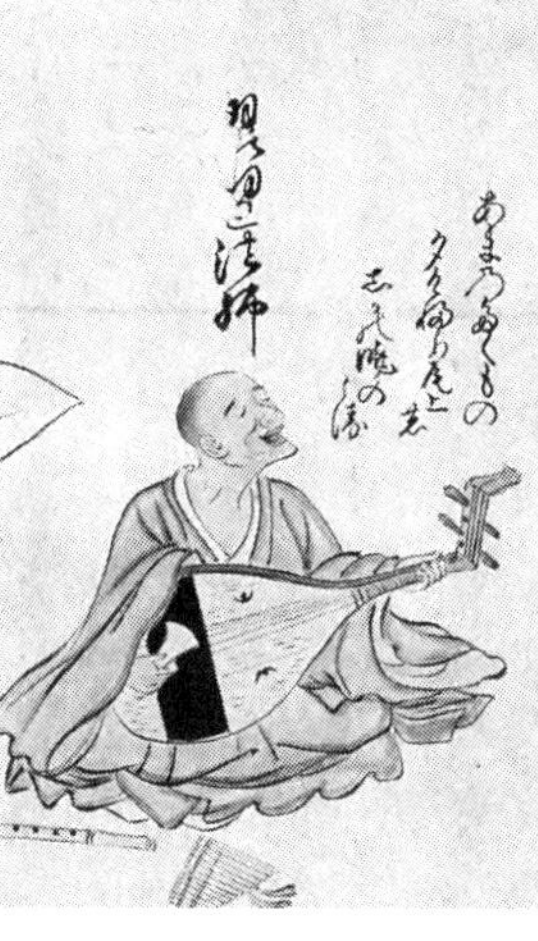

琵琶法師『職人尽歌合（七十一番職人歌合）』東京国立博物館 蔵

ノマトペ（〈ざあざあ〉〈もくもく〉などの擬音・擬態・擬声語）で表現されます。そのひとつに「ぢやん、も〜ん、も〜ん、も〜ん」というのがあります（ああ、文字ではうまく伝えられない……）。

でもこれを聞いたときにわたしは、「諸行無常と聞こえる祇園精舎の鐘の音はこれだったのか！」と気づいたのです。すなわち「諸行無常」は「ぢやん、も〜ん、も〜ん、も〜ん」ならぬ、「しょ、ぎょ〜ん、お〜ん、お〜ん、お〜ん（諸行）。む、じょ〜ん、お〜ん、お〜ん、お〜ん（無常）」ではなかったのかと。

現代日本語のオノマトペのせいか、わたしたちは鐘の音というと「ご〜ん」という打音を思い浮かべてしまいますが、中世の鐘の音のオノマトペは「も〜ん、も〜ん、も〜ん」という余韻が中心であり、これはたとえばバリ島の舞踊劇ケチャなども連想させます。

ケチャにおいて主旋律を刻むタンブールと呼ばれるパートは、「シリリリ・プン・プン・プン・プン」と歌います。これも鐘の音を模したものだといわれており、「プン・プン・プン」は「ポ〜ン、ポ〜ン、ポ〜ン」とも聞こえ、狂言の「も〜ん、も〜ん、も〜ん」にも似ているのです。諸行無常が「しょ、ぎょ〜ん、お〜ん、お〜ん、お〜ん。む、じょ〜ん、お〜ん、お〜ん、お〜ん」であると気づいたときに、いまさらながら『平家物語』というのは「音の文学」であり、平曲のマネはできないまでも、声に出して朗誦したときに、はじめてその魅力がわかるんだなと思いました。*

戦場に鳴り響く音

さて、そう思って読み直してみると、『平家物語』のなかには音の描写がとても多いことに気づきます。

たとえばその戦闘場面は音の洪水です。

まずは〈おー!〉という鬨(とき)の声。これがすごい。

『平家物語』のなかには定型句がたくさんありますが、鬨の声の定型句は「鬨をどつとぞ作りける」です。鬨の声は、ただの〈おー!〉ではなく〈どっ〉と聞こえたのですね。〈どっ〉ですよ、〈どっ〉!

これはただの声ではありません。声の圧力で思わず体が仰け反(のけぞ)ってしまうような、力をもった声です。しかも「ぞ…ける」という係り結びを使って「本当にすごい音だぞ!」と強調しています。

で、どのくらいすごいかというと、『平家物語』のなかには「天も響き大地も揺(ゆる)ぐばかりに、鬨をぞ三箇度作りける」という描写があります。この

*ある講座でこの話をしたら、受講生の方から「それと同じものを井上ひさしさんが脚本を書いた舞台『道元の冒険』で観たことがある」と教えていただきました。新潮文庫版『道元の冒険』を見てみると、諸行無常が「ショギョォン ムジョーオン オン オン」と、まさしく狂言『鐘の音』のオノマトペで表現されていました。さすが井上先生!

「三箇度」も鬨の定型句のひとつで、鬨の声は三度上げるのが基本のようなのですが、ここでは「天も響き大地も揺ぐ」に注目してみましょう。

これは比喩表現ではありません。音は振動です。天に響くし、大地も実際に動く。ただ、天地を振動させるほどの音はロックコンサート程度の音量ではダメです。そんな音など足元にも及ばないほどの大音量でなければいけません。

たとえば「富士川の事」という節（巻五の十二）には、「源氏二十万騎、富士川に押寄せて、天も響き大地も揺ぐばかりに、鬨をぞ三箇度作りける」と記されています。騎兵だけで二十万騎ですから、このほかに歩兵もたくさんいたかもしれません。東京ドームのキャパが五万五千人ですから五万とすると、騎兵の声だけでもコンサートで上がる歓声の四倍です。そんな声で一斉に〈おー！〉とやったら、そりゃあ天も響き、大地も揺らぐでしょう。

また、「坂落しの事」（巻九の十一）には、三千余騎の鬨の声が、山びこがこたえて十万余騎の鬨の声と聞こえたと書かれてあり、約三十倍に増幅された模様。二十万騎の声に山びこがこたえたら六百万！　東京ドーム百二十個分！　想像を絶する大音量です。

しかも、ただ声を上げただけではなかった。たとえば「かねて用意したりける白旗をさつとさし上げて、鬨をどつと作りければ」という描写もあります。無数の白旗を〈ざっ〉と差しあげる。これだけでもすごい音です。それに続いて天も響き、大地も揺らぐ鬨の声。両軍合わせれば倍。

源平の戦場は、〈おー!〉とか〈ざざざざ〉などのような大音量の重低音に満ちていた。そして、その音にかぶさるように聞こえるのが鏑矢の音で、こちらは「ひやう（ひょう）」という高音です。

扇の的の逸話で有名な「那須与一の事」（巻十一の五）では、鏑矢が「浦響くほどに長鳴」したとあります。海が響くほどに長鳴りする鏑矢。戦場でも、鋭く高い音が長く尾を引くように鳴り響いていたはずです。

その場面では与一ひとりの鏑矢でしたが、実際の戦場ではもっと多かったようです。

たとえば「倶利伽羅落しの事」（巻七の五）では、まず源氏のほうから精兵十五騎が出て、十五の鏑矢を平氏の陣に射入ります。

すると平家も十五騎を出して十五の鏑矢を射返す。次に源氏が三十騎を出して三十の鏑矢を射れば、平家も三十騎を出して三十の鏑矢を射返す。五十騎を出せば五十騎、百騎を出せば百騎を出す。

天地も動かす数十万騎の鬨の声に、頭上を〈びゅんびゅん〉〈ひゅーんひゅーん〉と空気を鳴らしながら飛び交う、二百の鏑矢の音。

すごすぎます。

ほかにも那須与一が扇を射抜いた場面では、「沖には、平家舷を叩いて感じたり、陸には、源氏箙(えびら)を叩いてどよめきけり」とあるので、〈バタバタ〉〈パタパタ〉という打音も、やはりすごい音量で源平の戦場に鳴り響いていた。

『平家物語』を読むと、そんな大音量の戦場の響きが聞こえてくるようです。

怪異現象の音

戦闘場面だけではありません。『平家物語』のなかで頻繁に、そして当然のように起こる怪異現象にも「音」に関連するものがいくつもあります。

たとえば「物怪(もっけ)の事」（巻五の三）にある話です。

福原の都（このころわずかな期間ながら、都が平清盛によって現在の神戸市兵庫区に移された）の、岡の御所というところで、ある夜に大木の倒れる音がしました。しかし、ここは新しく造成されたばかりのところなので大木などあろうはずがない。怪異の音です。

ところがそれだけではなかった。不思議に思って外に出ると、空中で、大勢の人の声で「どっと笑ふ音」がしたのです。

どのくらい大勢の声かというと、これが底本によって異なり、二三千人（角川文庫版）と書くものや、二三百人であったり、二三十人（岩波文庫版）と書くものまであって定まらないのですが、いずれにせよそんな大人数の声が空中でどっと笑ったりしたら気持ち悪い。

「いかさまにも、これは天狗の所為（しょゐ）」ということで、鏑矢の一種である蟇目（ひきめ）（〈ひゅーん〉と高い音が鳴り魔除けに使われる）を射させる「蟇目の番」を昼五十人、夜百人そろえて射させたのですが、天狗のいるほうへ向かって射たときには音もせず、いないほうへ射たときにはどっと笑ったという（よくわからない）不思議なエピソードが書かれています。

また、源三位入道として有名な源頼政の鵺（ぬえ）退治の場面（「鵺の事」巻四の十三）も音が重要です。この話は能にもなっているので、少し詳しく紹介しましょう。まずは以下、あらすじです。

□

近衛院（このえいん）が天皇（第七十六代）だったころ、夜な夜な御悩（ごのう）する（怯（おび）える）ようになった。高僧や貴僧に仰せつけて大法秘法を講じてもまったくその効験がない。天皇が御悩しだす時刻は、いつも決まって丑（うし）の刻（午前二時頃）。その時刻になると、東三条の森のほうから黒雲が湧きあがり、御殿の上に覆いかぶさる。すると天皇は必ず御悩する。

じつはこれには先例があった。堀河天皇（第七十三代）が同じく毎夜御悩していたことがあり、そのときは時の将軍、源義家朝臣が召しだされ、天皇が御悩しだす時刻に弓を三度鳴らし、「前（さき）

の陸奥国守源義家」と大声で名乗ったところ、それを聞いた人々はみな身の毛がよだち、天皇の御悩も治ったという。

そこでその先例に従って、退治役に源頼政が選びだされた。頼政は、武士が妖怪退治をするなんて、と不承不承ながらも付き人に猪早太を従えて出向いた。やがて天皇御悩の時刻がくると、たしかに東三条の森のほうから黒雲が湧きあがり、御殿の上にたなびいた。

頼政が見上げると、雲のなかに怪しい物の姿がある。頼政は弓矢を取って「南無八幡大菩薩」と祈りつつ弓を射ると手ごたえがあった。「得たりや、をう」と叫ぶ頼政。この怪物が落ちるところを猪早太が取って押さえ、刀で九回刺した。

人々が火を灯して怪物を見ると、「頭は猿、軀は狸、尾は蛇、手足は虎の如く」で、鳴く声は鵺に似ていたという（なのでこのような怪物を鵺とした）。天皇は感心し、師子王という御剣を頼政に授けた。この怪物の死体は空舟（丸木舟）に入れて流された。

□

さて、ここでめでたしめでたしとなるはずだったのですが、このままでは終わりませんでした。

この近衛帝の二代あとの二条天皇（第七十八代）のとき、またまた鵺が出現して皇居で鳴き、天皇が御悩になられたのです。今度も頼政が召しだされたのですが、鵺はただひと声鳴いただけで二声目がない。しかも暗闇で鵺の姿も見えない。どこを目がけて射るべきかわからない。そこで頼政は計略をめぐらします。

鵺の声がした内裏の上のほうに頼政が大鏑の矢を射ると、鵺は鏑の音に驚いたか、虚空にしばらく、〈ひひ、ひひ〉という鳴き声が聞こえたので、「そこだ」とすかさず頼政は小さい鏑矢を「ひいふつ」と射て、見事鵺を仕留めたのです。

声を頼りに怪物退治、これぞ音の文学『平家物語』の真骨頂です。

そしてこの「音」は「闇」の話につながっていくので、次講でお話ししましょう。

読書案内

▼『平家物語』の原文を読むなら一番お手頃なのは、『平家物語』（上下巻、佐藤謙三校注、角川ソフィア文庫）なのですが、現代語訳がなく、漢字が旧字なので若干読みにくいかもしれません。岩波文庫版（梶原正昭・山下宏明校注）は全四巻ですが、漢字は新字になっています（同じく現代語訳はナシ）。

▼現代語訳の最近の労作としては、林望さんの『謹訳 平家物語』（全四巻、祥伝社）や、河出書房新社の『日本文学全集09』、古川日出男さんによる現代語訳があります（全一巻九百八ページに収まってます！）。後者に挟み込まれる月報には、アニメーション作家の高畑勲さんとともにわたしも寄稿させてもらいました。林望さんの現代語訳は端正で読みやすく、古川さんのほうはエンターテイメント性の高く楽しめる訳です。

第十二講

闇の文学

『平家物語』には音の表現がとても多く、音楽の場面に限らず、怨霊が現れる場面や、合戦の場面も音の描写で表現される。前講ではそんな話をしました。

大地を揺るがす数十万人の鬨(とき)の声。空気を引き裂きながら空中を飛び交う数百の鏑(かぶら)や矢の鋭く高い音。空気を震わせ、海を波立たせる舷(ふなばた)や箙(えびら)を叩く音。源平の合戦場面は音の洪水です。

では、なぜ『平家物語』では音の描写が多いのでしょうか。今回はその理由を考えてみたいと思います。キーワードは、「闇」です。

目を澄ます

前回書いた虚空の笑い声や鵺(ぬえ)の話などの怪異現象が夜に起こるのはわかりますが、『平家物語』の特に序盤では、合戦もよく夜に行われます。それは、貴族社会の平安時代において、武士はいわゆる闇の存在だったからでしょう。平安末期に武士が台頭して権力を持つようになると、合戦も昼に行われるようになるのです。

武士たちが闇をいかにうまく使ったかをうかがい知ることのできる物語が、『平家物語』の冒頭に置かれる「殿上の闇討の事」（巻一の二）です。「闇討」というくらいなので、むろん夜のこと。

物語は、平清盛が登場する前。お父さんの平忠盛（ただもり）のお話です。

忠盛は、その功績によって殿上人（てんじょうびと）への仲間入りを許されました。卑賤な身分であった武士としては異例の処遇です。むろん、貴族たちからすれば面白くない。「侍（さむらい）（さぶらひ）」とは、貴族に「さむらう（さぶらふ＝おそばに仕える）」存在、すなわち貴族の使用人です。ふだんは見下している奴らの同類なのに、特権階級である自分たちと同じ待遇を受けるなどというのは我慢できない。そこで貴族たちは忠盛を闇討ちする計画を立てました。

闇討ちというのは、当然ながら仕掛けるほうが圧倒的に優位なのです。しかし、のちの平氏繁栄の礎（いしずえ）を築いた忠盛はさすがです。闇討ちの計画を事前に知った彼は、機知に富んだ対策をとりました。

参内の始より、大きなる鞘巻を用意し、束帯の下に、しどけなげに差しほらし、火のほの暗き方に向つて、やはら此の刀を抜き出いて、鬢に引当てられたりけるが、余所よりは氷などの様にぞ見えける。諸人目をすましけり。

まず大きな鞘巻（短刀）を、束帯の下に「しどけなげに（わざとだらしなく）」差して参内します。刃物禁止の宮中で大っぴらに腰に差すことはできない。しかし鞘巻は丸見え。一応隠すふりをしつつも、明らかに見せつけたのです。

束帯というのは当時のもっともフォーマルな装束で、現代風にいえばモーニングの胸元に大きなドスを差して、宮中晩餐会に出かけるようなものです。これは、相手が自分を見ているという状況の不利を逆手に取った戦略です。「見られている」という受動を、「見せる」ことによって能動に変えてしまう。これは日本における被抑圧者たちの伝統的な反撃のメタファーなのです（この件は新潮新書の拙著『能』の第五章で詳述しました）。

また、このあとの忠盛の動作がさらに憎い。

闇討ちをしようとする殿上人たちが潜む薄暗闇のなか、忠盛はやおら短刀を引き抜く。闇のなかで妖しく光る刃。潜んでいる殿上人たちは、もうこの時点でびびっています。次いで、その刃で自分の鬢（もみあげのあたり）をピタピタと叩く。これはもう完全にヤクザかのような演出ですね。

それが氷のように見え、殿上人は「目をすましけり」と『平家物語』は書きます。

「耳を澄ます」はよく使いますが、「目を澄ます」とはあまりいいませんよね。「澄ます」とは、ほかのことを排除して、精神を統一し、ひとつのなにかに集中することをいいます。耳を澄ましているあいだは息さえつめて、ほかのことができなくなるように、殿上人たちの目は暗闇で光る氷の刃に引きつけられ、そこから視線を外せなくなる。それが「目を澄ます」です。

銀箔を貼った木刀を灯火のもとで見せびらかす忠盛（『平家物語絵巻』巻一、岡山・林原美術館 蔵、五味文彦・櫻井陽子編『平家物語図典』小学館より）

自分たちが忠盛を「見張って」いたはずだったのだが、忠盛に「見せられ」たことによってその動きを封じられてしまった殿上人らは、闇討ちの決行を断念します。

しかし宮中への刃物の携帯はご法度です。それなのに刃物を持ちこんでしまった忠盛。その処分やいかに……、となるところですが、じつはこの短刀は木刀に銀箔を貼っただけのものでした。その武士としての心がけに鳥羽上皇は感心して、平家の株が上がるきっかけにもなったのです。

光の貴族と闇の武士

先述したとおり、『平家物語』の舞台となる平安時代は、光の世界に生きる貴族たちの世界であり、武士は闇に生きる存在でした。

この忠盛のエピソードが巻頭におかれたのは、「光の貴族」と「闇の武士」という対比を冒頭にはっきりと提示しておくことによって、武士が貴族に取って代わる激動の時代を描くための下準備をしていたのでしょう。

この対比はすでに保元の乱のときにありました。

保元の乱は、源平最後の合戦である壇ノ浦の戦いに先立つことおよそ三十年の一一五六年に勃発した、後白河天皇と崇徳（すとく）上皇との争いです。

崇徳上皇側にはその苛烈な性格で悪左府（あくさふ）との異名を取る藤原頼長がいましたし、また身長が七尺（約二・一メートル）もある毘沙門天（びしゃもんてん）の如き容貌魁偉（かいい）で周囲を圧する武将、源為朝（ためとも）もいました。

ちなみに相手の後白河天皇方には平清盛がいますが、この時点では崇徳上皇側が圧倒的に有利でした。

崇徳上皇方の軍議の折、百戦錬磨の武将である源為朝は、戦うなら「夜討にはしかじ」と夜襲を提案したということが『保元物語』には書かれています。

しかし、貴族であり悪左府の頼長は、為朝の意見を「若気の至り、思慮が足りないことだ」と一蹴し、かつ「夜戦などはお前ら十騎、二十騎くらいの私戦ですべきことで、天皇と上皇の国争いのような大事な戦争ですべきことではない」とバカにします。

その結果、敵方に仕掛けられた夜戦に敗退して当の頼長は敗死し、崇徳上皇は讃岐国（現・香川県）への流刑の身となり、これが平家全盛期到来のきっかけを作るのです。

忠盛、清盛という「闇の主」を擁した平家でしたが、栄華を極めれば人は光の世界に生きるようになり、富士川の合戦（巻五の十一）では、新たな「闇の主」たる源氏に惨めな負けかたをしました。

村人の炊事の火を、源氏の兵火と見間違えるような心中びくびくの平家の兵たちは、夜中に突然飛び立った水鳥の羽音を源氏の兵たちによる夜襲と勘違いし、取る物も取りあえず這う這うの体で逃げだしたのです。

あまりに慌てて逃げたので、弓持つ者は矢を忘れ、矢を持つ者は弓を忘れ、人の馬に自分が乗り、自分の馬は人に乗られる。つないである馬に乗って走ろうとするが、馬を杭から外すのを忘れて、杭の周りをぐるぐる回ったりするような間抜けな者もいたといいます。

冒頭の平忠盛の沈着さと好対照をなして、貴族化した平家の軽躁さが露呈するようなエピソードです。そしてこの戦いが、平家没落のきっかけとなりました。

闇夜の大火災

怪異な現象や戦闘だけでなく、炎上、すなわち火災も夜に起こりました。

比叡山の僧兵たちの放火による「清水炎上の事」(巻一の八)と、都のほとんどを焼失させた「内裏(だいり)炎上の事」(巻一の十四)が『平家物語』の第一巻を飾り、さらに「善光寺炎上の事」(巻二の九)、「三井寺炎上の事」(巻四の十四)や、のちのち大きな問題を引き起こすことになる「奈良炎上の事」(巻五の十三)が書かれていますが、これらの多くは夜に発生しています。

京都中が大損害を蒙(こうむ)った内裏炎上事件は戌(いぬ)の刻(夜八時頃)に発生しました。

三井寺の炎上と、東大寺や興福寺を焼くことになった奈良炎上は、ともに「夜軍(よいくさ)になりて、暗さは暗し」と記されているので、真っ暗闇の夜戦時に起こったことがわかります(清水寺と善光寺の炎上の時刻は不明)。

しかし『平家物語』では、炎上をこれだけ書いていていながら、炎の描写自体があまり見られないのも不思議です。

たとえば善光寺炎上に関しては「善光寺炎上の事ありけり」と、やけにあっさりした記述です し、清水寺炎上でも、ただ「一宇も残さず焼き払ふ」のみ。三井寺炎上にしても、火炎の描写は なく、さまざまな坊や社壇、神殿、経典、仏像などが列挙されたあと「忽に煙となるこそ悲しけ れ」だけで終わっています。

やや視覚的なのが内裏炎上についての記述で、こちらには「大きなる車輪の如くなる焔」が町を三つも五つも隔てて西北（戌亥）のほうへ斜めに飛び越え、飛び越えていったと書かれます。

また、奈良の炎上では「猛火」が真向から押し寄せてきたと視覚的にも書かれてはいますが、しかしそのあとの「喚き（わめき）叫ぶ声、焦熱、大焦熱、無間阿鼻、焔の底の罪人も、これには過ぎじとぞ見えし」という表現、すなわち地獄のような炎上の場におけるわめき声、叫び声のほうが印象的です。

ちなみに、少し前の時代の軍記物である『平治物語』には後白河院の御所である三条殿の炎上の様子が描かれますが、こちらは『平家物語』の描写とはだいぶ違います。

御所の門々を武士たちが取り囲んで火をつけると、「猛火、虚空に満ち、暴風、煙をあぐ」と、激しい炎が空に満ちあふれ、強風が黒煙を巻きあげるさまが書かれます。

この炎のなか、武士たちは、公卿や殿上人、あるいは局の女房までにも、あるいは矢を射かけ、あるいは太刀で切りつける。炎から逃げようとすれば矢に当たり、矢から逃げようとすれば火に焼かれた。火を恐れて井戸に逃げ込む人々も多くいたが、下にいた人は水に溺れ、中にいた人は圧死し、上にいた人は火に焼かれて死んだ、とかなり具体的です。

この「三条殿夜討の巻」を描いた『平治物語絵巻』や、応天門の炎上を描いた『伴大納言絵詞』などにはすさまじい勢いの炎が描かれて見る者を圧倒しますが、『平家物語』では炎の描写はあっさりしていて、むしろ音がよく聞こえるのが特徴です。やはり音が中心となっている印象の強い『平家物語』なのです。

闇に生きる琵琶法師

『平家物語』に音や闇が多い理由のひとつとして「闇の武士」のお話をしました。さて、もうひとつの理由ですが、それは『平家物語』の伝承者である琵琶法師が盲目であったことも関連しているのではないでしょうか。盲目だからこそ、音には敏感になり、そして当然その描写にも音が多くなります。

天照大御神が天岩戸に隠れたとき、万の神の「声」が満ちたと『古事記』には書かれていますが、本居宣長はこの「声」を「おとない」と読んでいます。

「訪」とも書く「おとない」とは、神々の声であり、また神々の出現でもあります。「音づれ（訪れ）」も同じです。暗闇のなか、その姿を見せずに音だけで出現する、それが神や霊的な存在なのです。

「門」のなかに「音」がある「闇」も、暗闇の廟門をひたひたと訪れる神の足音だともいわれています。その目には見えない神霊の「おとない」を聴くことができるのが、盲目の楽人たちでした。

盲目の琵琶法師である蟬丸は、能の『蟬丸』では、盲目のゆえに逢坂山に捨てられた延喜帝（醍醐天皇）の第四皇子と書かれています（が実際には諸説あり）。

また、逆髪という名を持つ彼の姉も、生まれつき逆立った髪を持つがゆえに宮中にはいられなくなり、狂気の漂泊者として放浪する身でした。

逆立った髪を持つ女性は、古代中国では憑依する巫女の姿です。神霊が取り憑くと巫女の髪の毛が逆立つのですが、霊力が強すぎる巫女は常に髪が逆立っていました。それが逆髪であり、その強すぎる霊力を抑える神具が「不思議（奇し）」という名を持つ「櫛」でした。

また、盲目の楽師も神霊を招く巫祝（神事を司る者）でした。周代の春官という祭礼・儀礼を司る役所には、「瞽矇」という盲目の楽師たちが所属していました。

能でも霊を招くときに楽器を使います。笛の音に引かれて現れる平清経の霊、太鼓の音が招く天鼓という少年の霊、そして琵琶の音が呼ぶ平経政の霊などなど、みな「残念（念を残す）」の死霊です。

能をはじめとする日本の芸能の役割のひとつは、なんらかの思いを残して世を去った死者の魂を慰めること、「鎮魂」です。能や平曲は、人のための芸能である以前に、死者のための芸能だったのです。

能を大成した世阿弥は『平家物語』を重視し、「源平の名将の人体の本説ならば、ことにことに、平家の物語のままに書くべし」と書き残しました。『平家物語』は、鎮魂の作品としてアレンジせずとも、そのまま鎮魂の力を有する物語なのです。

なぜ芳一の耳は取られたのか

ラフカディオ・ハーンの書いた「耳なし芳一」（『怪談』所収）は、安徳天皇の霊をはじめとする平家の亡霊たちが、平曲をよくする盲目の美少年芳一に、七日間、『平家物語』を語ってくれと希う話です。

わたしたちは怪談をホラーだと思っていますが、怪談というのは「怪異な話」という意味で、ホラーではありません。この話もそうです。

芳一の琵琶は、平家の亡霊を呼びよせるほどに霊的なものでした。そんな芳一による七日間の琵琶供養が全うされていれば、平家の亡霊たちは成仏できたに違いなく、芳一の耳が持っていかれることもなかったはずです。

平氏の亡霊たちが芳一の前に現れたのは、芳一の琵琶によって、おのが魂を鎮めてもらおうと思ってのこと、ただそれだけでした。しかし、芳一が寄宿する阿弥陀寺の住職は彼を止めました。これは住職の親切のようにも読めますが、しかしよく読むと住職の言葉も行動も変なのです。安徳天皇の墓の前で『平家物語』を語る芳一を無理やり連れ帰った住職は「このうえ二どとまた亡者の申すことをきけば、そなたの身は、ついには八つ裂きに会うてしもうぞよ」（平井呈一訳、岩波文庫）と芳一を脅します。

しかし、これが本当だという根拠はなにひとつ示されていませんし、そんなことをいいながら半野外である廊下に芳一を放置し、自分は宴会（private business）に出かけていってしまう住職。本当に芳一のことが心配ならば、寺の本尊を安置する内陣（ないじん）にでも入れて守るはずです。

しかも、耳を取られた芳一に対して住職がかける言葉が「元気を出せよ（Cheer up, friend!）」（前掲平井訳）なのです。そんな血をだらだら流している人にいう言葉ではないでしょ……。

集音器官である耳たぶを取られた芳一の琵琶は、もはや霊を招くことができなくなり、芳一はますます住職に依存せざるを得なくなります。稚児（ちご）（男色の相手）として芳一を囲っていたかった住職が、わざとその耳を取らせたのではないか、そんな風に勘繰りたくもなります。琵琶が霊を招くことも、そして琵琶が死霊の魂を鎮め得ることも、いやそれどころか自身の奉ずる仏の力すらも信じられなくなった時代の宗教者の姿が、阿弥陀寺の住職です。

住職と芳一とは、同じ寺に住んではいますが、別の世界に生きています。俗的な世界に生きる住職と、霊的な世界に生きる芳一。夜でも明るい光の世界に遊ぶ住職と、昼でも暗い闇の世界の住人である盲目の芳一。

しかし、この「闇の世界」こそ、盲目の琵琶法師たちが伝承した『平家物語』の世界であり、そしてその闇のなかにこそ本当の光があると教えてくれるのが『平家物語』なのです。

読書案内

▼『保元物語』と『平治物語』は、おなじみ角川ソフィア文庫から、どちらも日下力さんの訳注で刊行されています。現代語訳も付いていて、図版や地図などの資料が充実しておりお薦めです。

▼ラフカディオ・ハーン『怪談』は、今回は岩波文庫の平井呈一訳を引用しましたが、さまざまな出版社から各種刊行されています。英語の原文はネット上で無料公開されておりますので、「Cheer up, friend!」などと書かれているなんて信じられない……という方は原文をご確認ください。

第十三講

眠りの芸術

今回は「能」です。

「え、能って古典だったの？　だって教科書に載ってないでしょ」とおっしゃる方もいますが、昔は教科書にも載っていて、高校の古典の授業で扱われていました。昔といっても昭和の話なので、そんなに昔でもありません。だから、というのもなんですが、ちゃんと古典なのです。

わたしは能楽師なので、これまでも折々に能を持ちだして古典文学を解説してきました。そんなわけで我田引水のそしりは免れませんが、それでも能に親しむと、古典の世界に色彩がつき、立体的になります。そして、なにより人生も豊かになります。

「能を観ていると眠くなる」という声をよく聞きますが、半分寝てしまってもいいのです。このことはのちほど説明いたしますが、能そのものに眠くなるような仕掛けがあるのですから。

恨みを晴らす

さて、能の起源は諸説ありますが、奈良時代に唐（中国）から渡ってきた大衆芸能の「散楽」が日本風に「さるごう」と呼ばれるようになり、それが「猿楽」になったといわれています。散楽の絵を見るとアクロバティックな大道芸のようで趣が異なるのですが、それを現在の能のかたちに近づけて大成したのが、室町時代の観阿弥・世阿弥父子です。

能は、詞章／謡（セリフ）と舞（踊り）、そしてお囃子（音楽）によって構成されている芸能です。オペラとバレエを足したようなものだと思えばいいでしょう。

わたしが高校生だったころ、古典の教科書に載っていた能の演目は、記憶している限りでは『隅田川』と『藤戸』でした。

『隅田川』は、人買いにわが子を誘拐された母親（京都在住）が、狂気となって子を尋ねる旅を続け、ついに武蔵の国（東京）の隅田川までやって来ると、そこでわが子の亡霊に出会うという物語。

もうひとつの『藤戸』は、口封じのために殺害された漁師が、亡霊となって殺害者である武士の前に現れるという物語です。

こうしてストーリーを書くと、ふたつともなかなかすごい話でしょ。両方とも幽霊が出てくるのですが、この「幽霊の出現」が能の特徴です。

さまざまに恨みや念を残してこの世を去った幽霊を、再びこの世（＝能舞台）に出現させ、その思いを語るのを聞き、恨みや念を晴らして成仏してもらう。それが能の担う「鎮魂」という重要な役割なのです。

能が観客を半分眠らせる理由

ただ、幽霊が出るといっても、能舞台には照明も音響装置もありません。舞台の形はちょっと変わっていますが、大道具も小道具も置かない、ただの明るい空間です。そんな明るい舞台に幽霊が出てきても、ふつうならば白けてしまうだけです。

しかし、なにもない明るい空間に幽霊が登場しても、お客さんがそれを自然に受け入れるための、巧妙な仕掛けが能には施されています。

それは、お客さんを半分眠らせてしまうというものです。

能を観にいくと多くの人が眠ってしまいます。実際に観にいったことのある方はわかると思いますが、眠らないとしても、ものすごく眠くなります。

能は眠りの芸術です。

これは初心者だからというわけではなく、何年も何十年も能を観ている人でも眠くなります（能の評論家ですら眠っている人はいます）。

「今度こそは最後まで目を開けているぞ」と前夜に充分な睡眠を取っても、やはり眠ってしまう。「ああ、今回もダメだった」と思うのですが、そんなに悲観的になる必要はありません。それこそが能作者の意図だからなのです。

ちょっと薄目にしてみてください。景色がぼんやりしてくるでしょう。眠くなって半眼になるとソフトフォーカスがかかったような状態になります。これが観客に幻や妄想を受け入れやすくさせる装置となるのです。

しかし、このような物理的理由だけではありません。意識もそうです。半分起きて半分寝ている半覚半睡の意識状態になると、通常受け入れられないような不思議なことも受け入れられるようになり、それによって幻影を見ることすらできるようになります。

夢と現のあわいで遊びながら「妄想力」を全開させる——それが能なのです。

日本人の妄想力

この「妄想力」は、能という芸能が日本に生まれ、世阿弥によって大成されてから現代に至るまで六百五十年以上の長きにわたって、一度も途切れず演じ続けられてきたことと深い関係があります。

あえて断言すると、日本人は「妄想力」民族*です。

違う言葉でいえば、日本人は「見えないものを見る」のが得意な民族だといえるでしょう。

このごろはあまり見なくなりましたが、以前は算盤（そろばん）を習っている子たちが暗算をするときに、空中で架空の玉をはじいて計算している姿をよく見かけました。彼らには空中の算盤が実際に見えており、計算の過程も、その結果もそこに実存しているのです。

全国各地にある大名庭園を楽しむにも、この「見えないものを見る力」、すなわち「妄想力」が不可欠です。

たとえば東京であれば、文京区にある六義園（りくぎえん）には、和歌の断章が刻みこまれた石柱がたくさん配されています。江戸の五代将軍綱吉の側近だった柳沢吉保（よしやす）（第十八～十九講でも触れる人物です）が文学的才能を駆使して作った名園です。

江戸時代の武士たちは、「妄想力」を全開にして、いま目に見えている庭園に和歌や漢詩によって想起される幻想の景色を重ねていました。

この妄想力、現代でいえば仮想現実（バーチャル・リアリティ）（VR）です。あるいは、現実の景色

＊以下「民族」という語は、人種的な意味とは関係なく使っています。日本という風土とその風習のなかで育てば、どのようなDNAを持った人でも日本「民族」であるという意味です。

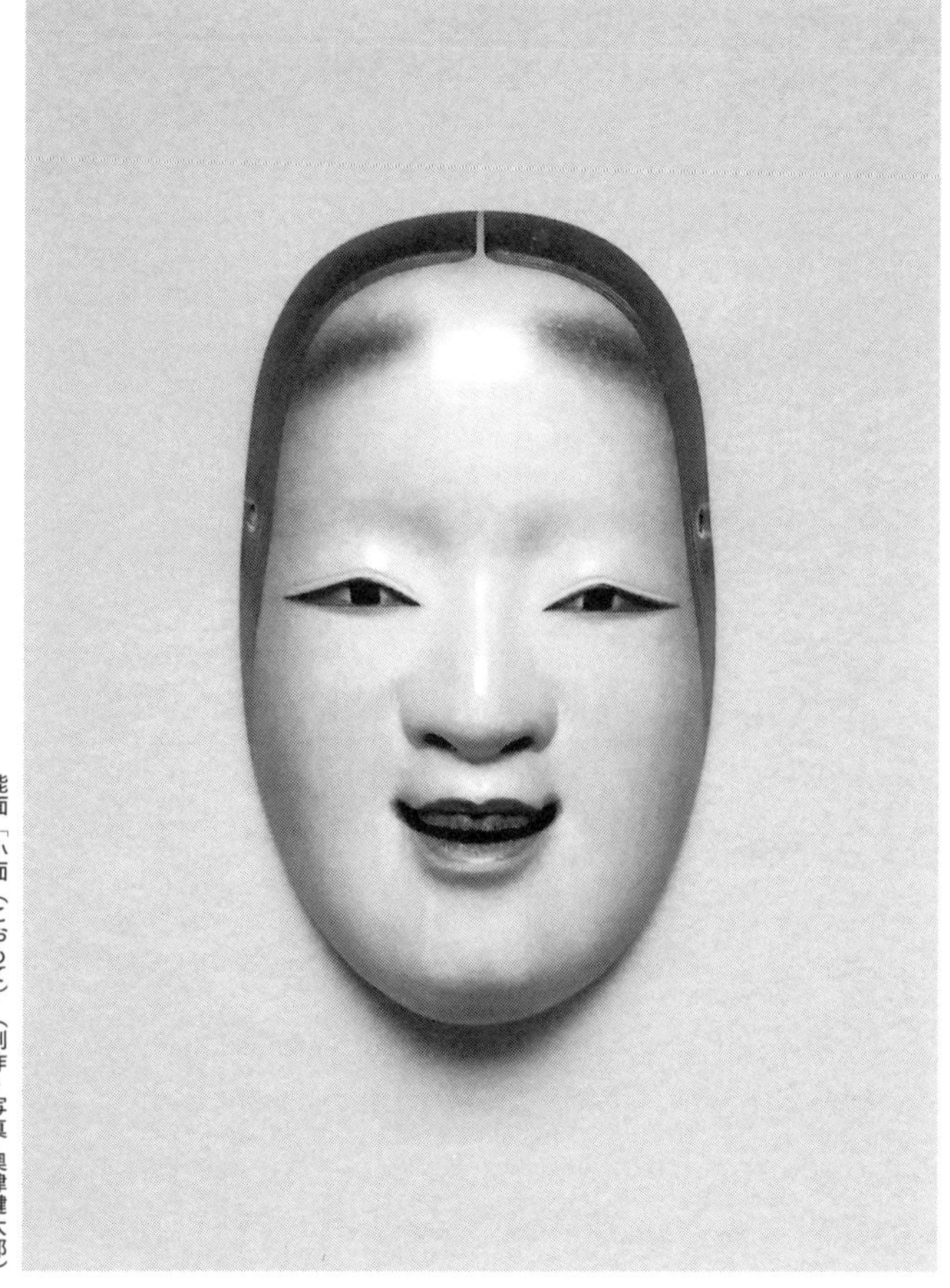

能面「小面（こおもて）」（制作・写真　奥津健太郎）

にVRを重ねる拡張現実（オーギュメンテッド・リアリティ）（AR）や複合現実（ミックスド・リアリティ）（MR）といってもいいでしょう。現代のVRやARにはゴーグルやスマホなどを必要としますが、能や大名庭園を楽しむのならそんな機器は不要、いわば脳内ARです。

日本人という民族は脳内ARが得意だったからこそ、能舞台になにも置かなかったり、石だけを配した枯山水の庭を発明したりできたのでしょう。

さあ、能の大まかな特徴がなんとなくおわかりいただけましたでしょうか？　ますますわからなくなってたりして……。

能『黒塚』（前半）

では、ここで妄想力を全開にして、能を紙上で鑑賞してみます。現在、上演されている演目は二百数十ありますが、そのなかから今回は『黒塚（安達原（あだちがはら））』を見てみましょう。

最初に登場するのは山伏（修験者（しゅげんじゃ））です。彼は、熊野の那智にある東光坊（とうこうぼう）を本山とする山伏で、名前は祐慶（ゆうけい）。連れの山伏と、それから寺男である能力（のうりき）とともに諸国巡礼の旅に出ました。紀州（現・和歌山県）から東に向かい、東国各地の霊地を廻り、やがて陸奥の安達ヶ原（現・福島県二本松市）に着きます。

安達ヶ原は、古来、和歌に詠まれた歌枕としてよく知られていましたが、実際の安達ヶ原（当時）は一面の草野原、周囲にはなにもありません。

「ここがあの有名な安達ヶ原か」と思っていると、突然日が暮れた。ちなみに能ではよく、突然日が暮れます。「暮れるはずのない日が暮れた」などと説明が入る場合もあります。

季節は秋。暗くなるのは早い。夜になれば寒さも身に染みる。途方に暮れる山伏たち。と、草原のなかに一軒の茅屋（あばら屋）を見つけ、その家に近づきます。

耳を澄ますと、なかからひとりごとをつぶやく声が聞こえる。声の途切れるのを待ち、山伏たちは戸を叩きます。現れたのは中年の女性。

「どうかひと晩泊めてほしい」と頼む山伏に、「野辺吹く松風は烈しく、屋根も破れて、雨どころか月の光すらも漏れるほどのあばら屋。とてもお泊めすることなどできません」と断る女性。それでも「せめてひと晩」と重ねて頼む山伏に女性も折れて、家のなかに招き入れます。

たしかに、寝具もない粗末な小屋。が、そんな小屋のなかにふしぎな道具を見つけた山伏は「これはなにか」と尋ねます。「これは枠桛輪といって糸を繰る道具です」という女性に、ならばその糸繰りを見せてほしいと山伏は頼みます。

「糸を繰るなどということは、卑賤な者の賤しい技」と恥ずかしがりながらも、彼女は歌を歌いながらその糸繰り車を回し始めるのですが、この歌がまた怪しい……。

真麻苧の糸を繰返し、真麻苧の糸を繰返し、昔を今になさばや。

「糸繰り車を回し続けて、過去を現在に出現させよう」という歌詞です。糸を繰るように時間も巻き戻す。糸をくるくる巻きながら時間や運命を紡ぐというと思いだすのが、ワーグナーの「神々の黄昏（『ニーベルングの指環』第三夜）」の序幕に登場する三人のノルンです。ノルンたちは、世界樹であるトネリコの代替である樅の木の下で「太古の掟の綱」を綯い、紡ぎ、編むことによって運命を紡ぎ、未来を知る叡智を出現させようとします。時間も運命も彼女たちの繰る綱のなかにあるのです。

また、糸車の紡錘を指に刺して長い眠りにつく「眠れる森の美女」や、やはり紡錘（梭）を性器に刺して死ぬことによって天照大御神の岩戸隠れという永遠の闇を生みだした『古事記』の天の服織女（第二講）など、糸車は時間に関連する不思議なアイテムです。

そんな怪しい糸繰り車を、これまた怪しい歌を歌いながら回す女性。秋の夜長に、くるくる回る糸繰り車を見ているうちに山伏たちの意識も朦朧としてきます。ふと気づくと糸繰り車の周囲には、この茅屋とはまったく違う世界が「糸」というキーワードを中心に出現しているのです。

日陰蔓（ひかげのかずら）の「糸の冠」をかぶり、美しい装束に身を包みつつ、京の都の五条あたりにある夕顔の家を尋ねる光源氏の姿。高貴の人の乗る「糸車（糸を車の屋根から垂らして飾りとした牛車）」が繰りだす賀茂の葵祭り。「糸桜（枝垂れ桜）」も美しく咲く春、「糸薄（いとすすき）」を添えて月見をした秋。

そんな糸尽くしの王朝絵巻が糸繰り車の周囲に展開し、いつしかそれを回す女性すら高貴な女性の姿に見えてくる。

糸繰り車は、卓上タイムマシンです。

「ひょっとしたら、彼女は絶世の美男子である光源氏に愛された、夕顔の霊ではないか」

半覚半睡の意識のなかでそんなことを考えながら眺める山伏は、しかし突然激しく回る糸繰り車に、ふとわれに返る。気がつけば彼女は、糸を繰るのもやめて、ただ泣き崩れています。

われに返った山伏に、女性は「今夜は寒くなりそうなので、裏山に行き、薪を取って参りましょう」といって出かけます。が、思いだしたように戻ってきて「留守のあいだ、わたしの閨（ねや）（寝室）のなかを決して覗かないでください」といい、連れの山伏にも「絶対に見ないでください」と念を押して山に上っていく。

……と、ここまでが前半です。

前半の山場は糸繰り車の場面です。実際の舞台では、ただ糸繰り車を回す型をして、そのバックで「糸尽くし」の歌が歌われるだけです。しかし観客は、糸車をくるくる回している姿を見、歌を聞いているうちに、光源氏を主人公とする王朝絵巻を脳内ARで幻視するのです。

能『黒塚』（後半）

女主人が山に行っているあいだ、山伏たちは休もうとするのですが、能力（のうりき）（寺男）は女主人が最後にいった「閨を見るな」という言葉がどうしても気になってしかたがない。

だいたい、この女性が変でしょ。裏山に行きかけていたのを、わざわざ戻ってきて「見るな」というなんて、逆に「見てね〜っ！」といっているに等しい。能力でなくても気になるところです。

そこで「ちょっとだけ女の寝所を見てきます」という能力に、「いや、見ないという約束をしたのだからダメだ」という山伏。しかし、山伏が寝入った隙に、能力は閨を覗いてしまいます。すると驚いたことに、彼女の閨には無数の人の死骸が、白骨化したものから、腐敗した状態のものまで、山のように積みあげられていた。その報せを受けた山伏たちも寝所を覗くと次のような状態でした。

ふしぎや主の閨の内を、物の隙よりよく見れば、人の死骸は数しらず、
軒とひとしう積み置きたり。膿血忽ち融滌し、臭穢は満ちて膨脹し、
膚膩ことごとく爛壊せり。

軒ほどの高さに積みあがった死骸からは膿や血がだらだらと流れ、穢れた臭いが部屋中に満ちている。死骸は臭気を含んで膨張し、肉は爛れ落ち、皮膚や体内からあふれ出た脂肪もドロドロに腐っている。

能が大成された中世（室町・南北朝時代）は戦乱の時代で、日常的に死骸が道端に転がっていたからこその描写かもしれませんが、それでも死骸をここまで生々しく描く古典はそうそうありません。

ここも実際の舞台では謡（セリフ）が入るだけで、特殊な大道具小道具の類は一切ありません。観客はこの謡から、ドロドロに腐って、膿や血が流れでている無数の死体を幻視するのです（……って、あまりしたくないけど）。

これを見て、「彼女こそ噂に聞く、黒塚に住むという鬼女であったか」と家を飛びだして逃げる山伏。山から帰ってきた鬼女（般若の面に替わっている）は、閨を見られたと知り、追いかける。山伏たちは明王の名や真言（しんごん）を唱え、数珠をサラサラと擦って「さて懲りよ」と祈り伏せます。すると弱り果てた鬼女は眼がくらんで、足元もおぼつかなくなり、あちらにふらふら、こちらにふらふらと漂い巡りながら消えてしまうのです。

能はストレス解消ツール

人を取って喰らう鬼女に山と積まれた死骸。逃げる山伏に追う鬼女。この能は、恐怖映画ならぬ恐怖演劇として観ることもできます。しかし、本当にそうなのか。山伏を追う鬼女の発するセリフは怖いというよりも悲しいのです。

さしも隠しし閨の内を、あさまになされ参らせし、
恨み申しに来（きた）りたり。

せっかく隠した閨のなかを、あからさまに露わになされた。

その恨みを申しに来たのです。

彼女の言葉は敬語を使っているし、なんといっても恨めしいのは、喰おうと思っていた彼らが逃げたことではなく、せっかく隠していたことを暴露されたこと。数多の死骸だって、彼女が殺したとは限らない。なにもない野原に行き倒れた旅人たちの死骸かもしれない。いや、そもそも能力や山伏が覗かなかったら、死体が本当にあったのかどうか。山伏たちに調伏された鬼女は、消える直前に次のようにいいます。

安達が原の黒塚に隠れ住みしもあさまになりぬ。
あさましや愧づかしの我が姿や。

この安達ヶ原の黒塚に隠れ住んでいただけなのに、それを暴露されてしまった。
嘆かわしい、恥ずかしいわが姿よ。

彼女は怒っているというよりは、恥ずかしがっているのです。息詰まる鬼女と山伏との攻防に手に汗握って観ていたわたしたちは、この鬼女のセリフで「悪かったのは鬼女ではなく、秘密を暴露した山伏たちだったのではないか」と思ったりもします。しかし、まるで「見てくれ」といわんばかりの彼女の行為。彼女はわざと暴かれたのではないか。そして、調伏されることによって、やっと成仏できたのではないか……

……そんなことをぼんやり考えていると、観客も自分の思念の深奥に澱(おり)のように沈殿している、だれにもいえずに秘しているさまざまなことに気づきます。ふだんは思いだしたくないので封印をしているものごとが、能舞台という成仏の場で思いだされることにより、黒塚の鬼女のように消えていくのを感じる人もいるでしょう。

夢と現(うつつ)をさまよいながら、能はさまざまなありかたで人々を癒し、ストレスを解消するツールとしても機能してきました。これこそが、能がこんなにも長く続いてきた、ひとつの理由かもしれません。

現在能と夢幻能

能は「現在能」と「夢幻能」とに二分できます。「現在能」は生きている人のみが登場するもので、代表的なものに『安宅(勧進帳)』や『俊寛(鬼界島)』などがあります。

「夢幻能」には幽霊や神、精霊など、非現実的な存在が登場します。ここで紹介した『黒塚(安達原)』や、『井筒』『定家』などが代表的な作品です。

また、「夢幻能」は、「残った念」=「残念」を昇華させる物語構造になっていますが、これは新たなアプローチとして観阿弥が始めたものを、世阿弥が完成させました。

能という芸能が六百五十年以上も続いているのは、世阿弥が施したさまざまな仕掛けによるところが大きいのですが、次講は、世阿弥とその偉業に迫っていきたいと思います。

読書案内

▼能のことをもっと知りたい、能を観にいきたい、謡を習ってみたい——そんな方にうってつけの本は、自著で恐縮ですが『能——650年続いた仕掛けとは』(新潮新書)です。

▼今回紹介した能『黒塚(安達原)』の謡曲を読みたい方には、檜書店が刊行している『安達原・黒塚 対訳でたのしむ』をお薦めします。安価ながら、解説もコンパクトにまとまっており、よいシリーズです。初心者の方が能を観にいく際にこういう本を持っていると、より鑑賞を楽しめます。ちなみに、演目名を『安達原』とするのは観世流のみで、ほかの流派では『黒塚』としています。本講の詞章は主に下掛宝生流の謡本によるものです。

第十四講

初心忘るべからず

前講に引き続き「能」のお話をします。今回は、室町時代に能を大成させた世阿弥（ぜあみ）の残したいくつかの名言を解読していくことによって、その人物像や能についての知識を深めるとともに、そこから啓発される「人間の生きかた」に迫ってみたいと思います。

本来の「初心」とは

「初心忘るべからず」——これは子どものころから何度も聞かされ、社会人になってからも耳にタコができるほど耳にした言葉ではないでしょうか。

「それを始めたころの初々しい気持ちを忘れず慢心しないこと」と、この言葉を捉えている人が多いと思います。主な辞書にもそう書いてありますし、間違いではないのですが、じつは本来の意味は、それとはずいぶん違うのです。まずはその話から始めましょう。

「初心」という語は、観阿弥・世阿弥以前にも使われたことはありましたが、それはふつうの人は読まないような仏教関連の書物ででした。いまのように耳タコフレーズになったのは、やはりこのふたりの影響が大きかったのでしょう。

世阿弥がこの言葉を初めて記したのは、最初の著作『風姿花伝』（花伝書とも呼ばれます）においてでした。この本は、父・観阿弥の言葉を世阿弥が書き起こした内容を中心とした芸論です。

世阿弥は能の大成者であるとともに、さまざまな芸論を書いた思想家でもあります。その芸論からは数々の名言が生まれました。世阿弥の思想は、芸術方面のみならず、人生論やビジネスの現場にも参考になるとされ、いまでも多くの人に読まれています。

さて、この「初心忘るべからず」は、その後の彼の著作にも幾度となく登場しますが、そのときどきで違った意味で使われるため、説明するのはなかなか難しいのです。そこで、ここでは「初心」という言葉の基本的な意味だけをお話ししましょう。

まず、「初」という漢字をよく見てみます。

左側は「衣偏」で右側は「刀」。衣と刀から成る文字です。漢字字書『説文解字』には、「初」とは「裁衣の始めなり」とあります。つまり、布地に初めて鋏（刀）を入れることが「初」の原義なのです。

着物を作ろうとしたら、まずは布地に鋏を入れて裁断しなくてはなりません。どんなに美しい布地でも、バッサリと裁つ。それと同じように、自分が変化をしようと思ったら、まずは過去の自分自身をバッサリと切り捨てなければならない——これが世阿弥の意図した本来の「初心」でした。

自分自身を切り捨てるには痛みが伴います。血が流れることもある。特にうまくいっているときには、血を流してまでも現状を変えたいなどとはさらさら思わないでしょう。

しかし、むしろうまくいっているときこそ、過去の自分を切り捨てること、すなわち「初心」を忘れてはいけない、と世阿弥はいうのです。

男時・女時

次の言葉は「男時（をどき）・女時（めどき）」です。ここでいう男と女は性別ではなく、陰と陽を、男（陽）と女（陰）で表しています。

「男時」というのは陽の時期。運気が盛んで、なにをやってもうまくいく、そんなときのことです。

「女時」はその逆で陰の時期。運気が自分から離れ、なにをやっても裏目、裏目に出て、やればやるほどドツボにはまる。そんなときです。あるでしょ。そんなときって。

人は女時になると、それを自分のせいや他人のせいにしがちです。解決すべき原因を追究するのであればよいのですが、なんでも自分を責めるだけでは問題をさらに悪化させてしまいます。たとえば大きな病気になった人は、自分を責めるとよくいわれます。「こんな病気になるなんて、なにか悪いことをしたのか」「あのとき、あんなことをしたからか」「自分だけがこんな目に遭うのは過去の罪業のせいなのか……」

しかし世阿弥は、男時・女時の訪れは自分のせいでもないし、だれかのせいでもない。それは「勝負神」のせいだといいます。勝負神は自分に味方するときもあれば相手に味方するときもあり、これればかりはいかんともしがたい。人にできるのは、男時や女時のときにどう対処するかを決めることだけだというのです。

世阿弥のアドバイスは女時の対処方法から始まります。「いまが女時だ」と思ったら心がけるのは、力を温存すること。ここで「執着（我意執）」して勝ちを狙おうなどせず、負けても気にしない。なるべく精力を使わず、控えめに演じること。

これは、長時間にわたって麻雀やポーカーなどをやったことがある人ならわかるのではないでしょうか。不意に流れが悪くなる。配られる手も悪い。打つ手、打つ手のすべてが裏目に出る。そういうときは、いかに安く負けるかが大切になります。勝とうと思わず、負けの痛手を軽くする。

人の噂も七十五日といいますし、悪質クレーマーも文句をいい続けられるのは四時間が限度だといわれます（それでもすごいですが……）。「お説教には頭を下げる。頭を下げればお説教は頭の上を通り越していく」というようなセリフを、昔のテレビドラマで聞いた記憶があります。

頭を下げて心で笑い、勝負神がこっちに来る機を静かに待つ。それが女時の対処方法です。ただ、そんなことをしていると、「あいつはもうダメだ」と思われかねませんし、「期待を裏切られた」という人もいるでしょう。しかし、それこそがチャンス。

そんな言葉は聞き流し、心をゆったりと持って、勝負神がこちらに来るのを待ち、「よし、来た」と思ったら自分の得意の技で大勝負に出れば、期待が下がった分、勝ったときの驚きが大きいというのです。

世阿弥は、男時・女時の話を「信あれば徳あるべし」と結んでいます。徳とは「得」のこと。「信ぜよ。さらばゲットせん」です。

花

大切なのは女時だけではありません。順風満帆の男時こそ気をつけたい。

盛者必衰、勝負神はいずれ必ず去ります。そこで、女時になったときのための準備をしておく必要があるのです。

が、これがなかなか難しい。男時のときは波に乗っていて、まさか自分に女時が来るとは思えないもの。だからつい準備を怠ってしまいます。

しかし、世阿弥の「信あれば徳あるべし」というのは、「信ずる者は救われる」などという甘い話ではありません。勝負神は必ず心変わりをするということに対する「信」です。男時は必ず女時になる。男時とはすなわち、女時が襲来する前触れのときなのです。

そして、そこですべきは「初心」です。うまくいっている現状を切り捨て、新たなことに挑戦する。男時のときにする初心は、女時のときの初心の数倍、いや、数十倍の効果があります。

これは転職の面接を考えればわかるでしょう。前の仕事に失敗して意気消沈している人と、いまの仕事で大成功を収めながらも新たな可能性を求めている人が、同じ採用面接を受けた場合、どちらが採用されるかは明白です。

株だって下がってから売ったのでは遅い。女時の初心では上昇するエネルギーに欠けるおそれがあります。だから成功しているときこそバッサリ初心！なのです。

しかし、なぜ世阿弥はそれほどまでに「初心」にこだわったのでしょうか。それは、彼がもっとも大事にしたものが「花」だからです。

世阿弥の伝書には、「花」という言葉がよく使われます。最初の『風姿花伝』から始まり、『至[し]

花道』『花鏡』『拾玉得花』を経て、晩年の『却来華』に至るまで、花のオンパレードです。

わたしたちも、ふだんから「あの人には花がある」といういいかたをします。これは単なる美しさとはちょっと違う、人目を引く美しさ、芸でいえば観客を魅了する美しさ、それが「花」なのです。

世阿弥はそんな「花」の特徴を、「変化」だといいました。

住する所なきを、まづ花と知るべし。

花とはなにかと聞かれれば、まずは「ひとつの状態に留まっていないこと（住する所なき）」といいます。花は散るからこそ花であって、咲き続ける花は花ではない。

そう、まさに「初心」なのです。

面白き花、珍しき花

ずば抜けて美人というわけではないけれど、なぜか目を引く女優さんっていますよね。映画やテレビという画面のなかに限らず、日常生活においても同様ですが、目を引く人、すなわち「花のある人」という場合、顔が美しく整っているかどうかはさして重要な要素ではありません。

世阿弥は「花と、面白きと、めづらしきと、これ三つは同じ心なり」と書いています。花とは「面白き」と「珍しき」のことだと定義しているのです。

古語の「面白き」とは、目の前がパッと明るくなることをいいます。

第七講でも書きましたが、『伊勢物語』に、都を追われた失意の男がうつむいてとぼとぼ歩いていると、そこに突然、紫色の見事な杜若（かきつばた）の群生が現れる場面が描かれています。目の前の世界が不意にパープルに輝き、彼の心も明るくなるのですが、ここを同書では「かきつばたいとおもしろく咲きたり」と書いています。

「面白き」といっても、冗談をいって笑わせる人だけを指すのではありません。その人がいるだけで、場が明るくなったり、沈んでいた心が晴れたりする。そのような人を「面白き花」のある人、というのです。反対に、その人が来た途端に場が暗くなるブラックホールのような人もいますね。

また、「珍しき」も、ただ珍しいとか、突拍子もないことをして人目を引くというだけではありません。観客の「いまこれが観たい」「いまこう来てほしい」というニーズを敏感に察知して、それを演じること。春に桜を、初夏に杜若を、秋に紅葉を見るように「時の花」を提示する、それが「珍しき」だと世阿弥はいいます。

わたしたちの周りにも、その場に合った話題を自然に提供してくれる人や、「こういうものがあるといいな」と思っていると何気なく用意してくれる人がいます。そういう人が「珍しき花」のある人です。

面白き花や珍しき花を実現するためのヒントとして、世阿弥は以下のような言葉を残しています。

花は心、種は態

ぼんやりしていると読み飛ばしてしまいますが、これは現代の芸術論や芸能論とはまったく逆の主張です。

たとえば現代の演劇ならば、演技をする前（種）に、「この作品はなにをいっているのか」「このときの登場人物の心理はどうか」などということを考えます。この場合「種」は「心」です。そして、その「心の種」によって「態」（演技）という「花」が咲く、そう考えるのがふつうだと思われるでしょう。

しかし世阿弥は逆で、「態」が「種」だというのです。まずはなにも考えずに、ただただ教わった型を忠実に行う。すると、自然に「心」としての「花」が咲く。それが世阿弥の主張です。花を咲かせようと思ったら、あるいは「花のある人」になろうと思ったら、心であれこれ考える前に、まずは「態」を磨けということです。

どのような態を身につけるかなどと考える必要はありません。「物数を尽く」す、すなわちあらゆることを身につける。そして、無数の手持ちのカードのなかから、その場に合ったものを当意即妙に出す訓練をする。それが「花は心、種は態」の意味するところなのです。

とにかくまずはやってみる

わたしがもっとも好きな世阿弥の言葉のひとつに、「してみてよきにつくべし」があります。世阿弥の子息である元雅が作った能に『隅田川』という名曲があります。わが子を人買いに誘拐され、狂気となった母親が子どもの幽霊と出会うという能です。当時、その舞台の演出で意見が分かれました。子どもの幽霊を舞台に出すべきか、出さざるべきかが議論になったのです。子どもは可愛いし、出れば哀愁も増す。しかし、芸がつたなければ舞台を台無しにしてしまうかもしれない。議論紛々、結論が見えない。

そんなとき世阿弥は、「してみてよきにつくべし」といいました。「やってみて、よいほうを取ればいいではないか」——極めてあたりまえなことのように聞こえるかもしれませんが、わたしたちはなにかをする前にあれこれと考えて、結局なにもしなかった……ということが非常に多い。どちらかを選んだらもう片方を試すことは二度とできない（あるいはかなり困難な）ケースも往々にしてありますが、とにかくどちらかを選んで、まずは、やる。

してみてよきにつくべし

わたしはなにかあると、この言葉を思いだすことにしています。

世阿弥、すごい！

狂言とはなにか

さて、二回にわたってお話しした能ですが、最後にその兄弟芸能である狂言について、少し触れておきます。

狂言も、能と同じく唐（中国）から渡ってきた大衆芸能の散楽をもとに生まれた芸能で、おもにそのお笑いの部分を発達させました。能が歌唱（謡）や舞踏を中心とする歌舞劇であるのに対し、狂言はセリフと演技による劇といえます。

能と狂言は兄弟芸能と呼ぶのにふさわしく、狂言のなかには能をパロディにした作品も多くあります。その例のひとつに、『梟山伏』（流派によっては『梟』）という狂言があります。

本書の第九講で『源氏物語』のお話をしたときに、能『葵上』について書きました。シテ（主人公）は六条御息所です。彼女の生霊が光源氏の正妻である葵上を呪い殺しに行くと、そこに横川の小聖という行者（山伏）が現れ、調伏によってその成仏を助けるという能です。

狂言の『梟山伏』は、この能のパロディです。横川の小聖と同じような格好をした行者が現れ、能『葵上』と同じような謡を謡う。これだけ見るとほとんど『葵上』なのですが、決定的に違うのは、行者が対峙する相手が六条御息所ではなく、フクロウの精霊であるところです。

狂言『梟山伏』は、「どうも弟の様子が変だ」と、兄が行者のもとを訪れる場面から始まります。行者が祈ると、弟がフクロウのような声で「ほー、ほー」と鳴きだす。

話を聞いてみると、どうやら弟は山でフクロウの巣を落としたらしい。その祟(たた)りとわかった行者は、さらに祈りを続けます。

が、能『葵上』と違って、弟に憑(つ)いたフクロウの精霊はいっこうに調伏されません。それどころか兄までも「ほー、ほー」と鳴きだす始末。弟に憑いたフクロウの霊が兄にも憑いてしまったのです。

「ほー、ほー。ほー、ほー」と、ふたりに責められた行者がその場に崩れ伏すと、兄弟は「ほー、ほー」と鳴きながら去ってしまいます。そして、崩れ伏した行者がやがて起きあがると、彼も「ほー、ほー」と鳴きながら去っていく……という狂言です。

神秘的で深刻な能『葵上』を嘲笑するかのような狂言『梟山伏』ですが、かつては能『葵上』が演じられたあとに、この狂言『梟山伏』が演じられたのでしょうか。

能の正式な公演では、能と狂言が交互に演じられます。深刻で哀しい能を演じたあと、狂言でそれを笑い飛ばす。次にまた深刻な能を演じ、そしてまた狂言で笑う。能と狂言とは、まさに陰陽の「番(つがい)」の関係にあります（ゆえに演目プログラムのことを「番組」という説もあります）。これは、どんな深刻な事象の裏(うち)にも笑うべきことがあり、逆に笑いのなかにも哀しみがあるということを示すのでしょう。

世阿弥は能にさまざまな仕掛けを施しました。そのおかげでこの芸能は六百五十年以上続いており、これからも続いていくのです。

ここまでお読みくださった皆さま、是非一度お気軽に、能を観にいってみてください。どうしようかと迷われている方、「してみてよきにつくべし」です！

読書案内

▼世阿弥の芸論はやはり『風姿花伝』ですが、現代語訳や解説も充実している角川ソフィア文庫版（竹本幹夫訳注）がお薦めです。もう一歩踏み込みたい方には、編訳者小西甚一の詳しい語注が付された、タチバナ教養文庫版もよいと思います。

第十五講

随筆なう

今回は鎌倉時代の随筆を読んでみたいと思います。

古典の三大随筆といえば、『枕草子』『方丈記』『徒然草』。書かれた年代をおおざっぱにいえば、『枕草子』は西暦一〇〇〇年ごろで平安時代、『方丈記』が一二〇〇年ごろ、『徒然草』が一三〇〇年ごろで、後者二作が鎌倉時代の作品です。

この三作の冒頭部分は、中学校や高校でほとんどの人が覚えさせられたと思うので、馴染みはある一方、「著者名と冒頭しか覚えてない」「そのあとなにが書いてあるか、なにが高評価ポイントなのか、まったく知らない」という人も多いかもしれませんが、それは当たり前です。

この手の随筆は、大人になって酸いも甘いも経験してから読んだほうが断然面白いので、これらをじっくり味わうのは、中高校生にはちょっと早いかと思うのです。とはいえ、どれも文庫で手に入るので、酸いも甘いも知った方もそうでない方も、だまされたと思って試しに最後まで読んでみてください。

気の向くまま筆にまかせ

最初に「随筆」とはなにか、あらためて確認しておきましょう。

国語辞典には「特定の形式を持たず、見聞、経験、感想などを気のむくままに筆にまかせて書きしるした文章」（『国語大辞典』小学館）とあります。

現代の随筆の宝庫というと、やはりツイッターでしょうか。使いかたは人それぞれですが、「見聞、経験、感想などを気のむくままに」書いている人が多いですね。

そこで、まさに学校の授業のようですみませんが、あの有名な冒頭部分をいま一度思いだしながら文字数をカウントしてみましょう。

【枕草子】春はあけぼの。やうやうしろくなりゆく山ぎは、すこしあかりて、紫だちたる雲のほそくたなびきたる。夏は夜。月のころはさらなり、闇もなほ、蛍のおほく飛びちがひたる。また、ただ一つ二つなど、ほのかにうち光りて行くもをかし。雨など降るもをかし。（百十七文字）

【方丈記】ゆく河の流れは絶えずして、しかも、もとの水にあらず。よどみに浮（うか）ぶうたかたは、かつ消え、かつ結びて、久しくとどまりたる例（ためし）なし。世の中にある、人と栖（すみか）と、またかくのごとし。（八十三文字）

【徒然草】つれづれなるままに、日ぐらし、硯（すずり）にむかひて、心にうつりゆくよしなしごとを、そこはかとなく書きつくれば、あやしうこそものぐるほしけれ。（六十六文字）

どれも百四十文字以内ですからツイッターに投稿できます（『枕草子』は春と夏に絞りました）。

そして、さすが日本古典三大随筆の風格です。

とはいえ、メディアは別問題としても、ツイッターの文章と古典随筆の文章との違いは歴然としています。読み飛ばされることが多いツイッターに対して、古典の随筆はゆっくり読むことが求められています。俳句と同じく、言葉のひとつひとつの意味を読み取ることが期待されるからこその、少ない文字数なのです。

兼好さんの孤独なツイート

ここからはまず、吉田兼好『徒然草』の冒頭をゆっくりと読み直してみましょう。

つれづれなるままに、日ぐらし、硯にむかひて、心にうつりゆくよしなしごとを、そこはかとなく書きつくれば、あやしうこそものぐるほしけれ。

まずこの「つれづれなり」ですが、辞書には「変化がなくて単調なさま」とあります。なにもすることもないし、面白いこともない。そんな精神状態です。世間から隠退した閑居生活。「仕事もないし趣味もない。ああ、ひまだひまだ」とでもいう感じでしょうか。

ただ、「つれづれ」は、もとは「連れ連れ」と書き、いろいろな思いがとめどなく流れ続ける状態をいいます。夜中に寝よう寝ようと思っても、いろんなことが頭に浮かんできて眠れなくなること、ありませんか？　それが「つれづれ」のもとの意味なのです。夜中でなくても、とくに心に鬱々としたものがあるときには、さまざまな思いが去来するもの。

ひょっとしたら兼好さん、優雅な閑居なんかではなく、そんな鬱々状態だったのかもしれません。

そして、それが「日ぐらし」です。

ちなみに、この「日ぐらし」は、次の「硯にむかひて」に掛かりますが、しかし前の「つれづれ」も受けます。すなわち朝からはじまった鬱々は、夜までずっと続き、一日中悶々としていた。つらいですね。

海北友雪画「徒然草絵巻」序段
（サントリー美術館 蔵）

喜びや楽しみはすぐに慣れます。快感なんて一瞬です。しかし、苦しみや痛みは持続する。歯痛や尿路結石の痛みは、忘れよう忘れようと思っても忘れられないし、去ってくれない。なかなか慣れない。鬱々も同じく、もう何日も心から笑っていない、そんな日々もあります。

そこで兼好さんは硯に向かいました。いまだったらパソコンかスマホに向かっていたところでしょう。

そして、次々と心に浮かびくる「よしなしごと（どうでもいいこと）」を「そこはかとなく」書きつけていく。

「そこはか」の「そこ」は、場所を示す「そこ」です。そこだよとはっきり示せない状態が「そこはかとなし」です。これはどう書くべきか、いやそれ以前に書くべきことなのか否か、なんてことは考えずに、ただ取り留めもなく、ひたすら書きつけていく。まさにツイッターに書き込むが如し。

ただ、ツイッターは投稿したら即、ネット上で全世界に公開されるのに対して、この随筆の版本が刊行される江戸時代までは、筆でしたためたこのつぶやきは本人とごく一部の関係者以外のだれにも伝わっていなかったといわれています。

いわば孤独なツイート……。

鎌倉時代後期に鬱々としていた兼好さんも、まさか七百年後の日本で、こんなにもたくさんの人々が彼の「つれづれなるままに」書いた「よしなしごと」を読んでいるとは思っていなかったはず。

こんな後世にも読まれるのだと知っていたら、書くことも変わっていたのでしょうか。そんなことを想像するのも、古典を読む面白さのひとつです。

さておき、本文に戻りましょう。

「よしなしごと」を「そこはかとなく」書いていると、「あやしうこそものぐるほしけれ」という精神状態になるといいます。

「あやし」というのは、自分の常識や知恵を超えた「もの」の出現に驚いたときに出る「あや！」という声がもとになっています。書いているうちに「あや、あや（ありゃ、ありゃ）、自分でも気づかないうちにこんなことを書いちゃってるよ」なんて状態になってしまう。

すると精神はさらに飛翔して「ものぐる（物狂い）」になる。

能にも、よく物狂いが登場します。狂気にもいろいろありますが、「物狂い」というのは憑依（ひょうい）による狂気、なにかにとり憑かれた狂気を指します。

ここで、中学校で習った古文の文法を思いだしていただきたいのですが、「こそ＋けれ（已然（いぜん）形）」という強意の係り結びが使われていますね。それを踏まえて現代若者風にいえば「マジやばい感じでとり憑かれちゃってんですけどぉ！」と、兼好さんは感嘆しているのです。しかし鎌倉時代の孤独なツイートも危険……。

ちなみに内田樹さんは、ここを「自分では制御できない何かが筆を動かしているようで、怖い」と現代語訳されています（『日本文学全集07』河出書房新社）。

たしかに怖い。気をつけましょ。

鴨長明の無常観

さて、もうひとり。鎌倉時代初期の随筆家、鴨長明は、人災・天災を描くことで、時代の不安と無常観を表現しました。

まず、『方丈記』の冒頭付近に出てくる大火災の話を読んでみましょう。

去安元三年四月廿八日かとよ。風烈しく吹きて、静かならざりし夜、戌の時ばかり、都の東南より、火出できて、西北にいたる。はてには、朱雀門・大極殿・大学寮・民部省などまで移りて、一夜のうちに、塵灰となりにき。

安元三（一一七七）年四月二十八日のこと。風が烈しく吹いて収まらない夜、時刻は午後八時ごろ。都の東南より出た火は西北に燃え広がり、ついには朱雀門・大極殿・大学寮・民部省などにまで移り、一夜のうちに灰にしてしまった。

新聞記者のような冷静な書きぶり。簡潔にして要を得ています。さすが「ゆく河の流れ」や「よどみに浮ぶうたかた」から無常を感得した、鴨長明のクールな文章……と思いきや、このあと口調は一転、ワイドショーのレポーターのように白熱していきます。

火元は、樋口冨の小路とかや。舞人を宿せる仮屋より出で来たりけるとなん。吹き迷ふ風に、とかく移り行くほどに、扇をひろげたるが如く末広になりぬ。

遠き家は煙にむせび、近きあたりはひたすら焔を地に吹きつけたり。空には、灰を吹き立てたれば、火の光に映じて、あまねく紅なる中に、風に堪へず、吹き切られたる焔、飛ぶが如くして一二町を越えつつ移りゆく。その中の人、うつし心あらんや。或は煙にむせびて、倒れ伏し、或は焔にまぐれて、たちまちに死ぬ。或は身ひとつからうじて逃るるも、資財を取り出づるに及ばず。七珍万宝さながら灰燼となりにき。

そのつひえ、いくそばくぞ。そのたび、公卿の家十六焼けたり。

まして、その外、数へ知るに及ばず。すべて都のうち、三分が一に及べりとぞ。男女死ぬるもの数十人、馬牛のたぐひ、辺際を知らず。

火元は、樋口富の小路。舞人が泊まっていた仮設の宿泊所からの出火だったようです。仮設の宿泊所から出た火は、吹き迷う風にあおられて、あちこちと移っていくうちに、扇を広げたように末広に延焼していきます。

火元から遠い家には火は到達しませんが、しかしそれでも煙にむせび、火元に近い家のあたりでは火炎がさかんに地面に吹きつけています。吹きあげられた灰神楽は、空中一面のスクリーンのように広がり、そのスクリーンに照らされた火炎で、空はあまねく紅です。真っ赤な空中を、風に吹き千切られた火炎の玉が、ポンポンと飛び跳ねるように百メートルも二百メートルも（一、二町）飛び越えて引火していくので、炎はまたたく間に広がっていきます。炎に包まれたなかにいる人たちは、生きた心地もしないでしょう。煙にまかれて窒息して倒れ伏している人がいます。火炎の激しさに目が見えなくなったのか、逃げることもできず、そのまま焼け死んだ人もいます。運よく、身ひとつで逃げることができた人も家具や財産を持ちだすことができませんでした。

その結果、都に蓄えられていた財宝はことごとく灰になってしまいました。その

被害総額は計算不可能。この大火災で、消失した公卿のお屋敷は十六軒。庶民の家は……ああ、数えることができません。なんといっても都の三分の一が火災で焼失してしまったのです。火災による死者は、男女合わせて数十名。しかし、馬や牛などの家畜に関してはその総数は数えることができないほどです。

ちなみにここでは、京の都を三分の一も焼き尽くしたという安元三年の大火の出所は、舞人の仮設宿舎だったと記述していますが、都ではそのあと、火災を引き起こしたのは比叡山の猿だとか、愛宕山の大天狗・太郎坊だったとか、さまざまな憶測が飛び交ったようです。

そしてこの迫真のレポートに続いて、長明はさらっとこう綴るのです。

人のいとなみ、皆愚(みなおろか)なる中に、さしもあやふき京中の家をつくるとて、宝を費(つひや)し、心を悩ます事は、すぐれてあぢきなくぞ侍(はべ)る。

人間のやることはすべてばかげているが、なかでも、こんな危険な市街地の家を建てるために、大金をはたいたうえにあれこれ神経をすり減らすなんて、もっとも愚

劣なことよ。

どうですか、この諦観に満ちた警句。そしてこの手の警句って、ツイッターでもたまに見かけませんか？　長明がこれを書いたのが八百年前であることに思いを馳せるのも、古典を読む醍醐味のひとつです。

人間社会への警告

長明はこのあとに、辻風（竜巻）の記事を続けます。こちらは治承四（一一八〇）年の四月ごろですから、安元の大火の三年後です。

大火についで都を襲った辻風、すなわち竜巻。家屋はすべて破壊され、家財道具もみな空中に吹きあげられてしまうほど被害は甚大で、せっかく復興した都はめちゃくちゃになってしまいます。

辻風は、塵（ちり）を煙のように吹き立てるので視界がきかず、轟音が鳴り響くので声も聞こえない。視覚と聴覚が奪われたなかでの大旋風です。うわさに聞く「地獄の業の風」とはこのことかと長明は書きます。

被害は家屋の倒壊のみではありません。家を修理している最中に大けがをし、身体に障害を負った人も数えきれないほどと書かれています。これはただの天災ではない。「さるべきもののさとし」ではないかというのが長明の意見です。

「さるべきもの」の「もの」は物の怪（もののけ）を指しています。つまり、この辻風は、人智を超えた超越存在からの人間社会に対する警告、そう受け取ったのです。

そして、それを証明するかのように治承年間には平氏がその政権を確立し、世のなかは貴族の世から武士の世に移っていきます。

さらに、その平氏政権も長続きせず、治承・寿永の乱、すなわち源平の合戦へと突入し、武士の頂点に立った源頼朝が鎌倉に幕府を開くという、日本史上まれに見る大変化のフェイズに突入するきっかけとなるのです。そして、庶民もその戦乱に巻き込まれます。

鴨長明は、天変地異からそれを予見していたともいえるでしょう。

長明と兼好にまつわる謎

ところでこのふたり、鴨長明と吉田兼好って、出自がなんとなく怪しい。

なにがというと、姓。

『方丈記』の著者である鴨長明の「かも」は、賀茂、加茂でもある。先祖はなんとあのスサノオ。ヤマタノオロチを退治した古代の英雄です。ええ、それってもう人間じゃないじゃん！というほどの超名門中の名門。上賀茂・下鴨神社の氏神を祖とする賀茂一族（上賀茂においては「賀茂」、下鴨においては「鴨」の字を用いる）という、古代から続く出雲の神様一族の出なのです。

そして、吉田兼好（あるいは卜部兼好）の吉田も「吉田神道」の吉田。もうひとつの卜部というのも、その名のとおり亀の甲羅などで占いをする、これまた古代から続く甲骨占いの名家です。そんな古代祭祀に関わる名門出身のふたりなのに、神道から仏教に寝返って出家しちゃうし、年を取ってからはどうも引きこもっているようにしか見えないし。これはなにかあるに違いない、と思うのです。

このふたりが生きた鎌倉時代というのは、日本史上最大の、ふたつの変化があった時代だといわれています。

ひとつは結婚とそれにともなう家制度の変化です。平安時代の結婚は、お嫁さんの家に男が住みつくという「婿取婚」が中心でした。いわゆる母系社会ですね。ですから「玉の輿」というのは、お嫁さんの家がお金持ちであるということ。男の経済力は関係ない。いわゆるヒモでもなんの非難もされなかった。これはあこがれますね～。

一方、女性の側からしても、ずっと生まれ育った実家にいられたので、両親との別れの苦しみがない。結婚式での「お父さん、お母さん、長いあいだお世話になりました」＆花束贈呈でお父さんがおよよと涙を流すなんて感動シーンはあり得なかったし、仁義なき嫁姑問題もなかった。

ところが鎌倉時代になると、これが逆転します。女性が母系の実家から引きはがされ、男の家に嫁として入るという「嫁取婚」が中心になります。女性が実家から出なければならない苦しみが与えられ、父系社会が誕生します。これが現代まで続く日本の婚姻制度ですね。

もうひとつは働き方改革、というか革命。平安時代の貴族は、みな天皇に属していました。いわば国家公務員です。日記を見ても物語を見ても、みなあまり本気で働いているようには見えない。少なくとも、その働きに応じて給料が変わるとか、そういうことはあまりないように見えます。国家に対してこれだけのことをしたから、これだけの報酬をもらえるというような双方向的な労働契約ではなく、国家（天皇）からの一方的な下賜（かし）でした。

ところが鎌倉時代になると、いわゆる「御恩と奉公」の関係が生まれます。「俺がこれだけのことをしたんだから、これくらいのことをしてくれてもいいんじゃない？」という双方向の関係になるのです。こちらも現代につながる労使関係です。

結婚（家）も労働も、現代に通じる形への革命的転換が起こったのが鎌倉時代なのです。

すると当然、これについていけない人たちがいっぱいいた。たとえば平安末期から鎌倉初期にかけて生きた藤原定家。彼の日記『明月記』には、その変化についていけず「もう、さっぱりわけわかんない」と嘆いている記述がたくさんあります。

そして、鴨長明や吉田兼好もそうだったのではないでしょうか。神道という古代の価値観を背負って生まれて来たこのふたりですから、時代の変化についていけなかった可能性は大いにあります。だから徒然に任せて文字を書きつけることによって精神の安定を図っていたのかもしれません。

ちなみに兼好は、吉田でも卜部でもなかったという説もあるようですが、今回はそこには触れません。生没年も『徒然草』の成立年もはっきりとしないのですが、そこは日夜研究している国文学者の方々にひとつがんばっていただきましょう。

西暦二一八二〇年の世界で

今回は結局それぞれの冒頭を読んだまででしたが、古典にアレルギーを持っている人や全文を読んだことのない人には、とりあえず読んでみてもらいたいです。どちらもそんなに長くはないですし、この混迷の時代にはとくに、身に沁みる一節に出会えるかもしれません。

しかし、かりにあなたのなにげないツイート（＝随筆）が八百年後の人に読まれる可能性があると考えてみると、なんだかワクワクしますよね。西暦二八二〇年だなんて、もはやSFでもあまり見ない……どんな世界になっているかなんて皆目想像できません!

だからといって八百年後を見据えたよそ行きのツイートばかりでは、未来のデジタル考古学者(あるいは国文学者?)が解析しようとしても逆に困惑すると思うので、いつもどおり、「よしなしごと」を「そこはかとなく」つぶやいておきましょうか。

読書案内

▼『方丈記』と『徒然草』を読むなら、やはり角川ソフィア文庫版がよいかと思います。どちらも現代語訳付きで解説なども充実しており、価格もお手頃です。本文中にも引用させていただいた河出書房新社の『日本文学全集 07』もお薦めです。なにせこの巻には古典の三大随筆が一冊にまとまっており、酒井順子さんが『枕草子』を、高橋源一郎さんが『方丈記』を、内田樹さんが『徒然草』の現代語訳を担当しています。高橋さんの現代語訳はなかなかぶっ飛んでいて、賛否両論あるかもしれませんが、個人的には好きです。

▼ソフィア文庫版『徒然草』の訳注を手がけた小川剛生さんの『兼好法師──徒然草に記されなかった真実』(中公新書)は、膨大な資料で兼好法師の謎に迫った力作です。

第十六講

優雅な貧乏生活

『古事記』から始めた本書も、今回から近世、江戸時代に入ります。

近世にも面白い古典作品はたくさんあるのですが、学校の授業で扱われることはあまりない。なぜでしょうか？　それにはおおよそ三つの理由が思いつきます。

ひとつは試験に出しにくいから。

『源氏物語』などに比べると、江戸時代の文章は読みやすい。単語にも特殊な意味は少なく、文法を知らなくてもなんとなく読めてしまう。先生からすると授業もしにくく試験問題も作りにくいので、入試にもあまり出ない。そうなると受験が中心のいまの古典の授業では、力を入れる意味が薄くなってしまうのです。

ふたつめには、不道徳なものが多い。

本書でも今後不道徳な作品をいろいろと紹介していくことになりそうですが、たとえば井原西鶴の書いた『好色一代男』の主人公・世之介などは、六十歳で海の彼方にあるという女性だけの女護が島をめざして船出するまでに、関係した女性の数は三千七百四十二人。世にいう千人切りなんて甘い甘いというツワモノ。が、それだけでなく男性（若衆）も七百二十五人と、なんともすさまじいバイセクシャルな人物です。こんなの授業で扱う以前に、教科書検定に通りませんね。

三つめとしては、主人公が庶民的という理由も考えられます。

西洋の古典で人気の主人公は、神話的人物や見目麗しい王子様やお姫様、あるいは騎士などです。日本でいえば英雄的な神様、美男美女の貴族・王族、あるいは武士などがこれまでの古典の主人公の中心でした。しかし近世になると一転、一般庶民が主人公の作品が多くなります。そんな市井の物語なんか読解に苦労してまで読みたくないよという人が多いのかもしれません。

とはいえ庶民が主人公であるのなら、わたしたちの生活に近いということ。庶民の視点で書かれているので、たとえばお金儲けだったり、異性にモテる方法だったりと、現代のわたしたちにも役に立つ考えかたや、わたしたちが抱える問題を解決するヒントになるものが多いのです。

俳諧的生活とはなにか

そこで今回は、横井也有（一七〇二～一七八三）が書いた俳文、『鶉衣』を紹介します。

「えっ、なんで近世はそんなマイナーなところからいくの？　そんな作品、タイトルも作者も知らない……っていうかそもそも俳文ってなに？」という声も聞こえてきそうです。

岩波文庫では上下巻で出ているものの、現在下巻が品切れのようですし、ここで取りあげるかどうかも迷いました。文学史の授業でさえ出てくるか出てこないかだし、同書が高校の教科書に出てくることはまずほとんどない（と思ったら、筑摩書房刊行の『古典B 古文編 改訂版』には出ていました）。

しかし、マイナーながらも、雅俗折衷で機知と技巧に富む、軽妙洒脱な俳文の典型と高く評価されていますし、現代社会で役に立つという意味では、一、二を争う名作なのです。

教科書では扱われない野に咲く古典の名作を紹介するのが本書の使命でもありますから、ここはひとつお付き合いください。

著者の横井也有は俳諧師（はいかいし）です。五七五（長句）と七七（短句）を交互に付け合っていく連歌を、卑俗に、そして滑稽にした文芸を俳諧といい、俳諧的な感覚で書かれた散文を、俳文といいます。江戸時代に流行った文芸ですが、

横井也有／『國文学名家肖像集』（一九三九年）より

その代表的作家といえば、かの有名な松尾芭蕉です。

松尾芭蕉は、俳諧とはただ五七五や七七を詠むだけではなく、ものの見かた、生きかたそのものを俳諧的にせよと、「俳諧的生活」ともいうべき生きかたを提唱しています。

「俳」も「諧」も「滑稽・お笑い」という意味です。「俳」はふたりでするお笑い、漫才のようなもの。「諧」は皆で神様たちを迎え、仲良く来臨を祝うというのが原義。現代的にいえば「お笑いと和」、それが俳諧です。そして、世のなかのあらゆることを「お笑いと和」で読み直して生きようとする態度が俳諧的生活なのです。

世のなかのことを真剣に考えるのは大切ですが、どうもわたしたちは真剣と深刻を混同してしまうクセがあります。世に対して真剣に、しかしお笑いで向きあう。それが俳諧的生活です。『鶉衣』には俳諧的生活のヒントがいろいろと書かれていますが、今回は「優雅な貧乏生活」というテーマで、いくつかの章を紹介しましょう。

貧乏生活を笑い飛ばす

最近、奨学金の返済に苦しむ若者が社会問題になっていますが、わたしたちの若いころも学生の多くは貧乏で、風呂なしトイレ共同の三畳ひと間に唯一の暖房器具は布団、なんて学生生活を送った人はざらにいました。

いやしくも文学を専攻する者たるや、そのなかでいかに優雅に暮らすかが腕の見せどころ。『鶉衣』はその指南書としてうってつけなのです。

これはなにも若者だけの話ではありません。今年で六十四歳になるわたしは、還暦を基準ラインとするとすでに老人です。現代日本では、老人の貧困問題も深刻です。生活保護を受けている世帯のなかで高齢者の占める割合は、年々増加しています。

一方、貯蓄が多いのも高齢者です。そんな高齢者の方に「どうせ長くはないんだから、若い人に還元すればいいじゃないか」というと、たいてい「何歳まで生きるかわからないし、老後が不安だから使えない」というのです。

いくつになっても強迫的な不安に苛(さいな)まれる、それが現代の「不安創出社会」です。これでは心の平安など、死ぬまで訪れません。

ただこれが、たとえば月十二万円ほどの年金でも優雅に暮らすことができると知れば、不安なんて飛んでいくのではないでしょうか。そのヒントが俳諧的生活であり、その生きかたが優雅な貧乏生活なのです。

では『鶉衣』でその様子を見てみましょう。横井也有がはじめて江戸に入ったのは二十九歳。そのとき、彼は狭い長屋に寓居(ぐうきょ)(仮住まい)します。

最初こそ「顔に物がふたがる様に覚えし（顔に物がかぶさっているかのような）」狭い部屋に気のふさがる也有でしたが、日々ここで暮らしていると「すめば都の月もさし入りて、寝心よき夢もむすぶばかりにはなりける」と適応していきます。

そして彼がしたことは「四畳ばかりの所に、手ぢかき調度どもかたづけて、常の居所に定めつ」です。まずは狭い四畳ひと間に道具類をきちんと整え、自分にふさわしい場所に仕立てていき、まるで茶室のような神聖な空間に変えてしまう。

すると、世界が一変するのです。

> 軒の風鈴に夏山のすゞしさを招き、壁のやぶれに色紙をおし、障子のたらぬにあやしきすだれをかけて、月の夕暮なかば巻きたるは、かの行平の須磨の住居もかくやと思ひ出でらるゝに、うしろの松風とう〱と吹きならせば、なみこゝもとになどぞひとりごたるれ。

「あやしきすだれ」は粗末な簾という意味です。また、「行平の須磨の住居」は、在原業平の兄、在原行平が流されて仮寓した須磨の住居を指しています。行平は光源氏のモデルのひとりともいわれたプレイボーイ。也有は狭い部屋に寝起きする自分を、流謫の貴公子になぞらえるのです。

さて、ここで「うしろの松風とう〳〵と吹きならせば」という文を読み解くには、少々古典の知識が必要です。

「うしろの松風」といえば、在原行平に恋した松風と村雨という姉妹の幽霊が主人公（シテ）の能、『松風』*の詞章が元になっている言葉です。也有は「吹くやうしろの山おろし」と能『松風』の謡を謡いながら、その姿を幻視していたのでしょう。この詞句はさらに『源氏物語』の須磨の巻を思いださせ、思わずその巻に綴られた「なみこゝもとに」という一句をひとり口遊む。

なんとも優雅ですね。

ちなみに隣とは壁一枚。火打石の音も聞こえるような薄い壁で、「すり鉢を擦っている音が聞こえるから、今日は客が来るんだな」とか「パタパタと団扇の音が聞こえるから、そろそろ眠るんだな」とか、だいたいわかる。ということは隣人もこちらのことがよくわかっているだろう。しかし、そんなことも気にならなくなる。

＊能『松風』あらすじ：旅の僧（ワキ）が須磨を訪れると、松風と村雨という姉妹の旧跡に墓として松があったので、経を上げて霊を弔う。そこに通りかかった若い姉妹に一夜の宿を乞うた僧が、須磨に縁のある在原行平の和歌の話や、松風と村雨を弔ったことを話すと女たちが泣き出す。そのふたりは生前行平から寵愛を受けた松風・村雨姉妹の亡霊だった。姉の松風（シテ）は行平との思い出を忘れられず半狂乱になって舞うが、僧に供養を頼むと、夜明け頃に姉妹の霊は消える。

秦の始皇帝が住んだという雲をしのぐほどの阿房宮も、大掃除のときには面倒であろう。それに引き換え、かたつむりのように戸一枚持たないようなわが家でも、この世は「ぬめりわたり（ぬらりくらりと渡る）」することができる。

「たるもたらぬも住人の心」――不満に思うか満足に思うかは、そこに住む人の心ひとつだと也有は書きます。

優雅な貧乏生活に大切なことは、なんといってもその人の心持ち。どんな状況でも、それを俳諧的に読み替える心、それが優雅な貧乏生活の第一歩です。

また、「たるもたらぬも」とあるように足るを知る心も大切です。

京都・龍安寺の蹲（手水鉢）には、「吾唯足知（吾れ唯だ足るを知る）」と刻まれています。

『老子』には「足るを知る者は富む」という言葉があります。

不足、不満が煽られ、「もっと、もっと」と欲望が刺激される現代では、いくらお金持ちになっても満ち足りることはない。本当の意味の「富む」という心持ちにはなかなかなれない。しかし「足る」を知ることで、やたらと不安を煽りたてる社会から解放され、本当の「富む」を知ることができるのです。

読み替えの力や足るを知る心のほかにも、大事なことがあります。それは古典の素養です。昔から流罪に遭った貴人たちは、自分を同じ目に遭った光源氏や在原行平になぞらえました。

わたしの知人が六畳ひと間、台所は一畳という狭い部屋に引っ越したときには、六畳の部屋を「六条御息所」（『源氏物語』の登場人物。第八講参照）と呼び、一畳の台所を「一条院*」と呼んで楽しんでいました。

野点をやってみる

さて、ここで優雅な貧乏生活のひとつの実践例として、「優雅な貧乏野点」を紹介しましょう。

野点とは、屋外で茶を点てること、野外の茶会です。

古くは千利休も野点で豊臣秀吉を喜ばせたという記録が『南方録†』にあります。

最近ではカジュアルに野点を楽しんでいる人のブログも見られますし、「野点　セット」で検索すれば、ネット通販で買えるおしゃれな野点用道具セットも見つかります（が、貧乏野点には無用です）。

わたしはカフェが好きでよく行くのですが、安いところでもコーヒー一杯二百円ほどします。毎日カフェに行けば月に六千円かかる計算で、ちょっとした負担のわりには、あまり優雅な気持ちになれない。

そこでおススメなのが、なるべくお金をかけずに工夫して楽しむ野点です。


*能『小鍛冶』のワキツレとして登場する橘道成が仕えた一条天皇の、平安宮内裏以外の皇居。

†千利休の教えをその高弟・南坊宗啓がまとめた茶道書。岩波文庫で読めます。

まず、貧乏生活を優雅に楽しめそうな同好の士を数人集め、お金を出しあって抹茶を買います。ネット通販なら、お稽古用抹茶は百グラム＝千円以下で買えます。お茶を点てるときに使う抹茶の量は約一・五グラムなので百グラム買えば六十六杯分もあり、千円払っても一杯十五円ほど。茶筅（ちゃせん）や茶杓（ちゃしゃく）も探せば安価で入手できます。

準備ができたら、気持ちのいい木陰を見つけて野点をしましょう。雨が降ったら公園の四阿（あずまや）でもできるし、六畳の自宅を茶室に見立ててもいい。

みんなで野の花を摘みにいき、適当な花器を見繕（みつくろ）って（あるいは細いグラスや空きビンでも）、摘んできたお花を美しく活けます。お金に余裕があれば、和菓子屋さんで季節の和菓子を買うのもいいですね。

そして、作法に則（のっと）ってちゃんとお茶を点てます。この「作法に則る」ことが、「優雅な貧乏生活」では大切です。儀礼にするのです。

お茶の点てかたは、オンラインで安く教えてくれるところもありますし、自治体主催の無料（あるいは安価の）講座があったりします。むろん流派にこだわる必要はないし、自己流が入ってもいい。

お菓子とお茶をいただきながら、みんなで俳諧の連歌（連句）をする。やはり連歌をするにも多少の勉強は必要です。

お茶の作法や連歌などを学んで野点をすれば、とびきり優雅にすごせること請けあいです。

最初は気負わず、不恰好でもまずはやってみるのがよいと思います。

お茶や古典の知識も、仲間と協力しあって少しずつでも身につけていけば、回を追うごとに味わい深いひとときをすごせるようになるでしょう。

しかし、やはり「作法に則る」ためには最低限の努力は必要で、これを面倒がっては優雅な貧乏生活を送るのは難しい。

努力を楽しみに変える、それも誹諧的生活です。

割れた茶碗で一首

ところで、お茶でもっとも高価なものが抹茶茶碗。

マグカップやご飯茶碗で代用してもいいのですが、おススメは、お茶をやっている人や陶器のお店から、割れた抹茶茶碗をもらって、それを自分で継いで直すこと。継いだ部分に金属粉を美しく蒔く、「金継ぎ」も流行っているようです。

昔は靴下や洋服に穴が開けば繕って着用し続けたものですが、最近はちょっと瑕疵があると、捨てて新しいものを買ってしまう。しかし横井也有は、割れた茶碗を継いで使うことのすばらしさを、以下のように説いています。

割れていない茶碗は、そのままで完全、すなわち「太極」です。割れるということは、その太極の気が「陰陽」の二気になったということ。

それだけでもめでたいことなのですが、それをまた継いで使うということは、陰陽の二気が合う、すなわち夫婦の契りにもなるということでさらにめでたい。

また、茶碗は割れることによって、有明の月にも満ち欠けがある（すなわち人生、盛りがあれば下り坂もある）という道理を示し、これは仏のいう「会者定離（えしゃじょうり）」、すなわち、会う者同士はいつか必ず離れる、という道にも合致する。

しかし離れたものをまた合わせる金継ぎは、その道理をもくつがえすものだと、仏様も納得してくれるだろうなどと書き、一首の歌を詠みます。

はなれたら継げはなれたらつげ幾度（いくたび）も
破（や）れ世中（よのなか）にあらむかぎりは

この歌の下の句は能『船弁慶*』の詞章「われ世の中にあらむかぎりは」のもじりですから、也有はこの歌を『船弁慶』の節（メロディ）で謡ったことでしょう。

これは単に茶碗が割れても継いで使うべしといいたいのではなく、『船弁慶』の内容を踏まえると、生きてさえいれば、なにがあっても修復できる（やり直せる）という意味を込めているのです。

足るを知る者は富む

『鶉衣』は、江戸の教養人・横井也有の古典に関する知識がふんだんに盛り込まれた、すばらしい俳文です。校注を頼りに『鶉衣』をじっくり味わうだけでも、古典の素養は徐々に身についていくことでしょう。何歳からでも焦らずゆっくり、千里の道も一歩から。読書は図書館を利用すれば、お金もか

『船弁慶』舞台上の奥津健太郎と筆者（右）（森田拾史郎　撮影、喜多能楽堂、二〇一〇年十二月四日）

＊能『船弁慶』あらすじ：平家追討に功績をあげながら頼朝に疑惑を持たれ、鎌倉方から追われる身となった源義経は弁慶や従者らと逃げる。道中で義経の愛妾・静は同行するのが困難と説得されて断念する。静との別れを惜しんで出発をためらう義経に、弁慶は強引に船出を命じる。船が海に出るや否や、突然暴風に見舞われ、平家一門の亡霊が姿を現すが、弁慶の祈禱の力で怨霊は調伏されて沖に消える。

からない、とても贅沢な娯楽です。

足るを知る者は富む——さあ、古典の教養を身につけて、不安を煽りたてる世間などどこ吹く風で、お金をかけずに優雅な生活を愉しもうではありませんか。

読書案内

▼『鶉衣』を読むなら岩波文庫(堀切実校注)なのですが、本文にも書いたように、残念ながら下巻が品切れです。ただ、上巻に前編・後編が、下巻には続編・拾遺が収録されているので、まずは上巻をじっくり読みながら、下巻が増刷されるのを待ちましょう。また、わたしは現在、朝日出版社ウェブマガジン「あさひてらす」に、その名も「優雅な貧乏生活」という連載をしております。是非覗いてみてください。

▼金継ぎに関しては、あちこちでワークショップなどが開催されていますが、たとえば東京・荻窪のブックカフェ「6次元」店主のナカムラクニオさんも『金継ぎ手帖——はじめてのつくろい』(玄光社)という本を出していて、定期的に講習会をされています。

第十七講

カネとオンナ

高校時代、授業で井原西鶴（さいかく）の『好色一代男』という作品を知り、そのタイトルにわくわくし、さっそく学校の帰りに書店に飛び込んで岩波文庫版を購入。そのまま喫茶店に入って読み始めたものの、すぐに挫折しました。

敗因はふたつ。まずは西鶴独特の「俳諧的な文章」の難解さ、そしてもうひとつは「好色」という言葉を誤解していたことで、少なくとも思春期男子が期待していたような本ではありませんでした。

これらの理由はおいおい説明しますので、さっそく『好色一代男』を読んでみましょう。

西鶴の書きかた

主人公は、いい女と見れば必ず口説くという世之介（よのすけ）なる男子。彼が最初に女中をナンパした七歳から、好色丸(よしいろまる)と名付けた船で女だらけの島（女護が島(にょごがしま)）を目指して消息不明となる六十歳までの一代記です。

一六四二年に大阪で生まれた作者の井原西鶴は、元は俳諧師として名を成しましたが、一六八二年に発表した本書は、浮世草子というジャンルを確立した、画期的な作品となりました。

と、能書きはさておき、まずはひとつのエピソードから。

世之介が九歳のときの話です。ちなみに当時は数え年なので、いまの年齢だと七、八歳、小学校二、三年生です。

季節は菖蒲(しょうぶ)の節句のころ（旧暦五月）。世之介は、仲居（小間使い）らしき女性が行水をしているのを見つけます。

ではそのくだりの原文をまずはご一読ください（巻一「人には見せぬ所」）。

> 中居ぐらゐの女房、「我より外(ほか)には松の声、もしきかば壁に耳、みる人はあらじ」と、ながれはすねのあとをもはぢぬ臍(へそ)のあたりの垢(あか)かき流し、なほそれよりそこらも糠袋(ぬかぶくろ)にみだれて、かきわたる湯玉(ゆだま)油ぎりてなん。

世之介四阿屋の棟にさし懸り、亭の遠眼鏡を取持ちて、かの女を偸間に見やりて、わけなき事どもを見とがめゐるこそをかし。

女性は、おへそのあたりにできた蓮根（＝レンコン）のようなかさぶたの垢を落としているようです。そしてここに「なほそれよりそこらも糠袋にみだれて、かきわたる湯玉油ぎりてなん」という文が続きます。

糠袋とは最近あまり見ないと思いますが、文字どおり糠を入れた袋です。入浴時に肌を洗うもので、平安時代から使われていました。湯玉は、単に湯面が泡立っている様子なんですが、字義どおりに読んでも、だからどうしたという感じです。

そんな行水のさまを見ていた世之介ですが、遠眼鏡（望遠鏡）まで取りだして、その「わけなき事ども（つまらぬこと）」を見物していると、それに気づいた女性は、両手を合わせて見なかったことにしてほしいと懇願しま

『好色一代男』巻一「人には見せぬ所」挿絵（西鶴による自画、『新編 日本古典文学全集66 井原西鶴集①』小学館より）

す。

でも、世之介は指をさして笑う。それどころか、「初夜（夜の八時頃）の鐘が鳴ったら、この切戸を開けておいて、俺の思いをかなえてくれ」というのです。「とんでもない」と女性がいうと、ならばいま見たことをお前の同僚の女たちにいいふらすぞと脅す。まだ坊やの年齢なのに、すでにいっぱしのひどい男ぶりです。

さてこの話、江戸の風俗に詳しい人なら「あれ？」と思うはず。

江戸時代は銭湯も男女混浴が多く、行水など見られてもさほど恥ずかしくもない。たしかに、へその辺りのかさぶたを取っている姿は人に見られたくはないでしょうが、脅しのネタになるほどとは思えない。

じつはこれ、ただ行水を見られただけではなく、自慰行為を見られていたのです。さすがにいいふらされたくはないですね。

しかしこの原文、性衝動を抱えた高校生が古語辞典を片手に字義どおりに読むだけでわかるものではなくて、時代背景の知識や、想像力・妄想力が必要です。

「わけなき事」を『日本国語大辞典』（小学館）で調べてみても、「無意味なこと」「たわいのないさま」などといった意味しか書いていない。なんとなくあやしい文章ではあるので、古典に慣れている人ならわかるかもしれませんが、現代人には研究者の注釈が欲しいところ。

『新編 日本古典文学全集66』（小学館）では、「わけなき事」に「自慰の行為など」という注がちゃんと付されていました。未来の読者のためにも本に書いて残すことは大事です。

ちなみにこの章だけでも、能『松風』の「跡より恋の責めくれば」から始まり、『道成寺』『小鍛冶』と、能からの引用が三箇所あります。

『好色一代男』は、能の詞章からの引用やパロディが随所にちりばめられている本なので、能を知っているとさらに深く楽しめます。

今回久しぶりに読み直して、能楽師になる前に読んだときには気づかなかったことにたくさん気づきました。これが西鶴特有の俳諧的（お笑い、風刺、詩的）な文章なのですが、説明しだすとキリがない（し小難しくなる）のでここでは省略しましょう。

妄想力が必要だ

このように『好色一代男』には、そのまま現代語に訳しながら読んでもわかり得ないところが多々あるため、読者は妄想力を最大限発揮させなければなりません。

別の箇所を読んでみましょう。

今度は世之介が十五歳（現代だと十三、四歳＝中二くらい）、半元服をしたころの話です。

世之介たちは、紫式部が『源氏物語』を起筆したといわれている、石山寺（現・滋賀県大津市）へ参詣に行きました。

するとそこに美しい女性がいた。服装もブルーの絹の薄物に、インポート・ブランドの帯という素敵な出で立ち。腰元たちを相手に『源氏物語』について話して聞かせている、教養ある年上の女性です。

世之介はこういう女性にめっぽう弱い。でも惜しいことに、「もう男はいらない」ということを示すべく黒髪を切っていました。未亡人だったのです。

「まるで能『源氏供養』よろしく、生身の観音様が紫式部となってこの世に現れてきたようだ」と世之介は思いながらその未亡人とすれ違ったのですが、そのときに袖と袖が触れた。すると未亡人から呼び止められました（能『源氏供養』については、第九講末〜第十講冒頭参照）。

「お腰のもの（刀）の柄に引っ掛けられてわたしの薄絹が破れてしまいました。元のとおりにしてくださいな」

世之介はいろいろ謝ったがなにをいってもダメ。「どうしても、もとの絹じゃなきゃイヤ」としつこく食い下がるので、使いの者に都まで買いに行かせ、そのあいだにこちらで少し休憩をと、「ひそかなるかり家（ラブホテルのようなところ）」に入ったのです。

すると女性の態度が一変し、「お近づきになりたいために、恥ずかしながら自分で袖を破ったのです」というのです。

そしてこの展開だと当然二人は結ばれるわけですが、原文では「ふかくたはれて（深く戯れて）」としか書かれていません。

ちなみにここは、吉行淳之介の現代語訳（中公文庫）では「はげしく乱れに乱れた」と書かれ、島田雅彦訳（『日本文学全集11』河出書房新社）では「ねっとり戯れた」と表現されています。

『好色一代男』は、好色ものではありますが、いわゆる官能小説ではありません。

性行為に至るまでの過程には心を砕いた描写をしていますが、性行為そのものを直接描写することはないのです。せいぜいが先の「深く戯れる」や、「寝た」「肌を合わせた」あたりで留まり、それ以上の表現はほとんどなく、詳細は読者の妄想力に委（ゆだ）ねられます。

ですから経験豊富な大人なら愉しめるかもしれませんが、経験の浅い高校生にはつまらない。ただでさえ読み解くのもたいへんですし。こうして高校時代のわたしもさっさと諦めたというわけです。

「好色」とはなにか

江戸時代にも官能小説はあり、「艶本（えほん）」（「えんぽん」とも）と呼ばれていました。嫁入り道具にもなったという、要は性欲を催(もよお)させる類の本です。

しかし、「好色もの」というジャンルはこれとはまったく違います。「深く戯れる」と読んだだけで「はげしく乱れに乱れた」とか「ねっとり戯れた」などと解するように、性欲にあふれた妄想力で読まなければならない種類の本なのです。

ここで「好色」を『日本国語大辞典』（小学館）で引いてみると、三つの意味が記されていました。

(1) 美しい容色。美貌。また、その人。美人。

(2) （形動）色事を好むこと。異性との情事に関することに、興味・関心をもつさま。いろごのみ。

(3) 容色を売る女子。特に遊女などをさしていう。

『好色一代男』の「好色」は(2)の色事を好むことです。その章立ての五十四が源氏五十四帖を踏まえたものであり、またしばしば自分を在原業平(ありわらのなりひら)に比していることから、本書が『伊勢物語』や『源氏物語』の平安好色文学の流れを汲むものであることは明らかです。

また、そうであるならば、伊勢の在原業平や源氏の光源氏が美しい容姿を備えていたことから、ここの「好色」には(1)の美しい容色云々も含まれます。

すなわち『好色一代男』とは、イケメンの性遍歴の物語といえるでしょう。いわば極めて文学的なナンパ指南書であり、読んで下半身がうずくという類の官能小説ではなかったのです。

あ、ここでひとつ注意を。『日本国語大辞典』の定義には「異性との情事」とありますが、世之介の性的興味の対象は異性に限りません。

いや、世之介だけでなく、当時の日本の「好色」には同性、異性を問うなどという区別はありませんでした。みなバイセクシャルで、そして男女ともにポリアモリー（関係者の合意に基づいて複数の性愛関係をもつ）だったのです。

西鶴の生きた時代

さてここで、作者の井原西鶴が活躍した時代背景を見てみましょう。

『好色一代男』の発表は天和二（一六八二）年、のちに触れる『日本永代蔵（にっぽんえいたいぐら）』の発表が貞享五（一六八八）年で、五十二歳で歿したのが元禄六（一六九三）年。西鶴の晩年は、華やかな文化で知られる元禄時代でした。

同時代の文化人には俳諧師の松尾芭蕉がいます。また、浄瑠璃・歌舞伎作者の近松門左衛門や、

「燕子花図屏風」の作者・尾形光琳など、現代に名を残す文化人を数多く輩出した時代でした。時の将軍は徳川綱吉。江戸幕府の基礎固めが完成し、法も整備され、「武」から「文」の時代へと移行したころです。

安定した社会ゆえに文化が開花したわけですが、庶民にとっては、自由の制限が始まり、やや息苦しくなった時代でもあります。

そのなかで庶民が自由を謳歌できたのが、性の世界、好色でした。しかし好色の世界にも徐々に武士的な価値観が入り込んできて、その自由さを奪い始めます。

たとえば「不義（不倫）」。中世の庶民のあいだではたいした問題にならなかった不義も、武士の世界では手打ちも許されるほどの重罪。それが庶民にも浸透しだしたのがこの時代です。世之介自身も、不義によって片小鬢（頭の前側面の髪）をそり落とされたりします。

しかし、あくまでそれは上級武士の話。『好色一代男』には、「大原の雑魚寝」という乱交の風習も描かれています。

大原の江文神社（現・京都市左京区）には、節分の夜に人々が参籠して雑魚寝をするという風習があり、その夜だけはなにをしても許されるという。その噂を聞きつけた世之介は友人と出かけます。

出かけてみると真っ暗闇のなか、逃げ回る幼い娘、手をつかまれて断っている女、女から仕掛ける戯れ、しみじみと語り合うふたり、ひとりの女をふたりの男が取り合うさま、七十歳のお婆さんを驚かせたり、おばを乗り越え、主人の女房をいやがらせたり、めちゃくちゃに入り乱れて、泣くやら笑うやら喜ぶやらと、「きき伝へしよりおもしろき事にぞ（噂より面白かった）」と描かれています。

上級武士のあいだでは不義がご法度かと思えば、下級武士や庶民のあいだにはこのような風習も残っている。すなわち好色ひとつとっても、多様な価値観が許容・共有されていた時代でした。

息苦しい社会に自由を

それでも庶民の自由が奪われつつあったのが元禄時代。そんななかで世之介のように好色に生きるのは、じつはただのお気楽ではありません。

世之介は、いい女と見れば命もカネも惜しまず手に入れようとする。そのために勘当され、何度も無一文になり、幾度も生命の危機に陥ります。それでも女を口説くことは決してやめない。武家のルールに侵食されて息苦しくなりつつあった社会に、「好色」で反抗するのです。

そして、武家のルールに反抗する手段がこの時代にもうひとつありました。「カネ」です。

豪商になり、カネにものをいわせて武家すらも自在に操る。自由を手にするためのそんな方法を書いたのも、やはり西鶴でした。それが『日本永代蔵』です。

カネに一切頓着しなかった世之介。カネに異常に執着する『日本永代蔵』の登場人物たち。まったく違う両者ですが、そこには共通点があります。それはともに「分限知らず（身の程知らず）」の極端者です。

世之介はイケメンとされていながらも、光源氏や在原業平レベルの超モテモテではないので、よく振られます。それでも、そんな自分の限界をものともせずにナンパを繰り返す、「分限知らず」なのです。

彼らは決して常識的な「ふつう」の人ではない。だからこそ江戸の人々は喝采したのです。

カネのためなら

では、終わりに『日本永代蔵』からエピソードをひとつ紹介しましょう。

江戸の街に、とある大手の銭店（金融業）があり、そこに伊勢から十年の年季（契約期間）でやって来た十四歳の丁稚がいました。

ある日、えびす講（秋の祭礼）の祝儀としてお膳に鯛が出され、店の者一同もご相伴にあずかることになった。「いただきます」と皆が箸をつけるなか、その丁稚だけはお膳を二、三度押し頂き、算盤を出して計算を始め、なにやら感謝の言葉をつぶやいている。

主人が尋ねると、丁稚は「いまいただいているこの鯛は、算盤をはじいてみると、一尾がこの価格。そして、このように計算すると、ひと切れをいただくことは、まるで銀を噛んでいるようなもの。ありがたいことです」と感謝をしつつも、「しかし、（安い）塩鯛や干鯛でも元は（今回供された高価な）生鯛と一緒で、祝う心も一緒、お腹に入ってみれば具合はいつもと変わったことはありません」というのです。

お祝いの席で新人の丁稚がこんなことをいうなんて、なんとも無礼ですよね。ふつうなら「小賢しいことをいうな」と叱られそうですが、主人はこれに感動して養子にしようといいだします。

そして、伊勢にいる丁稚の両親を招待して、その席を設けようとするのですが、その計画をこの丁稚は、「もし話がまとまらなかったら伊勢からの交通費がムダになります」と止めます。

そして、「お店も表向きはたしかに立派ですが、家を継いだら借金がたくさんあったということもあります。まずはよくよく見届けてから養子のお話をお受けしましょう」なんていうのです。

ほんと、返す返す無礼な奴です。しかし、主人はなるほどと帳簿一切を見せ、借金などないことを丁稚に示します。それで安心したかに見えたが、まだ引っかかることがある。

金子百両（約千三百万円）が「女房の寺参りのために」とメモ書きされて現金のまま包んで置

いてあるのを見つけた丁稚は、「さては商い下手なこと。包んでおいた金子は一両も増えはしません」といってのけ、その金子をもとに新たな商売を始め、大成功を収めるのです。

養子になったときには三千両（約四億円）の身代を、たった十五年で十倍に増やした。そんなお話です。

丁稚のくせにいうことなすこと、まさに「分限知らず」なのですが、カネのためには礼儀や世間体などどうでもいい。しかし、だからこそ常人を超える成果を手に入れることができるのです。

西鶴が描く人々は、性とカネの世界で常識を逸脱することによって、制限されつつあった自由を獲得しようとした人たちです。

しかし、まったく違った方法で自由を手に入れようとした人が同時代にいました。

それが松尾芭蕉です。

西鶴の主人公たちが手に入れようとしたのが性やカネという身体的、物質的な自由だとすれば、芭蕉の手に入れようとしたのは心の自由でした。

次講は、この松尾芭蕉について見ていこうと思います。

読書案内

▼『好色一代男』を読むなら、とお薦めを選ぶのはなかなか難しく、原文付きだと小学館の『新編 日本古典文学全集66 井原西鶴集①』なのですがちょっとお高い。しかしよく考えてみると、『好色五人女』『好色一代女』も収録され、現代語訳、解説、資料なども充実したこの一冊はむしろお買い得といえましょう。

▼原文は付いていませんが、中公文庫の吉行淳之介訳もお薦めです。長い「訳者覚え書き」がまた読みごたえあり。原文を噛み砕くのに苦心した、非専門家ならではの翻訳裏話的な悩みや道行きが克明に綴られています。同じく小説家による、島田雅彦さんの現代語訳も河出書房新社の『日本文学全集11』に収録されており、読みやすくて純粋に楽しめる訳です。『日本永代蔵』と『好色五人女』なら、毎度ながら角川ソフィア文庫から出ています。

第十八講

野の賢者

薦(こも)を着て誰人(たれびと)います花のはる

この句を詠んだのは江戸時代の俳諧師、松尾芭蕉です。時は一六九〇(元禄三)年。芭蕉のなかでわたしが一番好きな句です。

薦とは織った敷物、いわば莚(むしろ)のこと。昔は藁(わら)ではなく真菰(まこも)(=薦)という植物を粗く織っていたので、このようにいわれていました。

つまり薦を着る人とは、現代でいえばホームレス。

お正月の華やいだ都に美しく着飾る人々が行き交うなか、莚をまとったホームレスの人たちがいる。そういう人たちのなかにこそ、貴い、聖なるお方(誰人)がいるにちがいない。

芭蕉はそう詠んだのです。

この句を詠んだのは「花のはる」、すなわちお正月。

慶賀の句を詠むべしという業界の約束事を破った芭蕉は、めでたい正月にホームレスを讃える句を詠むとはなにごとかと、京都の俳人たちから非難されました。

芭蕉は当時でもすでに世間に知られる大俳人で、現代でいえば超売れっ子ミュージシャンのような存在でした。

そんな彼が「てめぇらみんなクズ。ほんとのすごい奴はホームレスのなかにしかいねぇ」と正月のテレビ番組で歌うようなもの。そりゃあ、非難されます。

しかし芭蕉は、文句をいってくる「京の者共」に対し、「あさましく候」と嘆き、ただあきれただけでした。

現代でも、ホームレスの人たちのなかには、くず紙に文章を書きつけている人がいます。文章もすばらしく、話をうかがうと、その哲学的思索は深い。「これを世に出す気はありませんか」と聞いても、「そんな面倒には関わりたくない」という人が多い(わたしが聞いた限りですが)。世間の視線も俗事も避けて、ただ自分なりの生活を送る。汲々と名利など追いたくないという。

名誉も金も、俗世も捨てた人たち。そのような人にこそ「貴」があり「聖」がある、とするのが芭蕉なのです。

ちなみにこの句を詠んだのは、『おくのほそ道』の旅を終えた四十七歳のころでした。芭蕉はその旅に出る前に「こもかぶるべき心がけにて御坐候」と書いています。『おくのほそ道』の旅そのものが「こもかぶる」者の旅。すなわち自分自身がホームレス的な生きかたをしたかった。『おくのほそ道』はその実践だったのです。

負け組にこそ価値がある——現代の価値観にはそぐわない考えかたかもしれませんが、イエス・キリストも「貧しい人々は、幸いである」（「ルカによる福音書」六章二十節、聖書協会共同訳）といいました。そしてイエス本人も、やはり乞食（こつじき）の旅をしたのです。

さて今回と次回の二回にわたって、俳聖と崇（あが）められながらも謎の多い人物、芭蕉について見ていきましょう。

風雅の誠

日本古典の作家のなかでもっとも有名なひとりである松尾芭蕉ですが、まずここでその生涯を、ごく簡単に紹介しておきます。

一六四四（寛永二十一）年に伊賀国（現・三重県伊賀市）に生まれ、二十代で頭角を現し、三十代前半くらいから江戸で活動を始め、すぐに名声を獲得。

晩年は諸国を旅歩き、有名な「おくのほそ道」への出立は一六八九（元禄二）年。その五年後の一六九四（元禄七）年に死去。享年五十一歳。

「閑さや岩にしみ入蝉の声」（一六八九年）や「古池や蛙飛こむ水のおと」（一六八六年）など、日本人ならだいたい知っている名句を多く残しています。

しかし、「このふたつの句の良さが全然わからない」という人も多いのではないでしょうか。「蝉の声がうるさいのに静かもないもんだ」とか、「古池にカエルが跳び込んだって、だからなんだよ」とかね。

芭蕉は、それまで滑稽なものと扱われていた俳諧を芸術の域にまで高めたことなどで評価されていますが、だからなんだといいたくなる人の気持ちもわかる。

でも、やっぱり芭蕉はすごいのです。

そこで、もっとも有名な「古池や蛙飛こむ水のおと」の句を読みながら、芭蕉のすごさを確認していきたいと思います。

さて、まずこの句を要素に分解すると、次の四つになります。

・古池
・蛙

・飛こむ
・水のおと

俳句や短歌などの短詩を作ったことのある方にはわかると思うのですが、このなかで詩的な感興が起こる要素は「水のおと」だけです。「古池」だけでは活き活きとした句はできないし、蛙が水に飛び込んだのを見ても句にはならない。

芭蕉が古池の周囲を散策していたときに、〈ぽちゃん〉という「水のおと」を聞いた。その瞬間に詩興が湧きおこり、この句ができたのではないかと想像できます。

でも、そう考えるとちょっと変ですね。だって、〈ぽちゃん〉と音がしたときにそちらを見ても、すでになにもいない。落ちたなにかはすでに水のなかなので、実際になにが落ちたのかはわからない。ところが芭蕉は、かなりの確信をもって「蛙」だと詠んだはずです。

ではなぜ芭蕉には、それが「蛙」だという確信があったのか。

これこそが芭蕉の真骨頂であり、彼は自らこれを「風雅（ふうが）の誠（まこと）」と呼んでいます。

芭蕉は「松の事は松に習へ、竹の事は竹に習へ」といっています。もし松のことを詠もうとするなら、松を観察して勉強するのでなく、松に習えばよい。その芭蕉の教えを直接受けた服部土芳（どほう）という弟子は、「習へといふは、物に入りて」云々と『三冊子（さんぞうし）』に書き留めています。つまり、松という対象と自分とが一体化することが、「習う」という意味です。

「古池や」の句のとき、芭蕉は古池に習っていた、すなわち古池と一体化していた。一体化しながら古池の周囲を散策していたら、なにかが〈ぽちゃん〉と入ってきた。それが「蛙」だと確信できたのは、自分の体内に飛び込んできたものだったからです。

芭蕉による俳諧の方法は、対象を観察するのではなく、一体化すること。そのためには、〈自我〉があってはいけない。むろん句を読む〈自分〉という主体は必要ですが、「俺が俺が」と出しゃばる〈自我〉は、無用で邪魔なのです。

第十四講の世阿弥の話で、留まらないことの重要性（「初心忘るべからず」）を申しましたが、〈自我〉をなくすには、常なる変化が必要です。留まらないからこそ、その流れが清流であり続けられるように、俳諧師として純粋に生きていくためには、常に変化していなければならない。

しかし、だからといって一時の流行に流されてもいけない。流されるのは「誠を責め」ていないからだ、と芭蕉はいいます。

いま目に見えている変化をせめて、せめて、せめ続ける。すなわちその変化のただなかに自分を置き、その変化を徹頭徹尾見届ける。すると、目に見えている変化の、その奥にある不変なものが見えてくる。

そしてさらに、その不変なもののなかに「誠」の変化が見えてくる、それを芭蕉は「風雅の誠」と名づけた。それを詠むのが芭蕉の俳諧なのです。

この境地に達すると、「蛙」だったか否かは問題になりません。「自他分別」から「自他通い合う世界」に通じる、まさに「行」のような作業です。

西行（僧・歌人、一一一八〜一一九〇）は、仏像を一体彫るような気持ちで和歌を一首作ったといいますが、芭蕉はおのれを滅する行を、俳諧を通じて実践していたのです。

ちなみに芭蕉はこの西行を敬愛していたのですが、これについては次講で『おくのほそ道』の話をするときに触れます。

四民の方外で

和歌は昔から歌道といわれるように、「道」でした。しかし、俳諧は遊びのわざ。それなのになぜ、芭蕉はここまで突き詰める必要があったのか。それを考えるために、芭蕉の生い立ちを少し詳しく見ていきましょう。

芭蕉の出身は伊賀上野（現・三重県）。伊賀といえば忍者で有名ですね。しかし、織田信長の時代に起こった天正伊賀の乱（第一次＝一五七八〜一五七九年、第二次＝一五八一年）によって、伊賀の豪族たちは故郷を追われ、放浪生活を余儀なくされていました。

江戸時代になると彼らは伊賀に戻ることが許されますが、その身分は「無足人」。苗字帯刀こそ許されますが、禄は与えられない無給の武士です。それだけでなく伊賀の人々は、その子孫まで出世は望めないという運命を与えられたのです。ただ生きているだけの「無用の者」でした。そんな地で、しかも次男として生まれたのが芭蕉です。とにかく自活するしかない。この境遇から脱けだしたいと、芭蕉はあきらめることなく何度もチャレンジします。

とくに藤堂家の侍大将の嫡子である良忠（藤堂蟬吟、北村季吟に学んだ俳人）に仕えたときに、世に出る最大のチャンスを手にしました。芭蕉は良忠から俳諧の手ほどきを受けたのです。後年、俳聖と呼ばれるほどの芭蕉です。めきめきと力をつけていき、ようやく認められていったのですが、その矢先に、主人である良忠が二十五歳で急逝してしまうのです。これには大ショックの芭蕉、最後の望みが絶たれてしまいました。

芭蕉は良忠の遺髪を高野山に納めたあと、故郷である伊賀を出奔して俳諧に専念するようになったといわれています。世間での立身出世はもうあきらめようと心に決めたのです。そこで彼は「四民の方外」という生きかたを選びます。すなわち「士農工商という四民の、枠の外で生きていこう」と決めるのです。

ちなみに、江戸時代にこのような生きかたをする人は少なくありませんでした。現代の職業で「者」がつく職業は、江戸時代でいえば「四民の方外」の職業であることが多い。易者、役者、医者などです。

世捨て人へ

プロの俳諧師として生きていく決心をした芭蕉ですが、当時はプロとして認められるためには、そのお墨付きを手に入れる必要がありました。

そこで、芭蕉にそのお墨付きを与えたのが北村季吟という人物です。

元は医者であった北村季吟は、当時は俳諧師として活躍しており、芭蕉に連歌・俳諧の奥義書『埋木』を授け、プロとしての認可を与えました。

ちなみに北村季吟はのちに俳諧師から歌人に変わり、「歌学方」という江戸幕府の和歌の最高位に登り、幕府の重臣・柳沢吉保の歌の師匠となったり、将軍綱吉ともつながりを持ったり、さらには芭蕉とも再び深い関係を持つ人物なのですが、それについても次回お話しします。

さて、プロの俳諧師になった芭蕉は江戸に赴き、職業俳人となります。

このころの俳号は「桃青」といいます。桃を李に替え、青を白に替えれば中国（唐）の詩人「李白」となる、そんな名前です（『おくのほそ道』の冒頭で芭蕉は李白を引用します）。

江戸で俳諧人として生活をはじめた芭蕉ですが、最初は俳諧だけでなく神田上水の水道工事の事務にも関わっていて、これが後年の『おくのほそ道』の旅で芭蕉がじつは忍びとして各国をスパイしていたのではなどといわれる原因になったりもするのですが、ひょっとしたら単に俳句だけでは生活が苦しかったからバイトしていただけだったのかもしれません。

それはともかく、芭蕉は俳諧師としてどんどん有名になっていきました。お金持ちの素人弟子も増えて、江戸でも指折りの人気俳諧師になったのです。日本橋という一等地に居を構え、収入も増えて優雅な生活を送れるようになりました。出世をあきらめていた伊賀時代に比べれば大出世です。ふつうの人ならば、それで満足したでしょう。

でも芭蕉は、「これが本当に俺のしたかった生きかたなのか」と考えだすのです。

当時の職業俳人の仕事の中心は、素人弟子の作を添削して、評点を付すことです。ときにはお世辞や追従もいわざるを得なかったでしょう。

「これでは男芸者ではないか」

芭蕉はそう悩んだかもしれません。そんな葛藤が続いたある年、芭蕉はきっぱりと職業俳人をやめることを選びます。それまで住んでいた日本橋を捨てて、隅田川を隔てた深川（現・江東区）に居を移しました。当時としては、華やかな都心から郊外に引っこんだようなものです。

ここから、本講冒頭にお話しした「薦を着」る生活への第一歩がはじまります。門人から贈られた芭蕉（日本バナナ）の木を庭に植え、「芭蕉」という名もこのころから使いはじめました。

「無用の者」として生まれた芭蕉は、そこから脱却しようと懸命になりますが、ことごとく失敗します。そしてそれを受け入れ、士農工商という四民の方外で俳諧師として生きようと決心し、これで芭蕉は大成功をおさめます。

それなのに、ここになってその成功を捨てて深川に居を移し、ホームレスを理想とする生活に至ろうとしています。人からは酔狂にしか見えなかったでしょう。愚かに映ったことでしょう。

怪異小説『雨月物語』作者の上田秋成は、この泰平の世に生まれ落ちたのだから、士農工商の四民として、ちゃんと定職を持ち、しっかりと定住地を持つべきなのに、なんで好き好んで狂い歩くのか。こんな奴を手本にしては絶対にいけないと、芭蕉を痛烈に批判しています。

しかし、これは芭蕉にとっては、けっして酔狂などではありませんでした。生涯捨てることができない「無用の者」としての出自を、むしろよしとする。そのための深川隠棲であり、「薦を着」る生活なのです。

この理想の完成のためには、住居を捨てなければならない。そこで芭蕉は、その生

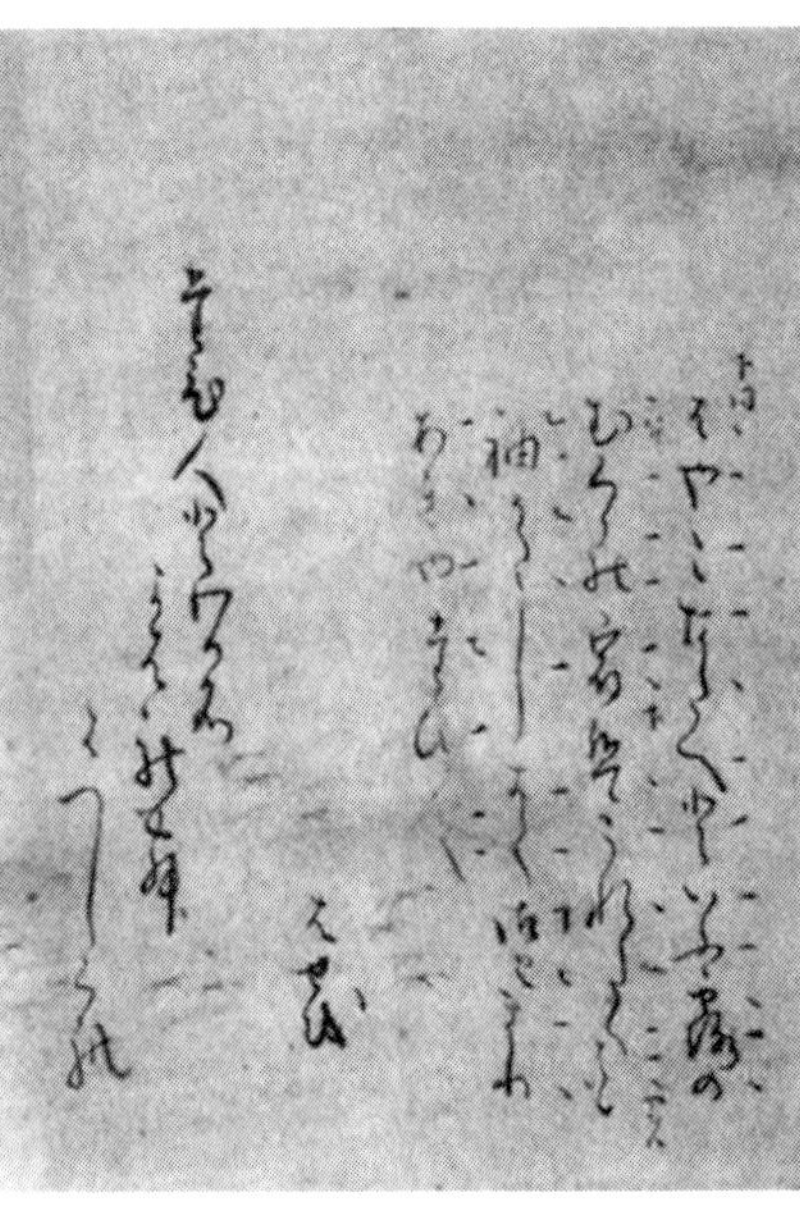

活形態をさらに一歩進め、「旅を栖とする」生活に入ることになるのです。

究極の旅へ

芭蕉の旅については次講で詳しく書きますが、ここで一枚の絵をご覧ください。

荒涼たる秋の野に旅の僧がひとりたたずみ、墨染の衣が風に翻る。背中には笠を負っています。絵を描いたのは芭蕉門下の東藤という人です。

そしてその絵の人物の右横には芭蕉の「旅人と我名よばれん初しぐれ」の句があります。この句は「旅を栖とする」生活に入る芭蕉の決意の句ともいわれています。しかも芭蕉の自筆です。

また、絵の右にある四行の書は、『梅枝』*という能のなかの一節です。文字の横には点が振ってありますが、これは能で謡われる謡の節を表す、「ゴマ点」と呼ばれる符号なのです。

この詞章は次のように書かれています。

東藤 画、芭蕉 筆「たび人と」（謡前書付）発句画賛
（『新潮古典文学アルバム18 松尾芭蕉』新潮社より）

はやこなたへといふ露の
むぐらの宿はうれたくとも
袖かたしきて御とまり
あれやたびびと

能の詞章が「たびびと（旅人）」で終わり、そして句が「旅人」から始まる。すなわち、この絵のなかの秋の荒野を行く旅僧は、能『梅枝』の世界のなかに迷い込んでしまった、松尾芭蕉その人なのです。

この絵と句によって、芭蕉の旅がただの旅行ではなく「能の旅」を目指していたことがわかります。

安田が能楽師だからそんないいかたをするのだろうと思うなかれ。ここから晩年の芭蕉は美と魔と神秘の世界を彷徨（さまよ）う、究極の旅へと突入するのです。

＊能『梅枝』あらすじ：僧たち（ワキ）が諸国を巡る修行の道中、摂津国住吉（現・大阪市）で突然暗くなって雨に降られ、質素な庵に住む女（前シテ）に一夜の宿を借りる。僧は、庵に置かれた立派な舞楽の太鼓や舞の衣装を不思議に思い女に尋ねると、女は住吉大社の雅楽奏者だった夫・富士がライバルから妬まれて殺されたことを語る。富士の妻もそのあとで亡くなったので弔ってやってほしいと女は僧に頼んで姿を消す。僧たちが読経していると、夫の形見の衣装をまとった富士の妻の亡霊（後シテ）が現れる。懺悔の舞を舞い、夫を想う鼓を打つうちに、面影を僧の心のなかに残し、闇のなかに姿を消す。

では、それはどのような旅なのか、そして芭蕉の『おくのほそ道』のどのあたりが「能の旅」なのか、さらになぜ、芭蕉はすべてを捨てて、旅に出なければならなかったのか。

それを次講でお話ししましょう。

読書案内

▼芭蕉についての基本的でお手頃な本なら、やはり角川ソフィア文庫の古典の定番『芭蕉全句集 現代語訳付き』（雲英末雄・佐藤勝明訳注）と、『新版 おくのほそ道 現代語訳／曾良随行日記付き』（潁原退蔵・尾形仂訳注）です。これさえあれば、まずは充分です。

▼次回に説明する『おくのほそ道』については、拙著『身体感覚で「芭蕉」を読みなおす。──『おくのほそ道』謎解きの旅』（春秋社）で詳しく書いたものの品切れなのですが、『本当はこんなに面白い「おくのほそ道」──おくのほそ道はRPGだった！』（じっぴコンパクト新書）は入手できますので、こちらも是非読んでみてください。

第十九講

ゆっくり歩く

前講に続き松尾芭蕉ですが、今回はいよいよ『おくのほそ道』を読んでいきます。

わたしは二〇一〇年から、引きこもりと呼ばれる人たちと一緒におくのほそ道を歩いています。歩く日数は一週間から十日ほどで、一日約八時間を歩きます。俳句を作ったり、連句をしたりしながらのウォーキングです。

当初はただのウォーキングのつもりでしたが、歩いているうちにみんなの様子が変わってきました。

まずは俳句に変化が現れたのです。

俳句は季語を必要としますが、自然のなかのウォーキングでは季語を自然のなかで探すようになります。ときに冷たい雨や足元のぬかるみと対峙(たいじ)しながら歩く彼らの目や耳は自然を強く意識するようになり、やがて自然と一体化し、季語と彼らの心象風景とが重なるようになります。

それは彼らの意識を拡張させ、「自分」という小さな殻に閉じこもっていた自己を解き放つことにもなり、抱える苦しみや悲しみに対する見かたも変わってきました。

その変化はやがて表情に現れ、次いで行動に現れ、そして多くの人たちが引きこもりをやめました。彼らにそんな変容を引き起こした『おくのほそ道』の道行とは、いったいどんな旅だったのでしょうか。

『おくのほそ道』のルート

まず、芭蕉の旅の概略を説明しておきます。深川（東京）から出発し、まず北に上って平泉（岩手）を目指します。そこからは西に方角をとって日本海まで向かい、象潟（きさかた）（秋田）へ。最後は象潟から南下して終着点の大垣（岐阜）へと続く全行程、ざっと二千四百キロメートルの旅です。

それがどのくらいの距離かというと、東京の日本橋

日光への道中

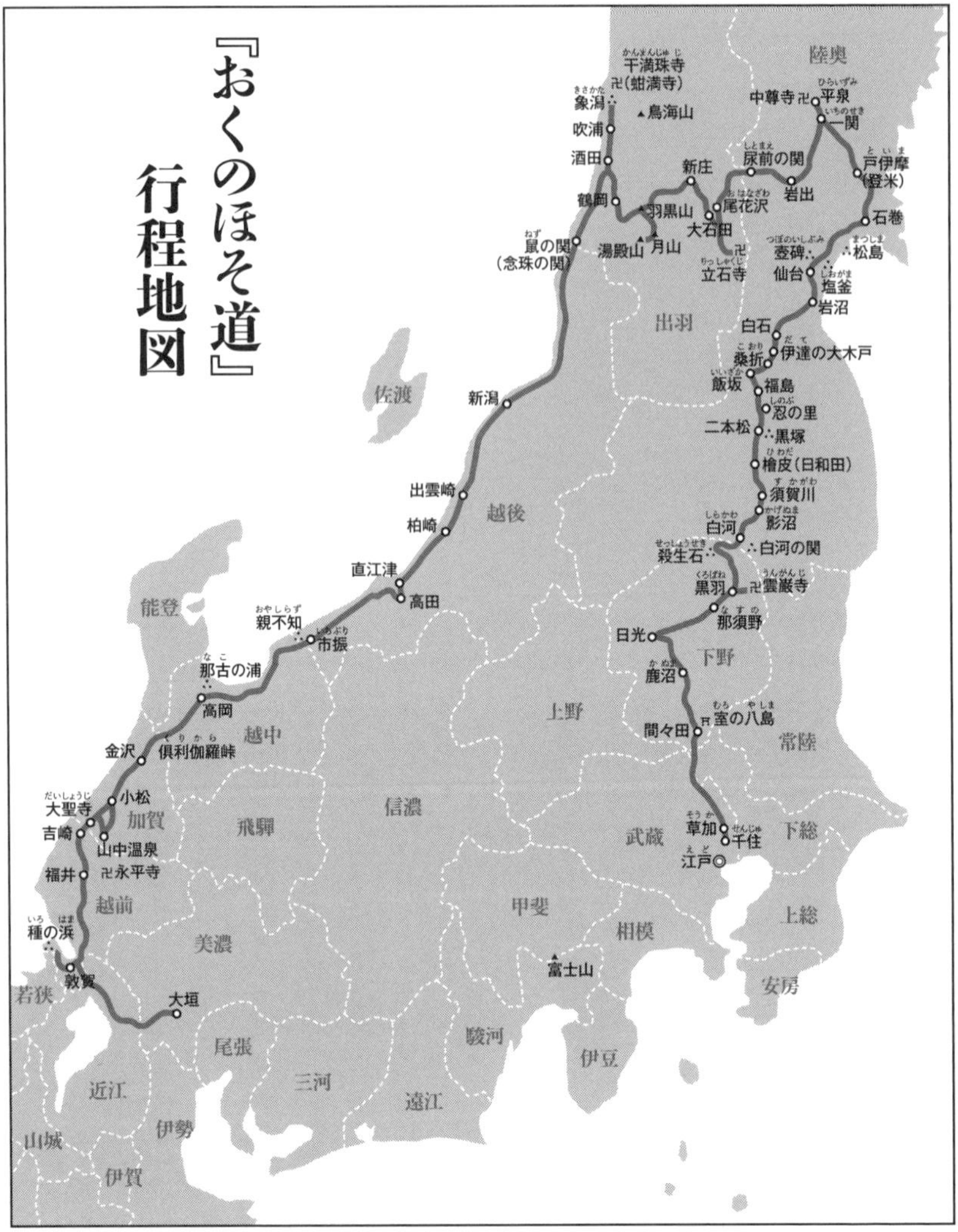

『おくのほそ道』行程地図

『おくのほそ道』全行程（安田登『身体感覚で「芭蕉」を読みなおす。』春秋社より）

から大阪の日本橋までが約五百キロなので、これを二往復半も歩いたくらいの距離です。また本州の最北端である大間（青森）から最南端の下関（山口）までを海岸線を伝って歩くと約千六百キロですから、予想以上の過酷な旅であることがわかります。

また、芭蕉が旅に出たのは四十六歳。現代の感覚でいえば七十歳くらいでしょうか。同行人は門人の曾良で、こちらは四十一歳でした。むろん全行程ウォーキングです（一部、馬にも乗っています）。

実際に歩いてみるとわかるのですが、きついルートがいくつもあります。たとえば「閑さや岩にしみ入蟬の声」の句を詠んだ立石寺の石段は千段以上あります。若い人でも肩で息をついて上っています。そこからちょっと足を伸ばしたところにある羽黒山の石段はもっと多くて約二千五百段。この羽黒山とともに出羽三山と呼ばれる湯殿山や月山も険しく、当時なら追い剝ぎに襲われかねない道や、迷路のような道もある。けっして楽な道程ではありません。

義経の鎮魂

そんな長く険しい道を老人が歩く。あまりにも過酷な旅程だったり、伊賀出身だったりすることから芭蕉忍者説なども浮上しましたが、ともかくなぜ芭蕉はこんな旅をしたのでしょうか。

ひとつは、前回にお話ししたことの続きになります。

芭蕉は、一生出世することができないことを宿命として背負わされた、「無用の者」として生まれてきました。それが俳諧と出会うことによって世に出ることができた。ただ、それはしょせん師から与えられた認可による「プロの俳諧師」としての生活でした。

その認可のもとにいれば生活はできるし、名声を得ることもできる。しかし自由は制限されるし、認可を与えた人以上にはなれない。そしてなによりも、芭蕉が真に目指していたような「風雅の誠」の俳諧を作ることすら制限されてしまう。

そこで、芭蕉は心の自由を獲得すべく、「能の旅」に出ようとしたのです。

「能の旅」とは幽霊と出会う旅です。古人の「詩魂」と出会う旅といってもいいでしょう。芭蕉が出会いたかった古人は、西行や能因、宗祇などの伝説の歌人・連歌師です。彼らの詩魂と旅を通じて出会い、そして彼らから認可をもらい、まったく新しい俳諧の世界を創造せんがための旅でした。

「幽霊から認可をもらう？　そんなバカな……」と思う方もいらっしゃるかもしれません。

しかし能の世界では、一子相伝の演目を教えずに亡くなってしまった父（師匠）と旅の途中に出会い、夢のなかでその演目を授けられたという江戸時代の話があり、それがいまにまで伝わっています（能の世界の伝承「春藤夢の流れ」）。当時の人にとっては、幽霊からの認可というのも、そんなに荒唐無稽な話ではなかったのかもしれません。

また、もうひとつの理由は、この旅が一六八九（元禄二）年に行われたことと関連します。この年は、芭蕉が崇拝する西行の五百回忌、そして北上ルートの目的地である平泉で最期を迎えた源義経の死後、ちょうど五百年にあたる年でした。

能の旅は鎮魂の旅でもあります。大きな恨みを残して亡くなった霊は怨霊になると信じられており、西行の時代にもっとも恐れられていた怨霊は崇徳院でした。西行は、その霊を慰める旅に出たのです。

そして、芭蕉の生きていた江戸時代、最大の怨霊は源義経でした。源平の合戦で平家を倒し、徳川（源氏）時代に続く武家政権を作った最大の功労者なのに、兄・頼朝に殺された悲劇の武将です。そりゃあ怨霊にもなります。

芭蕉の時代は五代将軍・綱吉の時代です。家康、秀忠の時代までは豊臣の遺臣も多く、徳川の土台はまだ不安定でした。三代将軍・家光はその辣腕で徳川政権の土台を築きましたが、それを継ぐ四代将軍・家綱は「左様せい様」とも呼ばれるほど、政務は老中らに任せていたという、ちょっと影が薄い将軍。そんなときは怨霊に大暴れする隙を与えてしまいます。次の将軍、綱吉は「ここで俺が抑えなければ」と思ったでしょう。そこで、芭蕉に白羽の矢が立ちました。

なぜ、義経の鎮魂という任務に芭蕉が指名されたのか。ここでちょっと妄想をたくましくしてみます。

芭蕉に俳諧の認可を与えたのは、前講でもお話した俳諧師・北村季吟です。ところがこの季吟、やがて俳諧師をやめて歌人になります。のちに幕府最高位の歌人である歌学方になり、将軍綱吉の側用人である柳沢吉保の歌の先生になるのです。柳沢吉保といえば綱吉政権の実権を握っていた重臣であり、しかも和歌にも精通する知識人ですから、綱吉が「義経の鎮魂をしたい」といえば真っ先に相談する人物です。

綱吉から義経の鎮魂を相談された柳沢吉保は、西行の崇徳院鎮魂のことを思いだし、北村季吟に相談をしたのでしょう。そして季吟が「彼しかいない！」と指名するとすれば、自分が認可も与え、しかも当時もっとも人気も勢いもあった芭蕉に白羽の矢を立てるのは当然の流れです。

西行を敬愛する芭蕉は、義経を鎮魂するために平泉に向かいます。そのコースもおよそ五百年前の西行による崇徳院鎮魂の旅をなぞるものでした。平泉は、世界遺産でもある中尊寺のある地で、かつてここには奥州藤原氏が居住し、都とは違う高度な文化生活を営んでいました。平清盛の命で出家するために籠っていた鞍馬山を脱けだした牛若丸が源義経として成長した土地もここ平泉ですし、後年、頼朝に追われた義経が身を寄せ、そして最期を迎えたのもここ、平泉でした。

死出の旅

しかし、西行の鎮魂と芭蕉の鎮魂とでは大きな違いがひとつあります。それは西行が出家をした僧だったのに対して、芭蕉が俗人であるということです。

出家というのは一度死ぬことを意味します。ですから、芭蕉も「死の体験」が必要だと考えました。それが日光への旅です。

芭蕉は、深川（江東区）から千住（足立区）までは船で移動しました。こんな短い距離をわざわざ船に乗ったのには意味があります。

千住はかつて「千手」と書かれ、千手観音が水のなかからあがった観音霊地でした。また、日光も古くは「二荒」と書かれていたのですが、これは二荒、すなわち観音霊地である補陀落（観音菩薩の降臨する霊場。チベット語ではポタラ）だったのです。

その土地に行くのに船を使うということは、僧が船で観音浄土を目指す補陀落渡海の模擬行為に見たてたのでしょう。補陀落渡海とは、中世に行われていた「死の行法」です。僧はその体に百八個の石を巻きつけられ、帆も櫓櫂もない船に乗り込みます。外からは釘打ちされて、もう船から出ることができない状態で海に流されます。即身成仏と同じく生還を期さない捨身の行、死出の旅でした。芭蕉はその行を模すことで、日光への旅で自己の滅却を目指したのでしょう。

冒頭で引きこもりの人たちと一緒におくのほそ道を歩いているという話をしましたが、わたしたちも旅の最初には、まずは名を捨て、そして代わりに法名をいただき、衣も法衣に替えて和尚さんと一緒に読経をするという死出の旅のための儀式をしました（歩くときは普段着です）。皆さんも本格的におくのほそ道を歩く旅をするのであれば、このような儀式をしてみてはいかがでしょうか。その覚悟をして歩きはじめたら、きっと得られるものの質が変わるでしょう。

ではここで、次のページの地図で平泉へのルートをご覧ください。何箇所か寄り道するような動きに気づくでしょう。このような寄り道のたびに旅のフェイズが変わるのです。

深川から日光までの「死出の旅」で死を体験した芭蕉は、死と生とのあわいである「中有の旅」で彷徨いながら、体力・気力をチャージしていきます。そして白河（福島）でさまざまな歌人の詩魂に出会う「再生の旅」に切り替えて、いよいよ平泉へ「鎮魂の旅」に出るのです。

さて、『おくのほそ道』の旅をすべて紹介することはできないので、これから中有の旅のエピソードをひとつ紹介することにしましょう。

歌枕を求めて

日光での「死の体験」を終えた芭蕉は、那須周辺を彷徨します。那須は能ゆかりの歌枕（和歌に古来多く詠まれた名所）の宝庫。そのなかでも重要な歌枕が「遊行柳（ゆぎょうやなぎ）」です。

　といいましたが、じつは遊行柳は正しい意味での歌枕ではありません。本来、歌枕に認定されるのは平安時代の歌学書（かがくしょ）である『能因歌枕（のういんうたまくら）』に載せられたものだけなのです。しかし、芭蕉にとってはそんなことはどうでもいい。この柳は、西行

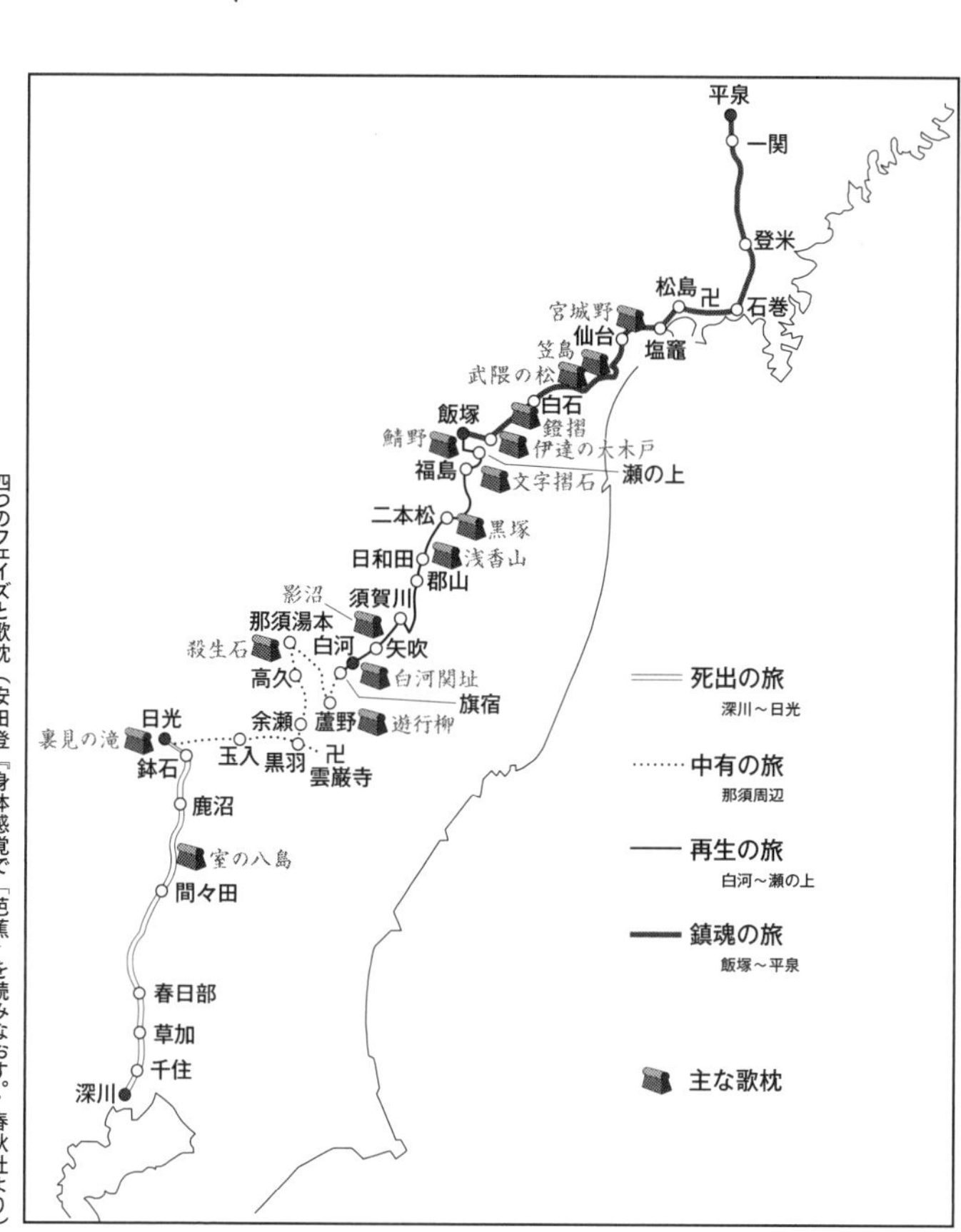

四つのフェイズと歌枕（安田登『身体感覚で「芭蕉」を読みなおす。』春秋社より）

ゆかりの柳なのですから、とにかく行きたい歌枕だったのです。

さて、遊行柳に向かおうとする芭蕉の目の前には那須の荒野が広がります。どう行くべきか悩む芭蕉は「直道（すぐみち）」（近道、広い道の意）を行こうと決めます。しかし、この道が問題でした。

なぜ問題なのか。その理由は、能に深く関係します。

前講でもお話ししたように、芭蕉の旅は能の旅です。そして、芭蕉の門人たちもみな能の謡（うたい）を習っていました。『おくのほそ道』は芭蕉の生前には公刊されず、芭蕉が草稿を持って門人たちのところを訪ね廻って読ませていました。すなわち『おくのほそ道』は、能の謡を知っている人のために書かれた本だったのです。

そういうわけで、能『遊行柳』*を知っている門人たちが『おくのほそ道』を読んだら、「直道」を選択するのはおかしいのではないかと気づいたはずです。能『遊行柳』は、旅人である遊行の僧が、やはり遊行柳に向かうために広い道を行こうとすると、そこにひとりの老人が現れてそれを止めます。そして「むかし遊行の一遍上人（いっぺんしょうにん）がここを通られたとき、その広い道ではなく、古道（昔の街道）を通った。その道をあなたに教えるためにここに来たのです」という。しかもこの老人、じつは遊行柳の木の精霊であり、西行

＊能『遊行柳』あらすじ：遊行上人（ワキ）が白河関のあたりで一人の老人（前シテ）に声を掛けられ、名木「朽木柳」への道を案内される。老人は、過去に西行がこの柳に立ち寄って歌を詠んだことを教え、その柳の蔭に姿を消す。その夜、上人一行が念仏を唱えていると、老柳の精（後シテ）が現れ、上人の念仏に感謝する。老柳は、さまざまな故事を語りながら舞い、夜明けとともに消え、あとには朽木柳だけが残る。

の詩魂だった、という話です。

当然、芭蕉はこの能の作品を知っています。それならば「直道」ではなく古道を探すべきではないか。いや、芭蕉は遊行柳の精霊の老人の出現を願いつつ、わざと「直道」を選んだのかもしれない。そんなことを考えながら読み進めます。

その道の遥か遠くに村が見える。まずはそこへ向かおうと歩いていくのですが、突然雨が降ってきます。それだけではなく、急に日も暮れてしまったのです。

ところが、これも能でよくある急展開です。前回にお話しした能『梅枝（うめがえ）』もそうですし、能の話でもよく、「暮れるはずのない日が暮れた」という場面からストーリーが展開していきます。

このような突然の気象の変化があると、必ずといっていいほど怪しい家が現れ、そして怪しい人、すなわち古人の霊が現れるのです。

めくるめく神秘の世界

「来るぞ、来るぞ」とわくわくしながら読んでいるとやはり出てきた、荒野のなかに一軒の農家。おお、どんな人が現れるか、と期待したのにそこではだれも現れず、なにも起こらず夜が明けてしまいます。

がっかりです（とは原文にも書かれていませんが……）。

しかしその翌朝、野の道を歩きだそうとした芭蕉の前に怪しいキャラクターが出現します。「野飼（のが）ひの馬」と、そしてその飼い主らしき「草刈（くさか）る男（をのこ）（草刈男（くさかりおとこ））」です。

遊行柳を目指す旅で馬が出てきたら、能を知っている人ならば「これはなにかあるに違いない」と反応します。能『遊行柳』に出てくる正しい道を教えてくれた老人は「自分は老いたる馬ではないが、道しるべ申しましょう」と、自分を馬にたとえていいます。すなわち、馬は道を知っている者の象徴なのです。

芭蕉は草刈男に近寄って、「馬に乗せてほしい」と嘆願しますが、この草刈男にも要注目なのです。草刈男は能『項羽（こうう）*』や『敦盛（あつもり）†』などに出てくる定番キャラで、彼が出てきたらなにかを尋ねるというのがお決まりのパターン。これは風流人の約束事のようなものでした。

するとこの草刈男はこういいます。「この那須野は道が縦横に分かれていて、この土地に初めて来た旅人はきっと迷うだろう」

あれ？　道が縦横に分かれている？　昨夜、芭蕉はたしかに「直道」を歩いていたのに、朝にはその道が消えている。直道は神秘の迷宮（ラビリンス）に変容してしまっています。

＊能『項羽』あらすじ：中国・烏江で草刈男たち（ワキ）が家路で舟に乗ると、老船頭（前シテ）は船賃として一本の虞美人草を所望する。船頭は項羽の故事を語り、自分こそ項羽の霊だと明かして姿を消す。草刈男が弔っていると、項羽（後シテ）と虞氏（ツレ）の亡霊が現れる。滅びゆく運命を悟って身投げした虞氏、勇猛に戦いながらも自害した項羽は、そのときの有様を見せつつ消えてゆく。

迷路に迷い込んだ芭蕉に、草刈男は「この馬を貸そう」といいます。そして「馬が止まったところで返してくれればいい」というのです。この馬はお約束どおり「道を知る馬」だったのです。芭蕉がその言葉のままに馬に乗って那須野を進むと、今度はそのあとを追ってふたりの子どもが走ってきます。ひとりは小さな女の子で、名を尋ねると「かさね」といいます。

芭蕉は「かさね」という名を聞いて「聞きなれぬ名のやさしかりければ」と書きます。「やさし」というのは「優し」、すなわち優雅、都風ということ。「かさね」といえば王朝時代の「襲」（平安時代の衣を何枚も重ねて着たときの色目）を連想させます。

道に迷ってしまうほどの茫々たる荒野原の田舎に「かさね」という王朝風の名を持つ女の子が現れて、その子がいま華麗なる能楽の世界から抜けでてきたような野飼の馬を追っている。

かさねとは八重撫子の名なるべし　曾良

†能『敦盛』あらすじ：源氏の武将・熊谷次郎直実は、一の谷の合戦で年若い平敦盛を討ち取ったのが痛ましくて出家し、蓮生（ワキ）と名乗る。敦盛を弔うべく一の谷を訪れた蓮生の前に、笛の音とともに草刈男たち（前シテ）が現れる。蓮生が話しかけると、草刈男のひとりが笛にまつわる話を始める。その男が敦盛（後シテ）で、蓮生の弔いに感謝して姿を消す。

作者は曾良ということになっていますが、この句は芭蕉が代作した可能性が高いといわれています。「かさね」という名から「重なる」が連想され、そして「八重」からさらに「八重撫子（植物）」にまで連想が広がり、「かさねというのは、花の名であろう」と詠む。

能の住人はここでまた「おお！」と唸（うな）ってしまいます。

能ではよく、植物の精霊が人間の姿をして出現します。能『項羽』に出てくる草刈男は、たくさんの花を持つ花売りです。この「かさね」は、草刈（花売り）男の持っていた八重撫子の精霊ではなかったのか、芭蕉はそんなことを考えたはずなのです。

そんな幻想絵巻のなかを歩みながら人里に着いた芭蕉は、ふとわれにかえり、馬の借り賃を鞍（くら）壺（つぼ）に結びつけて馬を返したのです。

このような不思議な旅を続けて平泉に着いた芭蕉は、義経と藤原氏三代に向けて詠んだ有名な一句で締めくくります。

夏草や兵（つはもの）どもが夢の跡

無事、源義経の鎮魂を果たした芭蕉。ここからの旅は、太平洋側から日本海側へ横断する路程となるのですが、書きかたのトーンがガラッと変わります。

関守に不審者扱いされてやっとのことで関を越えた、などという記述を読むと、「あれ？　そういえばこれまでの旅では関所の話は出てこなかったけど、大丈夫だったのか？」と思ったりします。

それまでの旅が能のワキ僧の旅を模した幻想の物語だったのに対して、突然現実に引き戻されているかのようです。

そして、大山（たいざん）を登っていると日が暮れる。すると一軒の家がそこにある。

こうなると、ここでも「那須」のときのように能によくある不思議な物語の展開を期待するのですが、そこで詠まれた句がまたすごい。

蚤虱（のみしらみ）馬の尿（ばり）する枕もと

「ひと晩じゅう蚤や虱と格闘し、枕元には馬の小便する音がばりばりと響く」って、いままでの芭蕉の句とはまったく違います。

蚤や虱でからだじゅうがかゆくなり、しかも耳元に響く馬の小便の凄まじい音やすごい匂いで眠れない。しかし、それを苦にすることもなく句にする。

このエピソードで象徴されるように、義経の鎮魂を終えた芭蕉は、晩年の境地といわれる「軽み」を獲得していきます。

おかしみ（笑い）を尊んだかつての俳諧を否定し、風雅の誠というコンセプトを確立した芭蕉が新たなステージで獲得したのは、おかしみと風雅の誠を統合した、「軽み」だったのです。

スローウォークのすすめ

最後に「歩く」ということについて考えてみます。

江戸時代は歩く旅でした。芭蕉だけでなく、葛飾北斎など八十歳を過ぎてから小布施（おぶせ）（長野）の絵を描くべく江戸の浅草から何度も往復しています。また、東西を問わず、哲学者たちの思索も歩行の合間に深まりました。

引きこもりの人たちが変容したのも、歩いたのがきっかけでしょう。

しかし、それはよくいわれる健康のためのウォーキングとは違います。健康のためのウォーキングでは、やや速足で歩くことが推奨されますが、江戸時代のウォーキングはゆったりペースです。拙著『体と心がラクになる「和」のウォーキング』（祥伝社黄金文庫）にも書きましたが、わたしのお薦めは時速一里（四キロメートル）のスローウォークです。

東京で道行く人の歩行速度を測ると、時速五・五〜六キロくらいでせかせか歩く人が多いようですが、ただ目的地に向かってせかせか歩くのではなく、時速一里でたらたら歩きながら、途中の景色を楽しみ、植物を愛で、雲を眺め、感興が湧けば句を詠む。そのなかでいつのまにか自分も風景の一部になっている、そんなスローウォークを薦めています。この歩行法は、無理な負担をかけず、からだの深層の筋肉を活性化するので、理にも適っているのです。

芭蕉の「能の旅」もスローウォークです。だからこそ、道中でさまざまなことが起きます。

わき目もふらずに目的地を目指すのではなく、その途中に心もからだも開いて、そこで起きることを受け入れてみる。いつか、そんな旅をしてみてはいかがでしょうか。

読書案内

▼前講で紹介した本以外にも、何冊かお薦めがあります。初級編なら『ビギナーズ・クラシックス日本の古典 おくのほそ道（全）』（角川ソフィア文庫）が親切です。応用編であれば、講談社学術文庫から出ている『おくのほそ道 全訳注』（久富哲雄訳）の注釈が充実しています。

▼漫画であれば、『マンガ日本の古典25 奥の細道』（中公文庫）などいかがでしょうか。作者は『釣りキチ三平』の矢口高雄さんなのですが、若いころから俳句に親しんでいたようで芭蕉にも造詣が深く、同書のあとがきで「自信作」と自負されているとおり、とてもすぐれた作品だと思います。

▼また、本講の最後に触れた拙著『体と心がラクになる「和」のウォーキング――芭蕉の〝疲れない歩き方〟でからだをゆるめて整える』（祥伝社黄金文庫）もお薦めしたい一冊です。副題のとおりスローウォークの勧めと歩きかたを図版を駆使して説明する実用書ではありますが、本講の記述を補完するような芭蕉の旅についての解説など、非実用書的な内容もたっぷり収録されています。

第二十講

きわどいベストセラー

本書『野の古典』は、教科書検定で通らない、つまり学校の授業では排除される側（＝「野」）の古典の一節や作品を紹介するというコンセプトです。ところが今回扱う作品は、この書名のもとに紹介することさえためらわれます。

「古典」というのは、ただ単に「古い本」という意味ではありません。

古典の「古」の字の原義は「固」、不変のものという意味です。そして古典の「典」の字は、台の上に貴重な書物を載せている形。すなわち「古典」というのは、不変の価値を持つ、大切な書物という意味なのです。

そんな「古典」のなかに今回扱う『東海道中膝栗毛』を入れていいかどうか、うーん、「野」とはいえ迷います。なぜなら、めちゃくちゃなお話なのです。江戸時代最大のベストセラーといわれてはいるのですが……。

そのめちゃくちゃさはひとまず措（お）いて、まずは概略から説明しておきましょう。

めちゃくちゃな男たち

『東海道中膝栗毛』の「東海道中」は東海道の旅行記を表し、「膝栗毛」とは栗毛の馬の代わりに自分の膝＝足で旅をするという意味です。

そして旅人はご存知、弥次さん喜多さんのふたり組……といえばだれでも知っていると思ったら、若者は知らない人が多かったのです。「え、それって助さん格さんとはちがうの？」って、それは水戸黄門です！　特に三十歳以下の人になるとほぼ壊滅状態。ちなみに十代になると助さん格さんすら知りません。

ならば、このふたりの人物紹介もしなければなりません。

まずは第一の主人公・弥次さん。本名は、栃面屋弥次郎兵衛（以下、弥次さん）という立派な名前。駿府（現・静岡市）の生まれで、親の代から裕福な商人。いつでも百両や二百両の小判には困らないほどの身代（財産）がありました。

酒色に溺れる日々の弥次さん、ある日旅役者・華水多羅四郎の一座にいた鼻之助という役者に出会い、「黄金の釜を掘りだした」と夢中になり、身代を使いきるほど遊びたおし、果てには鼻之助とふたり、「尻に帆かけて」（大急ぎで）駿府を駆け落ちします。

と、いまの文中の「釜を掘りだした」とか「尻に帆かけて」などは男色を意味する隠語です。

そう、この時代にはLGBTQなどという表現はありませんが、そんな表現など必要のないくらい、男色だろうが女色だろうがおかまいなし。性的になにがふつうなのか基準もあいまいな、ゆるやかな時代でした。だいたい駆け落ちといっても、男同士だしね。そしてここに登場した旅役者・鼻之助が、のちに元服して名を変え喜多八（以降、喜多さん）となるのです。

駆け落ちするにあたって、弥次さんは狂歌を一首詠みます。

借金は富士の山ほどあるゆへに
そこで夜逃を駿河ものかな

静岡の人なので、莫大な借金の比喩に「富士の山」を、縁語に「駿河」を使い、「夜逃げをする、が」と掛詞にするというしょうもない狂歌です。ちなみに『東海道中膝栗毛』のなかでは、なにか困ったことがあると狂歌を詠んでごまかすというのがおきまりのパターン。これって第七講でお話しした『伊勢物語』の「歌物語」の構造ですね。

さて、このように駆け落ちしたふたりですが、このまま東海道の旅に出るのではなく、まずは江戸に落ち着きます。そこから旅に出るまでが、まためちゃくちゃ。その経緯をお話ししておきましょう。

東海道の旅に出た理由

弥次さんは、神田の八丁堀に小さな家を借ります。借金を踏み倒して夜逃げしてきたにもかかわらず根っからの見栄っ張り。引っ越しの挨拶に近所へ酒や魚を大盤振る舞いしたあげく、残りの金も呑み尽くす始末。

それでは立ち行かなくなり、鼻之助を元服させて喜多八と名乗らせ、商家へ奉公に出しました。

それでも弥次さんはダメな生活を続けていたので、家もボロボロになっていく。見かねた友人が「おふつ」という女性をお嫁さんとして、弥次さんに世話してくれました。この甲斐甲斐しく働くおふつのおかげで傾きかけた家も持ちなおし、弥次さんも健康的な生活を送るよう

右の丸顔が弥次さんで、左が面長の喜多さん。この特徴は以後の肖像画で踏襲された（『新編 日本古典文学全集81 東海道中膝栗毛』小学館より）。

になりました。

でも十年も経つと、徳利がゴロゴロ転がっているような堕落した日々に戻ってしまう。そんなころ、喜多さんが奉公先でなにやらやらかし、金が必要になったというので弥次さんも金策に奔（はし）ります。

この顚末（てんまつ）は少々端折りますが、弥次さんは持参金つきだがわけアリの若い女「おつぼ」と結婚するべく、ひと芝居うって長年連れ添ったおふつと離婚する。しかしおつぼは喜多さんが孕ませた女だった。おつぼが産気づいているというのに、弥次さんと喜多さんが殴り合いの大ゲンカになり、ドタバタしているうちにおつぼが死んでしまう。

弥次さんはよくできた女房を失い、おつぼも死なせてしまい、喜多さんは奉公先をクビになる。なんかめちゃくちゃな展開です。アホで暢気（のんき）なふたりですが、このときばかりは意気消沈。そんな身の上にもうんざり。一緒に「まんなをし（運直し）」をはかるべくお伊勢参りに出ようと友人から借金し、東海道へ、ということになり「東海道中膝栗毛」と相成るのです。

「下らぬ駄作」だったのか

ここから弥次さん喜多さんの珍道中がはじまります。そういえば、古典の道中記には、このようなふたり旅の話がいくつか見られますね。

『おくのほそ道』の芭蕉も門人の曾良を伴って旅をしました。芭蕉がお手本にしたといわれる、江戸時代初期の仮名草子『竹斎』でも、藪医者の竹斎はにらみの介という従者をお伴として旅をします。スペインの名作『ドン・キホーテ』の主人公には、お伴に名ツッコミ役のサンチョ・パンサがいました。

弥次さん喜多さんコンビの特徴といえば、どちらが主人でどちらが従者か、判然としない点です。東海道出立時の設定で、弥次さんが四十九歳で喜多さんは二十九歳なのですが、どちらがボケかツッコミか明確には描かれません。あえていえばふたりともボケ。大ボケが弥次さんで、小ボケが喜多さんでしょうか。

さて、女房を追いだし、産気づいた女を死なせ、仕事をクビになってしまったふたりですが、反省の色はまったくない。旅の途中では、女と見れば口説くわ夜這いするわと見境なし。そして多々失敗しますが、ボケだけでツッコミがいないから、ふたりそろって窮地に陥ることもしばしば。そういうときは狂歌やジョークで切り抜けようとするのです。

そんな物語を、たとえば田辺聖子は、「近代文学の概念でいうと、何ともはや、下らぬ駄作なのである」と酷評します（『東海道中膝栗毛を旅しよう』角川ソフィア文庫）。

まずは主人公のふたりからして「個性も精神の自立性もない」と身も蓋もないいいかたで切っ

て捨てる。「だからおかしみはあっても瞬発的な状況のおかしさばかりである」と。

そして「何より女性読者がついていけないのはくりかえし出てくる糞尿趣味」だというのですが、そんな場面を参考までにひとつ紹介します。

旅に出たふたりはすぐに大名行列に出くわします。行列の先頭を行く、裾をまくしあげて看板を掲げた奴（最下級の武士）たちを見た弥次さん、「ほら、いいケツの若い男たちだ。裾をまくってケツを出して並べてるのを見ると、土用の日に葭町の通りで見られる物干しみたいだな」なんてことをいいます。葭町というのは、現在の日本橋人形町あたりに当時あった男娼版・吉原の街です。行列を先導する若い男たちのお尻を見て欲情するふたり。

そんなふたりが馬に乗ったときの、馬子（馬の口を取る人）のセリフがなんともひどいのです。現代語訳では気分を悪くする方もいると思うので原文だけ紹介し、あとで簡単なあらすじを書きましょう（一部を漢字に直し、一部鍵括弧や改行を挿入）。

先途の晩げにな、あの房州めが嬶がな、俺が親方の背戸ぐちに、
小便をこいていたと思へ。何がシャア〱といふ音を聞くと、俺も
気が悪くなつたもんだんて、「こいつなアかまうこたアなへ、ぶつ緊

めて［犯して］やろふ」と思つて、［酒を］打(うち)くらつた元気で、いきなりに腕(うぢよ)ヲ捩(ね)ぢやアげて、そこへぶつ倒したと思へ。そふすると、嬶(かかあ)めが肝をつぶしやアがつて、「コリヤア何(あに)ヲする」とぬかしやアがつたから、「ヱ、何(あに)よヲするも犬(いん)のくそもいるもんかへ。ぶつてしめるのだ。黙つてけつかれ」といふと、何(あに)がアノ図体(づうたへ)だから、ひどへ力のある女よ。「コノ野郎みやア」と、おりよヲつつこかしやアがつたんで、ヱ、どふしやアがると、横つ面(つら)ひとつぶん殴つて、廐(むまや)の壁へおつ倒して、乗つかゝつたと思へ。

まだ小言をぬかしやアがるから、俺(うら)が親方の子に、やろふと思つて、餅よヲ買つて来がけだから、その餅よヲ二ツ三ツ、嬶(かかあ)めが口へ捻(ね)ぢ込んだら、むしや〳〵と喰らやアがるから、其内(そのうち)にぶつ緊(ち)めた。そふすると、「最(も)つとくれろ」と、いやアがつたんで、俺(うら)もそこらア探(さぐり)廻(まは)して、馬(むま)の糞たアしらずに、あいつが口へ押し込んだら、胸(むに)よヲ悪がつて、腹ア立ちやアがるまいか、俺(うら)もあんまり、可愛(かあい)そふだんで、とふ〴〵焼杉(やきすぎ)の下駄アひとつ、おつたをれた「自腹切って買ってやった」はな。いまいましい。

やっぱり現代訳は書けません……。
妻を手込めにしていたら騒ぐからと口に餅をつっこみ、もっと欲しいというからと（知らなかったとはいえ）馬糞を口につっこむ。こんなヒドい話のオンパレード。さすがにちょっとかわいそうになり、おしゃれな下駄を買ってあげながらも、照れ隠しか、いまいましいといっておくのが当時の荒くれ男の作法なのでしょう。

田辺聖子は前掲書のなかで「一九はかなりのスカトロジストであるのか、または当時としては、普遍的な話柄の一種であったのか、近代人としては読むに堪えない猥雑な話がくりかえし出てくる」といい、スカトロジーが文学として成り立つのはかなり高次元の文学的構築力を必要とするが、これは「単に放恣に垂れ流しされているばかりだから、座興としての芸もなく、読み物としては品の悪いことおびただしい」と容赦ない。

でも田辺さん、単に糞味噌に貶（けな）す本をわざわざ書いたわけではありません。キタナイ話には最後まで閉口しながらも、「生々（せいせい）たる一種のリズムに乗せられ、ある快感をおぼえたのである」「このたぐいの面白さは、ちょっと現代文学の範疇に入りきれず、それでいて捨て置きがたい一種の味がある」「阿呆らしいナンセンスのよさ、快美に、私も開眼することになった」と魅力にだんだんはまり、最後には「おおーい弥次さん北さん、私もついていくから待っててえー」と、ふたりの歩いた東海道をたどる本を著しました。

発禁、書物の破壊

お子さんをお持ちの方はご存知かもしれませんが、じつは子ども向けの『東海道中膝栗毛』も多々刊行されているくらいなので、ふつうの楽しいエピソードもむろんたくさんあります。子ども向けでは、きわどい部分はもちろんカットされています。それでもやはり有害図書と認定されても文句はいえないような、ひどいエピソードもたくさんあります。

作者である十返舎一九（一七六五〜一八三一）が活躍した江戸時代には、「発禁」の制度がありました。実際に読本作者の山東京伝（一七六一〜一八一六）は、遊女もののノンフィクション作品『錦之裏』『仕懸文庫』『娼妓絹籭』が風俗を乱したと手鎖五十日をいい渡され、版元の蔦屋重三郎は幕府に財産を半分没収されるという罰を受けています。

その一方で『東海道中膝栗毛』は、発禁にされなかったばかりか大ベストセラーになり、シリーズ化して二十一年間にわたって出版され続けました。その両者のちがいはなにか。同時代ながら山東京伝の本は、ノンフィクションだったのがまずかったのか。どのような本が有害かは、時代によってかなり異なります。

そういう意味では、時代の空気によって書物を発禁にしてしまうという行為については、しっかり考え直す必要があります。

有害図書は発禁されるだけではありません。書物の歴史は、破壊の歴史でもあります。秦の始皇帝は焚書坑儒をしましたし、二十世紀になってもナチスは焚書を行いました。人々は、さまざまな理由、さまざまな方法で書物を破壊してきたのです。

フェルナンド・バエスの『書物の破壊の世界史』（八重樫克彦・八重樫由貴子訳、紀伊國屋書店）によれば、書物の破壊の歴史は紀元前三二〇〇年ごろのシュメールから始まりました。むろん、火災、洪水などの自然災害や本につく虫などの天敵による破壊もありますが、「全体の六〇パーセントは故意の破壊によるもの」だといいます。

同書は、それは世のなかの人間を〝彼ら〟と〝わたしたち〟に「区別する」傾向から起こったとします。それが行きすぎると〝わたしたち〟以外は全員敵となり、そういう「他者否定」の基準のもとで検閲が課され、知る権利は侵害され、書物が破壊されるのです。

破壊された書物は、永遠に失われるものも少なくありませんが、運よく見つかるものもあります。

たとえば第八講で触れた『とはずがたり』という古典作品です。これは、二条という後深草院に仕えた女房が自伝的な内容を綴った日記紀行文ですが、さまざまな男性を遍歴する女性を描いた、女性版『源氏物語』のような作品です。

この『とはずがたり』が書かれたのは鎌倉時代の後期ですが、世に出たのは昭和になってからでした。

国文学者・山岸徳平が宮内庁書陵部所蔵の桂宮家蔵書から見つけだして、世のなかに紹介したのが一九四〇（昭和一五）年。『蜻蛉日記』や『更級日記』（いずれも平安時代に書かれた女流日記）にも匹敵する性質を持つと発見者の山岸が書いていますが、それまでは『とはずがたり』の存在を知る人はほとんどいなかったのです。こんな古典がなぜそんなに長く世に出なかったのか。

もちろん偶然かもしれません。しかし、女性が男性遍歴を重ねるという内容が、鎌倉時代以降の武士の世には許しがたかったからかもしれません。前述バエスの書にならえば、〝わたしたち〟武士が、奔放に生きる〝彼女ら〟を封じる世界だった。

しかしどういう経緯から、宮内庁書陵部で保管され続けていたのか、気になるところです。また、『とはずがたり』以外にも、このような女性による男性遍歴の本は、案外多かったのかもしれない。そんな妄想もできます。

わたしたちは、世のなかに伝わる書物、史料から昔のことを考えます。たとえば『源氏物語』を読んで、当時は男性がさまざまな女性を愛する時代だったのかと捉えがちですが、『とはずがたり』のような古典がもっとたくさん見つかったら、男性と女性についての認識が変わるかもしれません。

そういう意味でも、どんな作品もむやみに発禁にしてはいけないし、ましてや破壊などしてはいけないと思うのです。

表現の自由を謳った日本国憲法第二十一条により、法制度上の「発禁」はなくなりました。ただ、戦後の日本でも『チャタレイ夫人の恋人』を訳した伊藤整や『悪徳の栄え』を訳した澁澤龍彦らが猥褻文書頒布の罪（刑法第百七十五条）にあたるか否かが裁判で争われています。

中学生時代のわたしに印象深かったのは、野坂昭如が有罪判決を受けた「四畳半襖の下張事件」です。野坂さんも同じく猥褻文書頒布の罪で告訴されていましたが、日比谷公会堂で抗議集会リサイタルを開催したり、お上に楯突いたりしながら、なにか楽しんでいたような印象があります。

現代、法よりも怖いものは「炎上」でしょうか。とにかくリスクを避けようとする出版社と、著者の自主規制的な判断は、問題を起こさない、当たりさわりのない本の出版に行きつくと思うのです。

現代に『東海道中膝栗毛』が刊行されたら、どう受けとめられたでしょうか。

そういう意味でも、古典文学というマイナーなジャンルの片隅であれば棲息していけるのでしょう。『東海道中膝栗毛』はいまでも書店で買って読むことができますが、現代人のだれでも簡単に読めるような文章ではなく、古文で綴られているのが幸いしています。

とはいえ、江戸時代の人たちを魅了したこのベストセラー、当時の人々の生活や東海道に想いを馳せながら、ためしに読んでみてはいかがでしょうか。

読書案内

▼原文で読むなら岩波文庫版の『東海道中膝栗毛』（上下巻、麻生磯次校注）ですが、現代語訳なら岩波現代文庫の『東海道中膝栗毛』（上下巻、伊馬春部訳）で楽しめます。この現代語訳には東海道へ出る前の「発端」が収録されていないのが残念ですが。

▼土田よしこさんが描いた『マンガ日本の古典 29 東海道中膝栗毛』（中公文庫）もよくできています。同作のパロディは、昔からたくさん作られていますが、本書の装画を描いてくださった、しりあがり寿さんの『真夜中の弥次さん喜多さん』シリーズはぶっ飛んでいて、強烈な想像力を感じます。これを原作とした、映画や舞台もあります。

第二十一講

怪談、怨霊、鎮魂

毎夏、熊本は益城町の阿弥陀寺で子どもたちと合宿をしており、もう十五年以上続いています。当初は能の合宿として始まったのですが、能の主人公（シテ）は幽霊であることが多いので、いつのまにか「おばけ合宿」という呼び名に変わりました。能楽師・笛方の槻宅聡さんや、怪談や幻想文学のアンソロジストでもある文芸評論家の東雅夫さんも講師として参加してくれています。

能『高砂』などを謡い、能管（笛）の稽古をするなか、東さんによる怪談や肝試しもあり、肝試しの前には悪霊退散の真言を能の謡いかたで覚えます。子どもたちは怖い怖いといいながらも、お化けや怪談を楽しんでいるようです。

ただ、そんな怪談好きな最近の子どものあいだでも（三十代くらいまででも？）、日本三大怪談といわれる「四谷怪談」「皿屋敷」「牡丹灯籠」は知られなくなりつつあるようです。三つの話がごっちゃになっている方も多いと思うので、ここで簡単におさらいしておきましょう。

【四谷怪談】主人公はお岩さん。鶴屋南北作の歌舞伎狂言『東海道四谷怪談』（初演一八二五年）で広く知られました。夫、伊右衛門に横恋慕する梅という娘の祖父、伊藤喜兵衛から受け取った毒薬を飲んで顔が崩れてしまったお岩さんの「うらめしや」というセリフで有名。歌舞伎や映画、テレビなどでお馴染みの怪談です。

【皿屋敷】主人公はお菊さん。家宝の皿を意地悪で隠され、その罪を着せられて井戸に身を投げたお菊さんが井戸から亡霊となって現れ、「一枚、二枚……」と皿を数え、最後に「一枚足りない」というシーンが有名ですね。江戸の番町が舞台の『番町皿屋敷』と播州（姫路）が舞台の『播州皿屋敷』が広く伝わっていますが、日本中に似た話がある怪談です。スタンダード版は江戸が舞台の馬場文耕『皿屋舗弁疑録』で、一七五八年に刊行されました。

【牡丹灯籠】主人公はお露さん。亡霊だと知らずに恋をしてしまった萩原新三郎が、彼女と逢うごとにやつれ、死に近づいていくという怖い話です。こちらは三遊亭円朝作の人情噺『怪談牡丹灯籠』（一八六一～一八六四年）で人気になりました。

「累ヶ淵」（前編）

しかし、江戸時代にはこの三大怪談よりもさらに有名な怪談がありました。「累ヶ淵」という物語で、今回はこの話を詳しく見てみようと思います。

舞台は下総国岡田郡羽生村（現・茨城県常総市）で、主人公の累という女性が殺害される場面から話は始まります。

累は醜い容貌を持ち頑固で意地悪な性格でしたが、親の遺産の田畑を多少持っていたので、それをあてにした貧しい与右衛門は彼女のもとに婿入りしました。しかしこの与右衛門、こんな女を女房にしていては隣人や友人から疎まれると、別の女房を迎えるべく累の殺害を計画するのです。

そしてある日、累に重い荷を背負わせた与右衛門は、鬼怒川に彼女を突き落として殺します。与右衛門は累の死骸を菩提寺の法蔵寺に担ぎ込み、急死と申告して埋葬しました。殺害の様子を見ていた村人もいたものの、累

「累を沈める与右衛門」（『死霊解脱物語聞書』白澤社より）

は嫌われ者だったので、だれも与右衛門をとがめませんでした。

与右衛門は計画どおりに累の田畑をすべて相続すると、さっそく次の妻を迎えました。が、迎えた妻は子をなさずに死亡。次にまた新たな後妻を迎えましたがこの妻も死に、迎える妻、迎える妻、ことごとく子を産むことなく若死にし、五人もの女性が続けて亡くなります。

そしてようやく六人目の妻とのあいだに菊という娘が誕生しましたが、その母親も菊が十三歳の年に亡くなります。与右衛門は自分の老後のために、金五郎という男を菊と結婚させました。

その翌年の正月、菊が突然口から泡を吹いて涙を流し、「苦しい、だれか助けて」と叫びながら気絶します。与右衛門と夫、金五郎の呼びかけに菊は息を吹き返すのですが、与右衛門を睨(にら)み、「こっちへ来い、嚙(か)み殺してやる」といいだす。「おまえは気が狂ったのか」と問う与右衛門に、「わたしは菊ではない、おまえの妻、累である」という。

菊に憑依した累は次のように昔のことを語りはじめます。

「二十六年前にわたしを鬼怒川に沈めて殺したお前をいまでも許してはいない。すぐに復讐しに来たかったが、地獄の刑罰を受けていて出られなかった。しかし地獄にいながらも怨みの力で六人の後妻を取り殺し、またわが怨念を虫の姿に変えて与右衛門の田畑を荒らして不作にしてやった。いま、地獄から出る猶予を得たので、自分がやられたように与右衛門を鬼怒川に沈めて殺してやろうと、菊の体に憑依したのだ」

与右衛門は「俺は知らない」といって、金五郎とともに逃げだしますが、殺害の目撃者の村人まで特定して与右衛門を責めると、ようやく与右衛門も自分の罪を認め、周囲から勧められたとおりに剃髪（ていはつ）し、お坊さんになります。

しかし信仰心のない与右衛門の見せかけの出家では、そう簡単に累の怨念が鎮まることなどありません。この続きはまだ長いので、以下はダイジェスト版でお送りします。

「累ヶ淵」（後編）

村の名主（なぬし）と有力者たちが菊に取り憑いた累の恨みを聞き、法蔵寺の住職とともに念仏供養します。すると一度は菊の体から累が離れました。

累に連れていかれて地獄を見てきた菊が村人に地獄と極楽の様子を語りますが、経典に描かれているのとおおよそ同じ光景でした。

ちなみに地獄で会った累は醜かったのですが、極楽の門の外で待っていた累は美しい姿でした。彼女は、菊の

「菊、地獄極楽の話をする」（『死霊解脱物語聞書』白澤社より）

徳のおかげで美しくなれたといい、菊をやさしく現世に帰してくれました。

しかし、またしばらくすると累の怨霊が菊に取り憑き、今度は「石仏を建立せよ」という。名主たちが「費用の問題などもあり無理だ」と論理的に怨霊を説得すると、最初はおとなしく聞いていた累の怨霊ですが、「小賢しい理屈なんて知ったことか」とまた菊の体で泡を吹いたり、目を見張ったり、果ては手足を藻掻(もが)いて悶絶転倒して暴れだすのです。名主たちはそこで石仏建立を約束し、また念仏供養をします。

しかし怨霊に対して論理的に説得しようとするほうもどうかと思うのですが、累のリアクションもめちゃくちゃです。

さて、怨霊が抜けた菊は、今度は村人から「自分たちの先祖は死後どこにいるのか」と問われ、自分が見たままに答えますが、なんとほとんどの人が地獄にいるのです。しかも、隠していた悪事までもが暴露されて、村中が大変なことになる。現在進行中の悪事までもが暴かれそうになり、あまりにヤバいので名主がそれを遮って、またまた念仏供養をします。

念仏によって回復した菊には、それからも何度もしつこく累の怨霊が取り憑きます。もう村では万策尽きたので、別の村の弘経寺(ぐきょうじ)の祐天(ゆうてん)という修行僧に依頼します。祐天が修行の成果を発揮すると累の怨霊はようやく極楽往生し、念願の石仏開眼も果たすのです。

安心した祐天や村人をよそに、またしても菊が狂乱。いつもの累の憑依の様子とちがうので祐天が菊に尋ねると、今回取り憑いているのは「助(すけ)」という名の、鬼怒川に沈め殺された男の子の怨霊だといい、ここでまた新たな因縁譚が語られはじめます。

累が生まれる前、累の父親（この人物も与右衛門という名でした）が結婚した女性には連れ子がいて、それが助でした。この子も顔が醜く、片目と手足に障がいがありました。（累の父の）与右衛門が結婚にあたってその連れ子を嫌がり、「そんな子はだれかにやるか捨ててしまえ」というので、（のちに累の母となる）女性は助を鬼怒川に投げ捨てて殺してしまったのです。

やがて、そのふたりに子が生まれました。その子が助にうりふたつで障がいもある。これは助の生まれ変わりだということで、累と呼ばれるようになった、と菊に憑依した助は語るのです。

それを聞いた祐天や村人は声をあげて泣き、助に戒名を与えました。

すると助も成仏して累の怨念も晴れ、菊も回復し、皆が安心して暮らせるように戻った、というお話です。

『死霊解脱物語聞書』は実話なのか

この物語は、一六九〇年に刊行された『死霊解脱物語聞書(ききがき)』という仮名草子*で世に知られるようになりました。

*仮名でやさしく書かれた、啓蒙用、あるいは娯楽用の小説。

この話は、さまざまにアレンジされて伝わっていきます。三遊亭円朝が潤色して一八五九年に作った『真景累ヶ淵』という噺（落語）が有名になりましたが、それより以前にも能や歌舞伎、浄瑠璃でも上演されており、昭和の時代に入っても映画が複数作公開され、現代にも綿々と継承されています。

映画では二〇〇七年に『怪談』と題して上映されており（中田秀夫監督、尾上菊之助主演）、現代では松浦だるまさんの漫画『累』（講談社イブニングＫＣ）が話題になり、同漫画を原作にした映画が、土屋太鳳さんと芳根京子さんのダブル主演で二〇一八年に公開されています。

しかし「累」関連の映画や歌舞伎は、円朝の『真景累ヶ淵』を原作としているものが多く、円朝の本は岩波文庫や角川ソフィア文庫で現在でも流通していますが、オリジナルの『死霊解脱物語聞書』は、玄人向けの本以外ではほとんど読めませんでした。そんな折、近世文学研究者の小二田誠二さんのご尽力で、一般向けにまとめられた本が白澤社さんから二〇一二年に刊行されました。

また、この本のタイトルに「聞書」という言葉があるように、『死霊解脱物語聞書』は実話とされていますし、当時の読者も実話として聞いたようです。

ここに出てきた修行僧の「祐天」は、のちに増上寺の第三十六代法主となった実在の祐天上人（一六三七〜一七一八）で、東京都目黒区の地名・駅名にもなっている祐天寺は、祐天上人の死後に建てられたお寺なのです。

ちなみにこの聞き書きを書物にまとめたのは、「残寿」と記名がありますが、どのような人物か特定されていないようです。

この「聞書」の読みかた、あるいはその手のことにご興味のある方は、先述の白澤社版に収録された小二田先生の秀逸な「解題」および「解説」が非常に参考になるのでお薦めです。

西行と崇徳院

さて、江戸時代の怪談といえば上田秋成の『雨月物語』（一七六八年成立）も外せません。正確にいえば、『雨月物語』は怪談ではなく、中国や日本の古典を元にした九つの怪異小説が収められている翻案小説集です。

同書に収録されているなかでも「浅茅が宿」や「蛇性の婬」はよく映画や舞台の題材にされる話なのですが、今回は冒頭に収められている「白峯」という作品を紹介したいと思います。

この作品は、西行が崇徳院の怨霊を鎮魂するお話です。

さて、まずはこのふたりの主人公について簡単に説明しておきましょう。

西行は平安末期の歌人、僧侶。鳥羽上皇に武士として仕えていましたが、二十三歳のときに出家します。歌枕を巡る旅をしながら歌を詠むという彼の旅のスタイルは、『伊勢物語』を踏襲し、さらに能や松尾芭蕉にも大きな影響を与えました（第十九講「ゆっくり歩く」参照）。

一方の崇徳院は、第七十五代の天皇です。退位後の上皇時代に皇位継承で後白河天皇と争い、一一五六年の保元の乱で敗れて讃岐（現・香川県）に配流され、その地で歿しました。そしてなんといってもこの崇徳院、日本の三大怨霊（他の二名は菅原道真と平将門）のなかでも日本史上最大の怨霊とされている人物なのです（山田雄司『怨霊とは何か』中公新書）。

では、ここで「白峯」のあらすじを見てみましょう。

「白峯」

西国への歌枕を訪れる旅に出た西行は、讃岐に着くと、生前に縁のあった崇徳院のお墓（白峯御陵）に向かいます。しかしそのお墓のうらぶれた姿を目にした西行は暗澹として涙を流し、夜通しで供養するべく読経しながら一首の歌を詠むと、崇徳院の亡霊が現れて返歌してきました。

成仏できない崇徳院の抱える怨念に慄（おのの）いた西行は、なんとか成仏してもらおうと崇徳院の非を諫（いさ）めるのですが、崇徳院は理をもってそれに応戦する。そんな問答の果てに、西行は崇徳院による数々の復讐の経過とこれからの復讐予定を知ります。

崇徳院の魔道の浅ましいありさまに西行はまた涙を流して一首の歌を詠むと、崇徳院の顔が和らぎ、ともに現れた鬼火も怪鳥もどこかに去っていきます。

西行は、さらに金剛経を一巻供養して山を下ったのですが、その十三年後、崇徳院の予言どおりに平家の一門は屋島、壇ノ浦の海の藻屑と消えました。

やがて崇徳院のお墓は美しく造営され、この土地を訪れる人が必ず供物を捧げて拝む神様として祀(まつ)られたのです。

崇徳院の怨霊とは

これが「白峯」の物語です。こちらはあくまでも『保元物語』などを翻案してまとめた怪異小説ですから、フィクションです。しかし、崇徳院は実際に怨霊として恐れられていました。どのような怨霊だったか、それもお話ししておきましょう。

上皇だった崇徳院は、讃岐に配流(はいる)されてからは「讃岐院」と呼ばれていました。讃岐院が亡くなった約十年後の一一七六年。保元の乱で院の敵だった後白河院周辺の四人が相次いで若死にします。「これは亡き院の怨霊の仕業では」と騒がれ、怨霊説のきっかけとなりました。

そして、その翌年の一一七七年には、比叡山のお神輿(みこし)に矢が射立てられて何人かが射殺される事件が起こり、その直後に京都中心部を襲った大火（太郎焼亡）で数千人が亡くなりました。

一連の災厄を受けて、院の怨霊であることがはっきりしたために、この怨霊を鎮めるべく、同年にまずは「崇徳院」の称号が贈られて名誉回復がはかられ、国家的祈禱がなされ、讃岐の白峯御陵も整備・供養され、と対策が取られていったのです。

それによって崇徳院の怨霊は鎮まりましたが、しかし怨霊はいつまた出現するかわかりません。大事な節目には相応の鎮魂がなされます。

たとえば、それから七百年を経た一八六八年、明治天皇が即位する直前に、崇徳院の神霊を讃岐から京都に迎えています。政府は、白峯御陵で式典を挙行し、京都に新しく建立した白峯神宮への神霊還遷を終えてから、その二日後に明治へと改元しました（前掲『怨霊とは何か』）。

また、ちょうど歿後八百年の年に開催された一九六四年の東京オリンピックの際にも、昭和天皇が白峯御陵に勅使を派遣して、八百年式祭が執り行われています。

八百年を経ても崇め恐れられている崇徳院の怨霊、その凄まじい存在感たるや。

日本人の鎮魂

怪異の話は、太古の昔から語り／書き継がれてきましたが、江戸時代になって、怪談文芸ともいうべきジャンルが出現しました。では、なぜ江戸時代だったのか。その理由のひとつは、出版文化が定着したからだろう、と冒頭に紹介した東雅夫さんはいいます。

また、徳川幕府という安定政権が生んだ理性的でシステマチックな社会によって片隅に追いやられた怪異的な存在を、江戸時代の人々が強く求めたこともその理由のひとつかもしれません。そうであるならば、江戸時代よりもさらにシステマチックになった現代の世においては、怪談はもっと求められているといえるでしょうか。

今回紹介した累や崇徳院の話は、死者の「残念」（世に残した念）を、これまでの日本人がどのように鎮魂したのかについて、ふたつ教えてくれます。

ひとつは、心からの共感です。

死者の「残念」の苦しみを共有し、涙を流すこと。累の物語では助が登場したときに、村人も祐天上人も皆、ともに涙を流しました。そして崇徳院の墓前にいた西行の目からは、自然に涙があふれでています。ただ「かわいそうに」と思うだけでなく、心から共感し、涙を流すこと、それが鎮魂の第一歩です。

もうひとつは、何度も何度も繰り返し、鎮魂すること。

崇徳院は歿後八百五十年を経たいまも、いまだに鎮魂され続けています。累も一度は恨みを晴らしながらも、何度も何度も現れ、その度ごとに念仏供養が行われました。

現代は、なんでも法による和解で解決しようとします。しかし法的には解決されても、死者の「残念」はそう簡単には解決されません。何度も何度も、心から共感して、鎮魂する。それが日本人の鎮魂の方法だったのです。

読書案内

▼本文でも紹介しましたが、まずはオリジナルの「累ヶ淵」の話を読むなら、原文も現代語訳も充実している白澤社刊行の『死霊解脱物語聞書』（小二田誠二解題・解説、発売・現代書館）がお薦めです。同社の「江戸怪談を読む」シリーズでは、『実録四谷怪談』『皿屋敷』『牡丹灯籠』も刊行されています。

▼また、松浦だるまの漫画『累』（全十四巻、講談社イブニングKC）は、かなり現代風にアレンジされている作品です。併せて読んでみてはいかがでしょうか。

▼『雨月物語』なら、原文と現代語訳が収録された角川ソフィア文庫版（鵜月洋訳注）がお薦めです。崇徳院の怨霊については、本文でも参照した『怨霊とは何か——菅原道真・平将門・崇徳院』（山田雄司、中公新書）が、コンパクトにまとめられた力作です。

第二十二講

漢文と日本人

いやはや、すごい時代になってきました。

二〇一八年にＩＢＭが発表した「世界最小」のコンピュータは、なんと塩粒大という極小サイズ。米粒ではなく、塩粒。近年、スマートグラスやスマートウォッチなどによる不正受験が話題になりましたが、この通信機能も備えた塩粒大コンピュータがコンタクトレンズに埋め込まれれば、すぐにＳＦまがいのカンニング技術が開発されそうです。そうなると摘発などもはや不可能。

であれば、単純に知識を問う入学試験や入社試験はなくなるのかもしれません。そんな時代になったらどんな試験を課したらいいのか。受験する方はどんな試験対策をすればよいか。もっといえば、どのような人がこれからの社会に求められるのか。さまざまな問いが浮かんできます。

いままで考えもしなかったことが問われる時代が、すぐそこに来ているのかもしれません。そのような時代が来たとしたら、「どうしたらいいんだ」と頭を抱える人もいれば、「ついに俺たちの時代だ」と喜ぶ人もいるでしょう。

SF的社会の到来は先の話にしても、少なくともこれからは記憶力やマニュアル化された問題解決能力だけではない、もっと深い「知」や身体性が問われる時代が訪れるはずです。そして、そのときにこそ大切なのが、逆説的に聞こえるかもしれませんが古典、それも漢文なのです。

ここで「漢文」とはなにかをひと言で説明しておきますと、古代中国の文章で、いわば中国語版の古文です。だから現代の中国人でも、勉強をしないと『論語』や『詩経』などもなんとなくでしか読めません。古典を勉強していない日本人が『平家物語』や『源氏物語』をきちんと読めないのと同じだと思ってください。

今回は、わたしが漢文と出会った経緯に触れながら、漢文の重要性をお話ししようと思います。

漢文との出会い

わたしが通っていた中学校の高校進学率は四十パーセント以下で、卒業まで試験を受けた記憶がないくらいだれも勉強をせず、遊びほうけていました。それでも現在のわたしはこのような古典の本を書いたり、講演をしたりしています。それは能楽師を職業としているので日常で古典に接していることと、大学時代に中国古典を専攻したことがもとになっているのですが、しかしそのきっかけは学校の勉強をほとんどしなかった中学時代に培われた気がします。

いま「学校の勉強をほとんどしなかった」と書きましたが、ひとつだけまじめに勉強した教科がありました。英語です。

英語との衝撃的な出会いはいまでも忘れられません。漁村で育ったわたしは、五十年ほど前に中学に入るまで「ドッグ」も「キャット」も知りませんでした。ですから中学時代に初めて出会った英語はとても新鮮でした。見たことも聞いたこともないような言語が世のなかに存在していて、それを使って生活している人がいる。本当に驚き、わくわくしました。それからは毎日、英語の教科書を朗読し、教科書に載っていた英語の歌を歌っては踊っていました。そしてこの語学に対する興味は、英語にとどまらなかったのです。

よく山の手、下町という区別がありますが、わたしが育った漁村にも坂の上、坂の下という区別がありました。うちは坂の下でテレビの映りが悪く、ラジオもＮＨＫ以外はうまく受信できなかったのですが、なぜか北京放送、モスクワ放送、それにＦＥＮ（米軍放送、一九九七年にＡＦＮと改称）だけはよく入りました。

いま考えると、これらの放送は社会主義やキリスト教の宣伝用だったような気がするのですが、受信状態を書いて国際郵便で送ると、無料で提供される通信教育がありました。北京放送では中国語を学び、モスクワ放送ではロシア語を、ＦＥＮでは英語とキリスト教を学びました。

むろんひとりではすぐに飽きていたでしょう。でも当時付き合っていた聡明な恋人と、親や先生に見られてもわからないように中国語やロシア語、あるいはチベット文字で、暗号的文通をやり取りしていて、それも勉強を続けるはげみになっていたのかもしれません。

漢文との出会いも中学時代でした。ある日、バスで街に出て書店に寄ったときのこと、どの出版社のものか忘れましたが、ビニール表紙のなんとも魅力的な小さな本を見つけたのです。これが漢文との初対面で、その本は『詩経』でした。紀元前の詩集と書いてありましたが、中国語を学んでいたおかげで漢文にはまったく抵抗がありませんでした。

パラパラめくると「子衿（あなたの衿）」という詩が目に留まりました。「青青子衿（青青たる子衿＝青々としたあなたの衿）」と始まります。青は緑、恋人のグリーンの衿を歌った詩です。当時のラジオ英会話のテキストで知ったイギリスの古い歌「グリーン・スリーブス（緑の袖）」と同じような表現であることに驚きました（もちろん「子衿」のほうが先です）。

読み進めると「一日不見如三月兮（一日見ざれば三月の如し＝一日あなたに会えないと三か月も会っていないようだ）」とあり、紀元前の人たちも現代人のわれわれと同じ感情を持っていたのか、という事実に想いを馳せながら、興奮してどんどん読み進めていったのです。

甲骨文字との出会い

高校に進学した一九七〇年代初頭、当時の高校生向けの漢文の参考書や問題集には、面白い話がたくさん収録されていました。

たとえば落語の『饅頭こわい』や『野ざらし（骨釣り）』の元ネタになった笑話などが載っていましたが、これらの現代語訳は岩波文庫から出ていた『全訳 笑府(しょうふ) 中国笑話集』（上下巻、馮夢竜撰、松枝茂夫訳）などに入っています。当時はこのような漢文が参考書に載っていました。中国の笑話は、お笑いネタと同じくらいお色気ネタも多く、思春期の漢文好き高校生にはうってつけでした。

むろん、こんなものばかり探していたわけではありません。名刀の干将(かんしょう)・莫耶(ばくや)の仇討ちの話などは『捜神記(そうじんき)』で読んでとても幻想的でわくわくし、そのほかには『離魂記(りこんき)』『枕中記(ちんちゅうき)』などの伝奇小説を読み漁っていました。

また、高校時代は麻雀とポーカーにも凝りました。

ある日、「トランプは絵柄ごとに十三枚なのに、なぜ麻雀の数牌は九牌なのか。トランプには四種のスート（スペード、ハートなどの種類）があるのに、麻雀にはなぜ三種のスート（萬子(ワンズ)、筒子(ピンズ)、索子(ソーズ)）しかないのか」が気になって、自分なりの仮説をもとに研究しているうちに、いつのまにか甲骨文字に出会いました（これをきっかけに大学で中国古典を専攻したのです）。

さらには友人の失踪をきっかけに岩波文庫で『易経』を読むようになり、仲間と三人で漢文研究会を作りました。顧問の先生は『大漢和辞典』（大修館書店）編纂にも携わった星野先生で、先生が用意してくださった『史記』のテキストは白文です。この研究会のおかげでだいぶ白文を読めるようになりました。

格調高い文語体で戦後も長く読み継がれていた岩波文庫版のダンテ『神曲』（山川丙三郎訳）は、「われ正路を失ひ、人生の羇旅半にあたりてとある暗き林のなかにありき／あゝ荒れあらびわけ入りがたきこの林のさま語ることいかに難いかな」から始まりますが、これを漢文に直して先生に添削してもらったりしました。

また、友だちと作った同人誌にビートルズの歌詞の漢詩訳を載せるなど、本当に漢文まみれの高校時代を過ごしたものです。

とはいえ、あまり学校にも行かずにロックやジャズのバンドでピアノやキーボードを演奏したり、ＮＡＳＡから取り寄せた設計図でハンググライダーを自作したりと、まあ、あれこれと遊びほうけていた高校時代でした。

温故而知新

閑話休題（それはさておき）。

いままで考えもしなかったような問題に直面したとき、現代人の多くはその答えをまずネット検索に頼る傾向が強いように見受けられます。しかし、ネット上では答えが見つからず、知人に尋ねてもわからなかったら自分で考えるしかありません。

では正解のない難問が立ちはだかったとき、いったいどうすればよいのか。

そう、そんなときこそ漢文なのです。

古代中国の賢人、孔子の言行録を収めた『論語』に「温故而知新」という章句があります（為政十一）。この有名な句を一文字ずつ読んでみましょう。

「温」とは、蓋のある鍋のようなものに具を入れて、ゆっくり、じっくり煮るようなものです。蓋をしているのでその変化は見えませんが、なかの具は確実に煮えている。それが「温」です。

「故」は、いまの「古」（＝古い）です。本に書かれていることや、だれかが知っていること、あるいは自分が持っている知識も「古」です。これはただ古いだけのことではありません。それは「固」（＝不変）にも通じます。古ければなんでもいいというものではない。本当に大切なことが「故＝固」です。

そんな大切な知見を「温」、すなわちじっくりと煮る。焦ってはいけません。ゆっくりと時間をかけて煮続けます。

すると「知新」となるのですが、この「知」はいまの「知る」とはちょっと違います。

「知」という文字は、孔子の時代にはなかった文字です。あったのは「矢（↑）」だけです。この「矢」を上下逆転させ、地面を表す「一」を組み合わせる（↓一）と、「至」になります。

「至」とは、矢が目の前に飛んでくるように、なにかが突然、出現することをいいます。『論語』のなかの「知」は、この「至」に近い意味をもちます。

ある問いに直面する。そうしたら、まずは「故（千古不変の知見）」をたくさん探す。そして、それらをぐつぐつ煮る。すると、ある日まったく「新しい」知見や方法が突然出現する。それが「温故知新」なのです。

いや、まだありました。「温故」と「知新」のあいだにある大事な「而」という文字を忘れてはいけません。

この字については第五講で詳しく書いたように、何かが変容するための魔術的な時間が「温故」と「知新」のあいだに入ります。その時間を経過することによって、ぐつぐつ煮続けた「故」が想像し得なかった変貌を遂げて、その姿を現します。

それが、「温故而知新」なのです。

漢字はいつ日本に伝わったか

孔子のいう「故」は、古典だけを指すのではありません。どんな新しい本も、それが書かれた時点で「古く」、すなわち「故（古＝固）」になります。ぐつぐつ煮込む材料として、新しい本はむろん必要です。しかし、数千年、数百年の風雪に耐えた古典は、やはり外すことができません。西洋のものならヘブライ語やギリシャ語、ラテン語で書かれた古典があります。でもわたしたち日本人がそれらの古典を原文で読むのはなかなか大変です。わたしたちにとって、原文で読めるもっとも身近な古典、それが漢文なのです。

日本人がいつから漢文を使っていたのかはよくわかっていません。

吉野ヶ里遺跡からは、すでに紀元前一世紀頃の甕棺墓から銘文が刻まれた銅鏡が見つかっていますし、なんと周の成王（前一一一五頃～前一〇七九頃）の時代には日本人が朝貢に行ったという説もあります。しかし、そのころ日本で漢字を使っていたという形跡はありません。

『古事記』や『日本書紀』には、応神天皇の時代、百済から渡来した王仁（和邇吉師とも。生没年不詳）が、日本に『論語』や『千字文』を伝えたとあり、それが事実ならば五世紀頃のことになります。『千字文』というのは中国の子どもに向けた文字の練習帳です。これによって天皇や貴族が漢字を学んだのでしょう。

やがて日本にも優れた漢文の書き手が現れました。飛鳥時代の聖徳太子（五七四〜六二二）です。そのあたりから遣隋使、遣唐使も盛んになり、貴族たちにとって漢文は必須の教養になっていきました。

また、漢文は男性のもので女性は仮名だけを使ったと思われることもありますが、そんなことはありません。清少納言も紫式部も漢文を読み書きしていました。そして男性も仮名を使っています。

男性は漢文を使って日記や仕事の文書を書き、仮名を使って和歌を詠みました。同一人物の日記と和歌を読み比べてみると、まるで別人のように感じることがあります。

たとえば藤原定家（一一六二〜一二四一）。彼の日記『明月記』には、さまざまな儀式をきっちり記録する几帳面な男と、自分の昇進や病気のことばっかり縷々と綴る愚痴男が同居しています。一緒に飲んだらめんどくさそうです。

一方、『新古今和歌集』（一二〇五年頃成立）のなかの定家は幻想世界を融通無碍に飛翔する自由の貴公子。こちらは一緒に飲んだら楽しそうです。漢文の定家と和語（仮名）の定家とはまったくの別人格に感じられます。

現代でもバイリンガルの人に話を聞くと、思考したり会話したりする場面で使う言語が日本語か英語かで性格も変わるようです。定家の人格は分裂していたわけではなく、彼が漢文と和語とのバイリンガルだったからなのでしょう。

そうそう和歌といえば、競技かるたの試合開始時に必ず読まれる「難波津(なにわづ)に咲くやこの花冬ごもり今は春べと咲くやこの花」という有名な歌があり、『古今和歌集』(九一三年頃成立)の序文で撰者の紀貫之がこの歌を「和歌の父母のようなもの」と評していますが、この歌を詠んだのは日本に漢字を伝えた王仁とされています。

日本文化の真髄といわれる和歌で、そのお手本ともいわれる歌を作ったのが渡来人なのです。そういう意味での「日本人本来の」云々にこだわるのは意味がないことがわかります。日本の演劇人が、自分たちの演劇の祖を能や歌舞伎ではなく、シェイクスピアやイプセン、あるいはスタニスラフスキーと考えるのと似ていたのかもしれませんね。

インターリニアと近代化

さて、漢語と和語とのバイリンガルは、江戸時代が終わるまで続きました。

当時の人々は、公文書などの公的な文章は漢文で読み書きし、日常生活は仮名を使う、そんな二重生活を続けていました。また、前講で触れた上田秋成の『雨月物語』をはじめ、江戸時代の小説には、中国の小説からの翻案が多くあります。

それが大きく変化し始めるのが、明治時代です。漢文中心の世界に、英語やラテン語をはじめ、さまざまな西洋言語が入ってきました。それでも外国語の多くは和語ではなく漢字に翻訳され、その翻訳文体も漢文訓読体でしたので、まだまだ漢文の影響は強くありました。

たとえば明治時代に刊行された文語訳の『旧約聖書』の冒頭は、次のように訳されています(日本聖書協会の文語訳より)。

元始(はじめ)に神(かみ)天地(てんち)を創造(つく)り給(たま)へり
地(ち)は定形(かたち)なく曠空(むなし)くして黒暗淵(やみわだ)の面(おもて)にあり神(かみ)の靈水(れいみず)の面(おもて)を覆(おほ)ひたりき

また、シェイクスピアの『ロミオとジュリエット』の翻訳は、一九三三年に刊行された坪内逍遙訳(『ロミオとジュリエット　沙翁全集　第2巻』名著普及会)だと以下のようになります。それに続けて、その最初の四行の英語の原文に漢訳を付してみます。

威権相如く二名族が、
處は花のヹローナにて、
古き怨恨を又も新たに、
血で血を洗ふ市内闘争。
かゝる怨家の胎内より薄運の二情人、
悪縁惨く破れて身を宿怨と共に埋む。

Two households, both alike in dignity,
二　家族　相　似　威権
In fair Verona, where we lay our scene,
美　ヹローナ　定　處
From ancient grudge break to new mutiny,
自古　怨恨　又　新　乱
Where civil blood makes civil hands unclean.
市民　血　市民　手　不浄

このように単語の下に漢訳をつければ、ほとんどそのまま漢文として読むことができます。それをしてから日本語にするほうが、漢文の素養がある人には簡単だし、早かったのではないでしょうか。

ちなみにこのように原文の下に漢語訳をつける方法は「インターリニア」と呼ばれ、仏典でも梵語漢訳で使われていました。また、ヘブライ語、ギリシャ語やラテン語などの西洋古典を読むときにも役に立つので、漢文のインターリニア式の読みかたに慣れていた明治の教養人たちは、西洋古典もすぐに原文で読めるようになったのでしょう。

江戸幕府が瓦解したとき、列強の脅威にさらされながらも植民地にされなかったのは、漢文を基礎とする知識人層が、その語学力や学問の吸収力によって、西洋人に伍(ご)するような知識をあっというまに取得したからではないかと思うのです。

漢文の授業は必要か

翻訳ものだけではありません。明治期の知識人にとって漢文は和語と同じくらい、あるいはそれ以上に読みやすかったので、そのころの小説も漢文訓読体のものが多く流通していました。

高校の教科書でよく扱われる、森鷗外『舞姫』(一八九〇年発表)の雅文体には悩まされた人も多いでしょうし、夏目漱石も言文一致体で書いた『吾輩は猫である』（一九〇五年発表）や『草枕』（一九〇六年発表）などの小説にも、随所に漢文の素養が見られます。漱石の初期の短篇小説『薤露行』（一九〇五年発表）などは漢文訓読体のような擬古文なので、音読するとかっこいいです。

百、二百、簇がる騎士は数をつくして北の方なる試合へと急げば、
石に古りたるカメロットの館には、
ただ王妃ギニヴィアの長く牽く衣の裾の響のみ残る。

このように日本の思想や文化の基礎を成してきた漢文ですが、近年は「漢文なんていらない。学校の教科から外していい」という人までいるようです。しかし、そのような主張をする人が西洋古典を原文で読んでいるかといえば、おそらくそうではないでしょう。

大学受験で理系だからと漢文の勉強を見限る高校生もいると思いますが、非常にもったいない。本来は文系だろうが理系だろうが関係なく、若いうちにしっかり学んでおくと、そのあとの人生の折々に多くの知恵を授けてくれることでしょう。

古典を捨ててしまったら「温故」ができません。温故ができなければ「知新」もない。これからの未来を「考える」ことができなくなってしまうのです。

情報が氾濫しているこの時代、これからの世界に必要とされるのは、自分の頭と身体で考えること。冒頭でもいいましたが、そのためには古典、特に漢文が必要なのです。

世のなかに人工知能（ＡＩ）がさらに浸透してきても、やはりいつまでも漢文の学習は残すべきです。かりに人間の知能を超えるＡＩが出現したら、ＡＩも自ら「漢文やシュメール語の文書から学ばなければ」と判断して、古代からの叡智をどんどん吸収していくかもしれません。

読書案内

▼中国古典なら、まずは『論語』（金谷治訳注、岩波文庫）をお薦めします。わたしは『論語』に関する本をいくつか書いていますが、直近では『すごい論語』（ミシマ社）、『あわいの時代の『論語』――ヒューマン2・0』（春秋社）があります。

▼中国最古の詩集『詩経』を読むなら、角川ソフィア文庫から出ている『ビギナーズ・クラシックス中国の古典　詩経・楚辞』（牧角悦子著）や、講談社学術文庫の『詩経』（目加田誠著）が手に入ります。

▼漢文の重要性を知る本として、加藤徹さんの『漢文力』（中公文庫）と『漢文の素養――誰が日本文化をつくったのか？』（光文社新書）が、わかりやすくて勉強になります。

第二十三講

声に出して読みたくなる

今回は『南総里見八犬伝』(以下『八犬伝』)を取りあげます。

江戸時代後期の作品で、タイトルのとおり、「南総」すなわち房総半島の南、いまの千葉県中部の領主である「里見」家に仕えた、「八」人の「犬」の名を持つ犬士(剣士)たちが活躍する、史実を交えて書かれたフィクションです。中国の『水滸伝』などからの影響と、そして著者の博識もあいまって、漢語を駆使した美文体に古今東西の引用が盛り込まれた、絢爛(けんらん)豪華な大作といえましょう。

そして、『八犬伝』の特徴はなんといっても長大なこと。全百八十回、九十八巻、百六冊と、日本の古典文学史上最長の作品です。『源氏物語』ですら霞むほどの長さです。

むろん、現代の日本には、『八犬伝』を超える作品もあります。たとえば故・栗本薫さんの『グイン・サーガ』です。『SFマガジン』に初めて掲載された一九七九年から書き続けられたファンタジー小説で、二〇〇九年に著者が歿してからも複数の作家がその長大な物語を書き継いでおり、ハヤカワ文庫JAから刊行されている正伝・外伝はあわせて現在なんと百七十二冊！　ギネスブックに「世界最長の小説」と申請したものの、一冊の本ではないという理由で認定されなかったようです。

みんななんとなく知っている

さて、話を戻しますが、『源氏物語』だって原文で読破した人はほとんどいない現代ですから、『八犬伝』を全巻読破している人はなおさら少ないはず。それでも、ある世代の方々なら、本で読んでいなくても「ああ、あれね〜！」と、親しみを覚える作品です。

世代としては、NHKで放送されていた辻村ジュサブローの人形劇『新八犬伝』（一九七三〜一九七五）や、薬師丸ひろ子の主演でヒットした角川映画『里見八犬伝』（一九八三年十二月公開）を観た、一九五〇〜七〇年前後生まれの方々でしょうか。

約二年にわたる放映で人気を博したNHK人形劇を観ていた知り合いが周囲には多く、彼らは大人になったいまでも、「仁・義・礼・智・忠・信・孝・悌（てい）」と、八犬士の持つ珠（たま）の名をパッといえるようです。ちなみにこの八つの珠の名は儒教の徳目ですから、当時の子どもたちは知らないうちに儒教にも親しんでいたといえます。

一方の映画は、鎌田敏夫の書いた『新・里見八犬伝』（角川文庫）が原作です。馬琴のオリジナルとはだいぶ違う現代版で、アダルトな描写も多い作品です。映画はアダルト色がずいぶん薄められたとはいえ、人気女優のヌードがあったり、ラストがぜんぜん違ったりで、馬琴オリジナル版のファンからの評判はあまりよくなかったようですが興行収入は一九八四年の邦画で第一位、映画公開と同時に発売されたビデオも五万本売れたようなので、『八犬伝』の名は轟いたといえましょう。いやはやテレビや映画の影響力は大きいですね。

もちろんNHK人形劇や角川映画以外にも、『八犬伝』はさまざまにアレンジされ、古くは歌舞伎、浄瑠璃から、演劇、映画、テレビドラマ、翻案小説、漫画からゲームソフトまで――ウィキペディアの「南総里見八犬伝」の項目を見るだけでも、かなり多岐にわたるジャンルで「使われて」いることがわかります。

『八犬伝』の「八つの珠と聖痕をもつ八人の義兄弟たちが集結していく」設定や「妖刀村雨（ようとうむらさめ）」などのアイテムは、現代の娯楽作品でもウケそうなので、これも人気の理由なのでしょう。

子ども向けの古典シリーズにもたいてい『八犬伝』は入っていますし、どんな世代でもみんなどこかで「八犬伝」というキーワードを目にしているだろうと思えるくらい、ポピュラーな古典のひとつといえます。

遅咲きの馬琴

さて、ここで『八犬伝』の著者、滝沢馬琴（一七六七〜一八四八）について説明しておきましょう。戯作者としてのペンネームが曲亭馬琴で、本名は滝沢興邦です。

元々は武士の家系で旗本・松平信成の用人だった滝沢興義の五男として生まれました。九歳のころに父に先立たれた馬琴は、松平家の主君の孫の小姓として仕えたのですが、この孫が病的に怒りっぽかったため、十四歳のときに主君の家から逃げ出します。貧困生活のなかで医術や儒学を学びましたが、どれも大成せず、奉公先を転々とするなど、流浪の日々を過ごしました。

そんななか、馬琴は当時の人気戯作者、山東京伝（一七六一〜一八一六）に弟子入りを請います。弟子になるのは断られますが、ふたりは馬が合ったらしく、馬琴は京伝宅をちょくちょく出入りするようになり、やがて京伝のゴーストライターとして戯作者デビューを果たすと、江戸の出版業界で馬琴の名が知られ始めます。

四十一歳のときに書いた『椿説弓張月』でその名が一躍有名になり、一八一四年、四十八歳になっていよいよ『八犬伝』の刊行を始めました。

『八犬伝』の完成までのあいだに、妻や長男が亡くなったり、馬琴自身も失明したりと波乱万丈でした。晩年は長男の妻、お路に口述筆記をさせていましたが、漢字をあまり知らなかったお路は、馬琴の漢文体の文章の筆記にかなり苦労したようです。
そして一八四二年、七十六歳になった馬琴は二十八年もの歳月をかけた大作、『八犬伝』をようやく完結させたのです。

『八犬伝』の構成

前にも述べましたが、『八犬伝』のような長い物語を通してすべて読んだ人は江戸時代でもあまりいなかったでしょう。

長大な物語といえば、わたしたちに親しみの深い『忠臣蔵』も本当はかなり長い話です。人形浄瑠璃や歌舞伎で、すべてを通して観ようとすれば十時間あっても終わりません。全通しで観た人も少ないし、そもそもすべてを上演することもあまりありません。

しかし、『忠臣蔵』の話の発端となる「浅野内匠頭の切腹」と、大団円を迎える「討ち入りと四十七士の切腹」だけを知っておけば、そのあいだに起こる物語をつまみ食いのように観るという楽しみかたもできるのです。

これが長大な物語を楽しむ方法のひとつですので、『八犬伝』もそれにならいましょう。

『八犬伝』の構造をざっくりいえば、①発端（八犬士誕生のいきさつ）、②八犬士の集合（ここがめちゃくちゃ長い)、③ラストバトルと大団円、の三つに分けられます。

ここではまず、「①発端」のあらすじを紹介します。『八犬伝』世界の土台となる大事な部分なので、ここだけでもおさえておけば、そのあとはつまみ食いでもOKです。

結城合戦から安房の国へ

この物語には、八犬士以外に何人か主要な登場人物がいます。最初に覚えておいてほしいのは、里見義実（よしざね）という武将。彼はこの物語全編の鍵を握る影の主人公です。あ、影といっても悪人ではなく正義の人。

時代は室町時代、京都の六代将軍足利義教（よしのり）と、鎌倉にいた関東管領、足利持氏（もちうじ）とのあいだで合戦が起こります。

「将軍」対「地方の管領」の戦いとなれば、やはり将軍のほうが強い。合戦に敗れた足利持氏は、長男とともに切腹しますが、次男と三男は持氏の家来だった結城氏朝（ゆうきうじとも）のいる下総（しもうさ）の国（現・茨城県結城市）まで逃げ延びます。

将軍家は氏朝にふたりを引き渡すように命じますが、氏朝がこれを拒否したので将軍は結城の城を攻めます。ここで結城軍の陣中にいたのが、『八犬伝』影の主人公である里見義実とその父、里見季基（すえもと）です。

結城軍は籠城すること三年、とうとう力尽き、季基も氏朝とともに討死覚悟で最後の戦に臨みますが、その際に季基は「里見の血をお前が残すように」と息子の義実を安房（あわ）の国（現・千葉県南部）に逃がしました。

玉梓の呪い

当時、安房では三人の武将が覇権を争っていました。最強の武将は滝田城の神余（じんよ）光弘。ところが彼は、愛妾の玉梓（たまずさ）に骨抜きにされていたところ、彼女と密通していた家臣・山下定包（さだかね）の謀反で討たれ、滝田城は定包に乗っ取られたのです。

滝田城近隣の二人の武将、麻呂信時（まろのぶとき）と安西景連（かげつら）は、そんな定包を討つ計略を巡らせていました。そこにやって来たのが里見義実。

二人は定包を討つ仲間が増えたことを喜びますが、義実にただならぬものを感じた景連は、安房に存在するはずもない鯉を三日以内に持ってこいというめちゃくちゃな要求をします。この景連、あとでひどいことをする人なので覚えておいてください。

さて、絶対に見つかりっこない鯉を探しに出た義実は、物乞いに身をやつして定包への復讐の機を狙っていた神余家の旧臣、金碗孝吉（かなまりたかよし）と偶然出会います。その孝吉の手引きもあって、義実が村人を率いて定包のいる滝田城を攻めたところ、形勢不利と見た家臣たちが定包を裏切って殺害したため、滝田城は落城。このとき、定包を籠絡（ろうらく）していた愛妾、玉梓も捕らえられます。

この玉梓がまた、だれもが心奪われる絶世の美女。そんな彼女が泣いて許しを乞うものですから義実は一度は許そうとします。しかし、孝吉の諄々（じゅんじゅん）たる説得の末、玉梓を斬ることを決断します。

斬首されるときに玉梓の眉はきりりと吊りあがり、顔を真っ赤にして義実や孝吉を睨（ね）めつけ、「殺さば殺せ、里見、金碗一族の子々孫々まで畜生道に追いおとし、この世からなる煩悩の犬として仇（かたき）を報ずるからそう思うがよい」と呪いの言葉を吐いて死んでいきます。

ここ、『八犬伝』の背景を支配する重要な場面です。

それにしても玉梓のような極悪美女キャラの登場には映画や漫画などで喜ばれそうなエンタメ感があって、そんなところも『八犬伝』の魅力のひとつかもしれません。

戦いも一段落して論功行賞のとき、義実はもっとも功績のあった孝吉に土地と城を与えようとしました。

しかし孝吉はそれを辞退したどころか、元の主君・神余光弘に殉じて切腹してしまいます。義実は論功行賞にあたって、孝吉の流浪の日々にもうけていた五歳の息子も呼び寄せていたので、孝吉の臨終に対面させ、その息子には金碗大輔と名付けて多大の恩賞を与えました。この大輔も、のちに重要な役割を担います。

息も絶え絶えにわが子と対面を果たした孝吉。しかし義実だけには、孝吉の死にゆく姿に玉梓の呪いの幻が重なって見えていたのです。

伏姫と八房

それから時が経ち、里見家には伏姫（ふせひめ）という子が誕生します。

かぐや姫もかくやと思うばかりの美しい姫ながら、三歳になってもひとことも話さず、笑いもせず、いつも泣いていました。

伏姫の母親、五十子（いさらこ）は娘のために岩屋で祈願します。すると、そこにひとりの老翁が現れ、伏姫に水晶の数珠を与えます。

その数珠には「仁・義・礼・智・忠・信・孝・悌」という八つの徳目が刻まれていました。それを手にして以降、姫は言葉を話すようになり、さまざまな才能も開花させていくのです。

また里見家では、狸に育てられたという不思議な犬を八房（やつふさ）と名付けて飼いはじめたところ、伏姫はこの犬をとてもかわいがります。

さてここで、前に出てきた安西景連が再登場。鯉を探してこいといった領主です。ある年、彼の領地が不作になりました。景連は里見家に「来年返すから米穀五千俵を貸してほしい」という要望に加えて、「伏姫を養女に迎えたい」と申してできました。義実は米は快く送りつつも、娘の件は断ります。

その翌年、今度は里見の領内が不作になりました。去年の米を返してもらうべく金碗大輔を使者として景連のもとに送ります。すると、景連は米を返すどころか大輔を抑留し、大軍で里見家の滝田城と東条城を襲ってきたのです。なんともひどい。

もともと凶作ですから、城内に立てこもる里見家の兵糧も尽きて落城も目前。窮地の義実は犬の八房に向かって、「もし景連の首を取ってきたら、伏姫をお前にやろう」といいます。むろん冗談のつもりでしたが、なんと八房は本当に景連の首を取ってきたのです。

如是畜生発菩提心

景連亡き安西軍など烏合の衆。やすやすと安西軍を破った里見義実は安房の国全土を手中にし、将軍家からも安房の国守としての地位を与えられました。

さて、その第一の功労者（犬）である八房はどんなに褒美を与えても喜ばない。そんなある日のこと、八房は伏姫の上に覆いかぶさります。

それを見た義実は八房を槍で殺そうとするのですが、伏姫の「相手は犬でも約束は約束。わたしは八房の嫁になります」という言葉に、八房を殺すのを思いとどまりました。

しかし義実はそこに、「煩悩の犬として仇を報ずる」と叫んで死んでいった玉梓の怨霊の祟(たた)りを感じるのでした。

すると、伏姫が授けられた不思議な数珠の文字が、「如是畜生発菩提心(にょぜちくしょうほつぼだいしん)」——すなわち、「人も動物も変わりはない」という意味の文字に変わります。伏姫は八房の背中に乗り、富山(とみさん)（現・千葉県南房総市、作品中では「とやま」と呼ぶ）の山中に消えていきました。

そのとき伏姫は八房に、「結婚はするが情欲を遂げようとしてはいけない。もしそうしたらおまえを殺してわたしも死ぬ」と伝えます。

伏姫の懐妊と八つの珠

伏姫は山中で法華経を読む生活を送っていましたが、ある日、川の水に自分の姿を映してみると犬の顔になっていました。その日から、伏姫には懐妊の兆候が現れはじめます。

そんなおり、山中で牛に乗った童子に出会います。童子は、伏姫が妊娠していることと、八房の前世が玉梓であること、そして八房の名にちなんで八人の子を産むことを予言して消えます。

そのころ、姫を助けるべく八房を殺そうと鉄砲を持って山中に入っていた金碗大輔は、八房を見つけて射殺します。

しかし、その流れ弾が伏姫にも当たってしまいました。大輔はその過失を悔いて切腹しようとしますが、里見義実がそれを制します。

流れ弾に当たった伏姫は、数珠の奇跡によって生き返るのですが、自分で身の潔白を証明するべく、懐剣を腹に刺してしまいます。

すると、お腹のなかからひとすじの白気(はっき)がさっとひらめき、八つの数珠の珠を包んで虚空に飛び去り、姫は「わたしのお腹にはなにもなかったので安心した。わたしが向かうのは西方浄土です」といい残して息絶えたのです。

このとき、数珠の文字はすでに元の「仁・義・礼・智・忠・信・孝・悌」に戻っていました。

姫を撃ってしまった金碗大輔は出家して、「犬」の字をふたつに分けた「丶大(ちゅだい)」と改名し、飛び去った八つの珠を探す旅に出る。ここまでが「①発端」の内容です。

この先の説明は省きますが、おおまかにいえば、②八犬士の集合＝虚空に飛び散った珠を持つ犬士が一人ひとり登場する。③ラストバトルと大団円＝最後には八人が安房の里見家に集結して、里見家の敵と戦い大団円を迎える——というお話です。

朗読向きの華麗な文体

さて、『八犬伝』を味わうには原文の朗読が欠かせません。

『八犬伝』の原文は七五調で韻文のように書かれている箇所が多く、朗読のための文体といっていいでしょう。近世文学研究者の高田衛も『完本 八犬伝の世界』（ちくま学芸文庫）で、『八犬伝』の華麗な文体とその音楽性を指摘しています。

明治初期までの「読書」は、現代のそれとはだいぶ違っていました。本は買うよりも貸本が中心で、その借りてきた本を、字が読めて朗読の上手な人がみんなに読んで聞かせていたといいます。そしてその朗読には、たいてい節（メロディ）と拍子（リズム）が付いていたのです。

わたしたちは、アドリブで節を付けながら文章を読むことができる最後の世代かもしれません。

「自分は節を付けながら朗読なんてできないです」という方は、「前口上」でも書きましたが、算盤の読みあげ算を思いだしてください（思いだせるのは四十代以上かもしれませんが）。「願いまし〜て〜は〜、五十六円な〜り〜、七十八円な〜り〜」というあの節です。

あれで、たとえば「むかしむか〜し〜、あるとこ〜ろ〜に〜、お爺さん〜と〜、お婆さん〜が〜いました〜」とやれば、それだけでちゃんと節付きの朗読になるのです。

太宰治は、旧制中学校に通っていたころの先生が、国語の教科書にも節を付けて朗読していたといっています。一九〇九（明治四十二）年に生まれた太宰が旧制中学校に入ったのは一九二三（大正十二）年ですから、大正のころにもまだ節付き朗読は健在だったのでしょう。一九〇四年生まれのわたしの祖父も新聞を節付きで朗読していましたし、新聞を節付きで朗読しているうちに踊りだす人もいたと聞きました。

現在の公立小学校でも算盤はかろうじて必修のようですが、推測するに「願いまし〜て〜は〜」と節を付けて読みあげ算をする先生は少ないでしょうし、絶滅危惧種かもしれません。小学校でも英語やプログラミングが必修になる二十一世紀ですから。

そこで今回は、「芳流閣の決闘」（第三十一回）という名場面を朗読してみましょう。芳流閣という建物の屋根の上で、物語で最初に登場する八犬士の犬塚信乃（「孝」の珠を持つ）と、このときにはまだ八犬士だとわかっていなかった犬飼見八（のち現八に改名、「信」の珠を持つ）が決闘します。見八は十手の

「芳流閣両雄動」（月岡芳年 画）

名人。刀と十手との決闘です。

また、朗読用のご参考に、次の見開きページに譜面のような感じで右側に数字を書きました。ここは七五調の箇所ではありませんが、この数字に合わせて「一、二、三、四」と膝を打ちながら朗読してみてください。譜面のなかにある空白部分は、この拍のぶんを空けて読みます。慣れてくると、ひょっとしたら途中で立ちあがって舞いたくなるかもしれません。

声に出して読む快感

朗読、いかがでしたか?

声に出して読みたい、といえば齋藤孝さんの大ベストセラー『声に出して読みたい日本語』(草思社)があります。二〇〇一年に刊行されて「日本語ブーム」を巻き起こしたこの本は、なんとシリーズ累計二百六十万部です(二〇一五年時点)。ブームとはいえ、やはり日本語の名文を声に出して読む快感が多くの人に伝わったからこそのヒットでしょう。

その齋藤さんが総合指導を務めるNHK・Eテレの番組「にほんごであそぼ」は、二〇〇三年に始まって以来好評のようで、子どもたちに日本の豊かな表現と朗読文化を広める、とてもよいお仕事です。

1　2　3　4　5　6　7　8

あしばをはかりてたゆまずさらず
たたみかけて　うつたちを
けんはちめてに　うけながして
かえすこぶしに　つけいりつつ
ヤッとかけたる　こえとともに
みけんをのぞみてはッたとうつ
じってをちょうと　うけとむる
しのがやいばはつばぎわより
おれてはるかに　とびうせつ
けんはちえたりとむンずとくむを
そがままゆんでに　ひきつけて

足場をはかりて、たゆまず去らず、
畳みかけて撃つ太刀（たち）を、
見八右手（けんはちめて）に受けながして、
かへす拳（こぶし）につけ入（い）りつつ、
「ヤツ」とかけたる声と共に、
眉間を望みてはたと打つ。
十手を丁と受けとむる、
信乃（しの）が刃は鍔際（つばぎは）より、
折れて遥かに飛び失せつ。
見八得たり、とむンづと組むを、
そがまま左手（ゆんで）に引きつけて、

かたみにききうでしッかととり
ねじたおさんと　えいごえあはして
　もみつもまるる　　ちからあし
これかれひとしくふみすべらして
かわべのかたへ　こォろォころと
みをまろばせし　ふくしゃのたわら
さかよりおとすに　　ことならず
こおべりけわしき　　がけつくりに
　けずりなしたるいらかのいきおい
とどまるべくも　あらざめれど
かたみにとったるこぶしをゆるめず

かたみに利き腕しかととり、
ねぢ倒さん、と曳声（えいごゑ）合はして、
もみつもまるるちから足、
これかれひとしく踏みすべらして、
河辺（かはべ）のかたへころころと、
身をまろばせし覆車（ふくしや）の米包（たわら）、
坂より落とすに異ならず。
高低険しき（かうべりけは）桟閣（がけつくり）に、
削り成したる甍（いらか）の勢ひ、
とどまるべくもあらざめれど、
かたみにとつたる拳を緩めず、

『南総里見八犬伝』第四輯巻之一、第三十一回より。漢字と送り仮名の表記は読みやすいよう改めました。
＊朗読は人それぞれですが、参考までにわたしなりの朗読は、以下ＵＲＬで聴けます。 http://watowa.net/?p=1078

読みあげ算や七五調の美文を朗読するときの、独特な節回しやリズムに接する機会は減ってきているかもしれませんが、その楽しさや気持ちよさが一人でも多くの方々に伝わり、継承され続けていくことを、わたしも願っています。

読書案内

▼原文なら、岩波文庫版（全十巻、品切れ）や『新潮日本古典集成』の別巻（全十二巻、新潮社）に収録されているので、古書店や図書館で探してみてください。角川ソフィア文庫の『ビギナーズ・クラシックス日本の古典 南総里見八犬伝』（石川博編）は、入門書には最適です。

▼暗唱・朗誦文化の復権については、『声に出して読みたい日本語①』（草思社文庫）の「おわりに――身体をつくる日本語」で、齋藤孝さんが熱く綴っています。当然ながら、声に出して読みたくなる名文が満載の本なので、手に取ってみてはいかがでしょうか。

▼『八犬伝』を現代語訳で時代小説のように楽しむなら、名手・平岩弓枝さんの『南総里見八犬伝』（中公文庫）がお薦めです。読みやすい流麗な文章に、巨匠・佐多芳郎さんの挿画が美しく、抄訳ながらうまく編集され、魅力的な一冊に仕上がっています。

第二十四講

わたしたちは何者か

日本人が「わたしたちは何者か」と考えることを突きつけられた時代が、少なくとも二度ありました。

飛鳥・奈良時代と明治時代です。

それはいずれも圧倒的な異文化が突然流入してきた時代です。その奔流に足をすくわれかけた日本人は、「わたしたちは何者か」と自問する必要に迫られました。

その問いに答えるべく登場した書物が、奈良時代の『古事記』と『日本書紀』であり、明治時代の『武士道』です。『古事記』から始めた本書『野の古典』は、最終講を『武士道』で結びます。

江戸時代までの作品を古典と呼ぶため、明治時代に書かれた『武士道』は本来、学校の古典の授業で扱われませんが、「大きな時代の変化を前にして書かれた本」という『古事記』との縁(よすが)を理由として取りあげることにしました。

日本人はどのような民族か

明治時代の教育者・新渡戸稲造（にとべいなぞう）は、なぜ『武士道』を書いたのか？　その経緯が初版の序文に書かれています（本講では、岩波文庫版『武士道』の矢内原忠雄訳を拝借します）。

新渡戸がベルギーの法学者ド・ラヴレーとの散歩中に、宗教の話題になりました。「あなたのお国の学校には宗教教育はない、とおっしゃるのですか」というド・ラヴレーからの問いに新渡戸が「ありません」と答えると、ド・ラヴレーは驚き、「宗教なし！　どうして道徳教育を授けるのですか」と繰り返したのです。

新渡戸はそれに即答できなかったのです。

自分が身につけた道徳は学校で教わったものではない。どこで身につけたのだろう。それを考え続けた新渡戸は、それが「武士道」によって形成されていることに気づきました。かねてからド・ラヴレーと同じように質問してきていた妻メアリー・エルキントンにも応答しようと、彼はこの本

妻メアリーと新渡戸稲造（新渡戸記念館 提供）

『武士道』を書いたのです。

そういうわけで、*BUSHIDO: The Soul of Japan* は最初に英語で書かれ、一八九九（明治三十二）年にアメリカで出版されました。

これは、『日本書紀』が古代中国語である漢文で書かれたのに似ています。どちらも想定読者は日本人ではなく外国人であり、どちらも「日本人とはどのような民族か」を宣言する本だったのです。ですから読むときにも注意が必要です。

つまり『武士道』には、「日本人とはどのような民族か」を説明する意図で書かれているとはいえ、そこに描かれる日本人は「現実の日本人」ではなく、自分たちがこうありたいと思う姿、日本人としてこうありたかった姿が描かれているともいえます。しかし、だからこそ現代人であるわたしたちがこの本を読むと、二日酔いのあとの清涼飲料水のような爽快感を味わうのです。

さて、全十七章の『武士道』は、大きく分けて四つの部からなります。

一、武士道の概要、その源流（第一～二章）
二、武士道を形成する七つの徳目（第三～九章）
三、教育、刀、切腹、女性、影響力（第十～十五章）
四、これからの武士道（第十六～十七章）

第二章で新渡戸は、仏教や神道が武士道にもたらした影響を認めながらも、もっとも大きかったのは陽明学を含む孔子・孟子の論、すなわち儒教であると述べ、第三章以降でその七つの徳目「義・勇・仁・礼・誠・名誉・忠義」を論じます。

今回は、この武士道の精神的な基盤となった儒教の徳目のうちの五つの章を中心に読んでいきましょう（各徳目の下に、新渡戸による英語の原文を添えます）。

義（Rectitude or Justice）

新渡戸が、日本民族の一般的諸特性として本のはじめに挙げたのは「義」です。「武士の掟（おきて）中最も厳格なる教訓」であり、それに反する卑劣な行動はもっとも忌まれました。

章題の「義」を英語で表現しようとする際にうってつけの単語が見つからなかったので、新渡戸はこのふたつの単語を用いたのでしょう。rectitude は correct や honest などの、justice は fair や reasonable などの語感を含む言葉で、これらをひっくるめたものが「義」なのです。

とはいえ、英語で表現するのも苦心するこの「義」ですが、日本語で説明するのも難しい徳目です。

新渡戸はそこで、義をまずは決断力と定義して「義は勇の相手にて裁断の心なり」と説いた林子平（しへい）（一七三八〜一七九三）と、「節義は例えていわば人の体に骨あるがごとし」と述べた真木和泉（いずみ）（一八一三〜一八六四）の論を紹介します。躊躇せずに実行すること、才能や学問があっても節義がなければ世へ貢献などできない、そのような見立てです。

次いで、孟子の言葉「義は人の路（みち）なり」と、イエス・キリストの「我は失せし者の見いださるべき義の道」（「ヨハネによる福音書」十四章六節、聖書協会共同訳では「わたしは道であり、真理であり、命である」）という言葉も紹介しながら義に迫ります。

ちなみにこの本は、日本・東洋の賢人たちの言葉も引用していますが、新渡戸はキリスト者ですから当然キリスト教の思想を折々に対照させながら、ソクラテス、プラトンから、デカルト、シェイクスピア、ヘーゲル、ゲーテ、ニーチェまで、西洋の賢人たちの言葉を幅広く取り入れて書かれています。想定読者が主に英語圏のキリスト教徒ですので、西洋の賢人たちの言葉を例に用いて武士道を説明するという方法は宜（むべ）なるかなですが、それにしても、古今東西の叡智を縦横無尽に用いて論じる明治知識人の教養の幅に驚かされます。

話を戻しますが、「決断力」「必備すべき節義」「人の路」など「義」の定義づけの素材を集めた新渡戸は、最終的に孟子の言葉から、「義」とは失われた楽園を回復しようと向かう、真っすぐな狭い道であると位置づけます。

次に、「義」と双子の兄弟たる「勇」についての説明に移る前に、「義理」についての考察を挟みます。

「義理」は、愛の欠如から生まれたと新渡戸はいいます。人が徳のある行いをするときの動機から愛が欠けたとき、あるいは徳のある行いを促すほどの動機を生みだせない場合には、「人の理性を動かして、義しく行為する必要を知らしめねばならない」。

その「義理」はやがて「義」とはかけ離れた意味を取り、「驚くべき言葉の濫用」をもたらすようになったと新渡戸はいいました。そう、その度合いは年々増しているのではないでしょうか。百年以上もあとの時代に生きるわたしたちが、義理チョコや義理人情などという、本来の「義」から真逆の意味で、「義理」という言葉を使っていることからも明らかです。

そして「義理」は、あらゆる種類の詭弁や偽善に使われたり、卑怯者の隠れ蓑になったりしたとも書かれています。しかし、そんな「義理」の横行を抑制する役割が、「鋭敏にして正しき勇気感、敢為堅忍の精神」——すなわち「勇」である、と次の章にバトンを渡します。

勇・敢為堅忍の精神（Courage, the Spirit of Daring and Bearing）

この章題の副題「敢為堅忍の精神」は、敢えてすること（dare）と、耐えること（bear）です。

「勇」とは、ただの勇気とは異なり、「義しき事をなす」ことであり、ただ猪突猛進する「匹夫の勇」と、正しい勇気である「大勇」とを峻別します。また、水戸光圀公が「生くべき時は生き死すべき時にのみ死するを真の勇とはいうなり」と述べたように、死ぬべきときでないのに死んでしまうことは、「犬死」と賤しめられました。

正しい「勇」のための訓練は少年のころからなされ、「獅子はその児を千仞の谷に落す」という言葉どおりの厳しい試練で、子どもたちの胆力を鍛えていたといいます。

その超スパルタ式な「胆を練る」方法（食べ物を与えずに寒さにさらす、処刑場・墓場・幽霊屋敷への肝試し、斬首刑の執行を見学させたうえに、真夜中にそのさらし首に印をつけに行かせる！）は、西洋の教育者を驚かせ、戦慄と疑問を抱かせるであろうと新渡戸は書き、次の章でこれとは対極の徳目、「仁」についての話にバトンを渡します。

仁・惻隠の心（Benevolence, the Feeling of Distress）

この章題に使われたbenevolenceはあまり馴染みのない単語かもしれませんが、「bene=well」＋「volence= to wish」で慈悲の心、博愛的な善行のような意味で、distressは苦悩、悩みの種、貧苦などを表します。「惻隠の心」とは、孟子が「仁」に用いた表現です。

「仁」は、儒教のなかで最高の徳目です。新渡戸も「愛、寛容、愛情、同情、憐憫は古来最高の徳として、すなわち人の霊魂の属性中最も高きものとして認められた」と書きます。

ちなみにこの「仁」には、その真の意味や語源なども諸説あります。容易には探究し尽くせないほど深いテーマなので、一冊の本ではまとめきれないほど深い徳目です。

統治者である武士にとって、特に「仁」は必要条件です。封建制の統治だと軍国主義に陥りやすいのですが、そんな封建制の日本を救ったのが「仁」だったと新渡戸はいいます。

力を持つ存在だったがゆえに、武士には「仁」が必要でした。それは、単に心的状態だけを指すのではなく、生殺与奪の権力を背後に有する愛なのです。

「義」や「勇」が男性的であるのに対し、慈愛である「仁」は女性的な柔和さと説得力があると新渡戸は述べたのちに、伊達政宗の「義に過ぐれば固くなる、仁に過ぐれば弱くなる」という言葉を引用します。「義」と「仁」の両立は簡単なことではありませんが、そのバランスを絶妙に調整するのが武士道といえるでしょうか。それに続けて、「最も剛毅なる者は最も柔和なる者であり、愛ある者は勇敢なるものである」という言葉が普遍的に当てはまることや、「武士の情」という言葉が高貴な情感として人々に強く響くことが説明されます。

また、力強さと柔和さとの共存は、自己の内部にも向けられます。

簡潔ながら力強い形式を持つ日本の詩は、とっさの感情の即興的な表現方法として適していると新渡戸は述べます。多くの武士は和歌俳諧をたしなんでいたことを指摘し、戦闘の恐怖のさなかにも哀れみの情を喚起する役割を果たすものは、ヨーロッパではキリスト教である一方、日本においては音楽や文学のたしなみがその役割を果たしていると論じます。

そして、そのような「優雅の感情」を養うことが他人の痛みに対する思いやりの心を育むこと、他人の感情への尊重が生む謙譲や慇懃（いんぎん）の心は「礼」の根本にあることを述べ、次章にバトンを渡します。

礼（Politeness）

この章題の「礼」を新渡戸がpoliteness（礼儀正しさ）と表現したことについては、異議を唱えたい方がいるかもしれません。

儒教の骨格を形成する五経の「礼」は、本来は『儀礼（ぎらい）』『周礼（しゅらい）』『礼記（らいき）』という三礼（さんらい）から成ることでもわかるように、儀式や組織を包括する「礼」は儒教においてきわめて重要な徳目であり、単なる礼儀正しい言動に留まるものではないからです。

しかし、儒教の基礎知識を備えていたはずの新渡戸が章題にpolitenessという語をあてて説明したかったのは、当時の日本人の丁寧な作法や態度自体が、外国人には驚きの対象だったからなのです。

まず、真の「礼」とは、単に動作や態度だけでなく、他人の感情を思いやる気持ちから表れること、社会的地位がある人に対しては相応の敬意を払うことで（社会的地位とは、貧富の差ではなく実際の価値の差に基づく）、その最高の形態は、ほとんど愛に近づくものであると紹介されます。

「礼」については、子どものころから、挨拶するときにどれくらい身を曲げてお辞儀するか、どのように歩くのか、そして座るのかに至るまで細かく学ぶものでした。また、食事の作法はひとつの学問にまで発展し、茶を点じて喫むことは礼式にまで高められたのです。

「茶の湯」は、ただお茶を飲むだけではありません。なんらかの動作をなすためには、その最善の方法があり、歳月を経て習得した最善の方法は、もっとも効率的であると同時にもっとも優雅であると新渡戸はいいます。

そして茶の湯の必須な要素として「心の平静」「感情の明澄」「挙止の物静かさ」を挙げ、これらを「正しき思索と正しき感情の第一要件である。騒がしき群衆の姿ならびに音響より遮断せられたる小さき室の周到なる清らかさそれ自体が、人の思いを誘って俗世を脱せしめる」と述べます。

茶の湯は礼法の枠を越えた存在——芸術であり、律動的（リズミカル）な洗練された動作をともなう詩であると新渡戸がいうように、それは精神修養の実践の場であって、茶の湯の最大の価値はまさにここにあるのです。

誠（Veracity or Truthfulness）

この章の「誠」も「義」の場合と同様、ひとつの英単語ではなかなか表現しにくい、奥深い言葉です。

礼儀は、正直さ（veracity）と誠実さ（sincerity）がなければショー（道化芝居）になってしまうと新渡戸はいい、伊達政宗の「礼に過ぐれば諂いとなる」という言葉を紹介します。現代においては入学式や卒業式、あるいは成人式がまさに茶番になりつつありますね。

「誠」といえば、第六講で詳しく書きました。そこでは『中庸』を中心に話を進めましたが、新渡戸『武士道』の「誠」の章からも引用しています。

そのときにも書いたのですが、新渡戸の記述で注目すべき箇所は、孔子が「誠」に超自然的な力を与えて、ほとんど神と同一視していたこと。そしてそのような神的な力を持つ「誠」の性質とは、なにも動かさなくても変化を引き起こし、なにもしなくても目的を達成できること。この二点です。

『中庸』はきわめて難解なので四書のなかでも最後に読むべきとされますが、とても深遠な叡智を授けてくれる本です。ごく簡単にいうと、「誠」を極めれば、他者や事物との境界が取り払われ、対象が人だろうが物だろうが一体化していきます。そして一体化してしまえば、なにかを成すことが容易になると書かれているのです。

たとえば、わたしが実際にお会いしたベテランのマタギの工藤さんは、山を歩いていると山の森羅万象と一体化して、「雨が降りだす」「熊があそこにいる」などと、人智を超えるかのように極微の自然の変化をとらえていました。本書で何度も書いていますが、「松の事は松に習へ」といった俳聖松尾芭蕉は、このような境地を「風雅の誠（ふうがのまこと）」と名づけています。

さて、『中庸』の話はこのへんにして『武士道』に戻りましょう。

一般市民と比べて、社会的地位の高い武士は信用されていました。「武士の一言（いちごん）」は、その言葉が真実であることの保証だったので、武士は証文も書かず、誓いもなかったと新渡戸は書いています。

三十年ほど前の話ですが、能の海外公演に外部のプロデューサーが入り、契約書を書いてほしいといわれたことがありました。そのとき打ち合わせの席にいたわたしを含めた能楽師たちは、「俺たちを信用できないのか」と全員席を立ちかけました。二十一世紀の世にはコンプライアンス（法令遵守）が浸透しつつありますが、能の世界には証文不要の遺風がまだ残っています。

「誠」と不可分な関係にあるのが「名誉」であり、「名誉」のためには命を犠牲にできて、同じく命を犠牲にできるものが「忠義」であり、「忠義」は封建的な諸道徳を結ぶ要石だった……ともう少し先まで続きますが、ご興味の湧いた方は是非『武士道』を読んでみてください。

近代化で失った美徳

『武士道』を読むと、新渡戸の見立てはかなり美化されたものとは感じますが、現代の日本は、ここに書かれたような儒教の徳目を重んじる理想の世界から遠く離れたところまで行き着いた気がします。

明治の開国以降の日本は、諸外国の制度や文化や思想を急速に貪欲に吸収したがために、『武士道』に描かれるような日本人の美徳の多くを捨て去りました。その結果が太平洋戦争であり、そして一時期はエコノミック・アニマルとまで呼ばれた、日本人のあくなき利潤追求の姿です。しかし、わたしたちの心性の奥深くには、『武士道』に書かれた徳目が熾火のように燃え続けていて、その火が折々に徳目への憧れとなって現れるのです。

現在、新型コロナウイルスの出現によって、社会の変化を余儀なくされています。こんな時期だからこそ一度立ち止まって、わたしたちはどのような社会に生きていて、これからどのような社会にしたいのか、そんなことをじっくり考えてみるのもよいでしょう。

そして、考えるためのツールとして古典を繙(ひもと)くことは、大いに役に立つはずです。

読書案内

▼新渡戸稲造の『武士道』を読む場合、岩波文庫版の矢内原忠雄訳は格調の高い定番ですが、一九三八（昭和十三）年に刊行された当時の訳文のままなので、現代語訳なら、ちくま新書の山本博文訳がよいでしょう。
▼また、元は英語で書かれた本ですから、日英対訳版の『英語で読む武士道』（増澤史子英語解説、IBCパブリッシング）などいかがでしょうか。関連書として、同社が刊行している日英対訳の岡倉天心『茶の本』（松岡正剛序文）もお薦めです。
▼武士道を説明するにあたっては、江戸中期の武士の修養書『葉隠』も参考になります。ご興味を持たれた方には、三島由紀夫の『葉隠入門』（新潮文庫）をお薦めします。

おわりに

本書では、奈良時代の『古事記』（七一二年）から明治時代の『武士道』（一九〇〇年）まで、千二百年ほどの古典を一挙に紹介してみましたが、いかがでしたか。

お気に入りの古典が見つかったら、ぜひ本屋さんに行って、その古典を手に取ってみてください。ご参考までに、各講の終わりに「読書案内」を載せております。

夏目漱石は『草枕』のなかで、小説の読みかたとして、筋なんかどうでもよくて、おみくじを引くようにぱっと開けて、開いたところを漫然と読むのが面白いと主人公にいわせています。小説ですらそうなのですから、古典ならなおさらです。おみくじのようにページを開いて、好きなところから読みはじめてみましょう。

むろん、途中でやめても構いません。何年か経って、また読みたくなったらおみくじのように開けばいいのです。読む時期、読む場所によって面白さが違うのが古典です。

それにしても、これだけ多くの古典が入手しやすい形で、しかも原文付きで書店に並んでいる国というのは、じつはとても珍しいのです。

日本の古典、すなわち古文だけでなく、中国の古典である漢文も中学や高校で学ぶので、わたしたちはどちらも読むことができます。

これってすごいことでしょ。

たとえばギリシャで、古典ギリシャ語で書かれた『イーリアス』やソクラテスの本をそのまま読める人は多くはありません。

イタリアでは、イタリア語のルーツとなるラテン語をすべての人が学ぶわけではないようで、彼らがラテン語で書かれたものを読むのは、わたしたちが古文を読むよりもはるかに大変です。アメリカには日本のような古典はありませんし、ルネサンスより前のイギリスで古典を探そうと思っても、日本に比べたら少ないのです。

日本と同じ漢字文化圏の韓国の人やシンガポールに移住した華僑の人たちは、漢字を日常的には使わなくなっていったので、ルーツとなる中国の歴史が書かれた古典を読むことが難しくなってしまいました。

中国の書店に行くと、古典の書籍は多く見かけるようになりました。しかし、文化大革命によって古典を排除していた時期があるので、わたしと同世代の人たちは古典に親しんでいない人が多い。文化の断絶があります。また、ふだん使っている漢字が簡体字のために、そのままの形では読むことが難しい。

これらの国々と比較しても、日本は本当に恵まれています。

わたしたちの思考の多くは言語によってなされます。

古典を読むのと同じ言語で未来を思考し、語れるってすごいことです。

古典を読んでいるあいだ、わたしたちは古(いにしえ)の人々の感覚、思考、身体を体験することができます。その体験や英知が、未来を考えるのに役に立つのです。

楽しみのために古典を読むのは極上の娯楽。未来を考えるために古典を読むのは至福の脳内トリップです。

最後に、楽しい装画を描いてくださったしりあがり寿さん、素敵な本に仕上げてくださった装丁の佐藤亜沙美さん、間違いだらけの原稿を念入りに校正してくださった牟田都子さん、書き散らかしの原稿をまとめてくださった紀伊國屋書店出版部の和泉仁士さん、そしてなによりも、本書を手に取ってくださった皆さまに、心よりの感謝を申し上げます。

▼前口上
・目加田誠『詩経』講談社学術文庫

▼第一講
・塚本邦雄『定家百首・雪月花（抄）』講談社文芸文庫
・中村啓信訳注『新版 古事記』角川ソフィア文庫
・本居宣長撰、倉野憲司校訂『古事記伝』全四巻、岩波文庫

▼第二講
・西郷信綱『古事記注釈』全八巻、ちくま学芸文庫
・中村啓信訳注『新版 古事記』角川ソフィア文庫
・柳田国男『一目小僧その他』角川ソフィア文庫

▼第三講
・岡ノ谷一夫『さえずり言語起源論』岩波科学ライブラリー
・中西進『万葉集 全訳注原文付』全四巻＋別巻、講談社文庫
・理化学研究所脳科学総合研究センター編『脳研究の最前線』上巻、講談社ブルーバックス

▼第四講
・市古貞次校注『御伽草子』上下巻、岩波文庫
・関敬吾編『日本の昔ばなし』第三巻、岩波文庫
・塙保己一編『群書類従』第九輯、続群書類従完成会
・堀内敬三・井上武士編『日本唱歌集』岩波文庫
・丹波康頼撰、槇佐知子全訳精解『医心方』巻二十八（房内篇）、筑摩書房
・三浦佑之『浦島太郎の文学史――恋愛小説の発生』五柳書院

▼第五講
・加藤常賢『漢字の起原』角川書店
・金谷治訳注『論語』岩波文庫
・松丸道雄解説、松丸道雄ほか釈文『中国法書選 1 甲骨文・金文――殷・周・列国』二玄社
・安田登『身体感覚で『論語』を読みなおす。――古代中国の文字から』新潮文庫

▼第六講
・内田樹、橋本麻里構成・文『日本の身体』新潮文庫
・宇野哲人全訳注『中庸』講談社学術文庫
・金谷治訳注『大学・中庸』岩波文庫
新渡戸稲造、矢内原忠雄訳『武士道』岩波文庫
・吉田松陰、近藤啓吾全訳注『講孟劄記』上下巻、講談社学術文庫
・吉田松陰、古川薫全訳注『吉田松陰 留魂録』講談社学術文庫

▼第七講
・石田穣二訳注『新版 伊勢物語』角川ソフィア文庫
・坂口由美子編『ビギナーズ・クラシックス日本の古典 伊勢物語』

角川ソフィア文庫
・世阿弥、竹本幹夫訳注『風姿花伝・三道』角川ソフィア文庫

▼第八講
・エステル・レジェリー＝ボエール「フランスにおける『源氏物語』の受容」『比較日本学教育研究センター研究年報』第五巻、二〇〇九年三月、お茶の水女子大学比較日本学教育研究センター
・久保田淳・平田喜信校注『後拾遺和歌集』岩波文庫
・紫式部、玉上琢彌訳注『源氏物語』全十巻、角川ソフィア文庫

▼第九講
・三島由紀夫『近代能楽集』新潮文庫
・三宅晶子『葵上 対訳でたのしむ』檜書店

▼第十講
・久保田淳訳注『新古今和歌集』上下巻、角川ソフィア文庫
・久保田淳・平田喜信校注『後拾遺和歌集』岩波文庫
・近藤みゆき訳注『和泉式部日記』角川ソフィア文庫
・ジャン・ボテロ、松島英子訳『最古の料理（りぶらりあ選書）』法政大学出版局
・高田祐彦訳注『新版 古今和歌集』角川ソフィア文庫

▼第十一講
・井上ひさし『道元の冒険』新潮文庫
・佐藤謙三校注『平家物語』上下巻、角川ソフィア文庫

▼第十二講
・五味文彦・櫻井陽子編『平家物語図典』小学館
・佐藤謙三校注『平家物語』上下巻、角川ソフィア文庫
・日下力訳注『保元物語』角川ソフィア文庫
・日下力訳注『平治物語』角川ソフィア文庫
・ラフカディオ・ハーン、平井呈一訳『怪談』岩波文庫
・Lafcadio Hearn, *Kwaidan: Stories and Studies of Strange Things*, Tuttle Publishing

▼第十三講
・竹本幹夫『安達原・黒塚 対訳でたのしむ』檜書店
・安田登『能 650年続いた仕掛けとは』新潮新書

▼第十四講
・世阿弥、小西甚一編訳『風姿花伝・花鏡』タチバナ教養文庫
・世阿弥、竹本幹夫訳注『風姿花伝・三道』角川ソフィア文庫
・久松潜一・西尾實校注『日本古典文学大系 65 歌論集 能楽論集』岩波書店

▼第十五講
・鴨長明、簗瀬一雄訳注『方丈記』角川ソフィア文庫
・酒井順子・高橋源一郎・内田樹訳『日本文学全集 07 枕草子／方丈記／徒然草』河出書房新社
・兼好法師、小川剛生訳注『新版 徒然草』角川ソフィア文庫
・小川剛生『兼好法師――徒然草に記されなかった真実』中公新書

▼第十六講
・西山松之助校注『南方録』岩波文庫
・横井也有、堀切実校注『鶉衣』上下巻、岩波文庫

▼第十七講
・井原西鶴、谷脇理史訳注『新版 好色五人女』角川ソフィア文庫
・井原西鶴、暉峻康隆・東明雅校注・訳『新編 日本古典文学全集 66 井原西鶴集①』小学館
・井原西鶴、堀切実訳注『新版 日本永代蔵』角川ソフィア文庫

▼第十八講
・雲英末雄・高橋治『新潮古典文学アルバム 18 松尾芭蕉』新潮社
・松尾芭蕉、潁原退蔵・尾形仂訳注『新版 おくのほそ道 曾良随行日記付き』角川ソフィア文庫
・松尾芭蕉、雲英末雄・佐藤勝明訳注『芭蕉全句集』角川ソフィア文庫
・安田登『身体感覚で「芭蕉」を読みなおす。――『おくのほそ道』謎解きの旅』春秋社
・安田登『本当はこんなに面白い「おくのほそ道」――おくのほそ道はRPGだった！』じっぴコンパクト新書

▼第十九講
・松尾芭蕉、潁原退蔵・尾形仂訳注『新版 おくのほそ道 曾良随行日記付き』角川ソフィア文庫
・松尾芭蕉、久富哲雄訳『おくのほそ道 全訳注』講談社学術文庫
・安田登『体と心がラクになる「和」のウォーキング――芭蕉の〝疲れない歩き方〟でからだをゆるめて整える』祥伝社黄金文庫
・安田登『身体感覚で「芭蕉」を読みなおす。――『おくのほそ道』謎解きの旅』春秋社
・安田登『本当はこんなに面白い「おくのほそ道」――おくのほそ道はRPGだった！』じっぴコンパクト新書

▼第二十講
・十返舎一九、伊馬春部訳『現代語訳 東海道中膝栗毛』上下巻、岩波現代文庫
・十返舎一九、麻生磯次校注『東海道中膝栗毛』上下巻、岩波文庫

・田辺聖子『東海道中膝栗毛を旅しよう』角川ソフィア文庫
・フェルナンド・バエス、八重樫克彦＋八重樫由貴子訳『書物の破壊の世界史――シュメールの粘土板からデジタル時代まで』紀伊國屋書店
・山岸徳平『山岸徳平著作集 III 物語随筆文学研究』有精堂出版

▼第二十一講
・上田秋成、鵜月洋訳注『改訂 雨月物語』角川ソフィア文庫
・小二田誠二解題・解説『死霊解脱物語聞書』白澤社
・山田雄司『怨霊とは何か――菅原道真・平将門・崇徳院』中公新書

▼第二十二講
・石川忠久『詩経（新釈漢文大系）』上中下巻、明治書院
・シェークスピヤ、坪内逍遥訳『ロミオとジュリエット 沙翁全集（逍遥訳シェークスピヤ全集）第2巻』名著普及会
・加藤徹『漢文力』中公文庫
・加藤徹『漢文の素養――誰が日本文化をつくったのか?』光文社新書
・金谷治訳注『論語』岩波文庫
・ダンテ、山川丙三郎訳『神曲』上中下巻、岩波文庫
・夏目漱石『倫敦塔・幻影の盾 他五篇』岩波文庫
・馮夢竜撰、松枝茂夫訳『全訳 笑府 中国笑話集』上下巻、岩波文庫
・安田登『身体感覚で『論語』を読みなおす。――古代中国の文字から』新潮文庫
・安田登『あわいの時代の『論語』――ヒューマン2・0』春秋社
・安田登『すごい論語』ミシマ社

▼第二十三講
・曲亭馬琴、小池藤五郎校訂『南総里見八犬伝』全十巻、岩波文庫
・齋藤孝『声に出して読みたい日本語』全三巻、草思社文庫
・高田衛『完本 八犬伝の世界』ちくま学芸文庫
・曲亭馬琴、石川博編『ビギナーズ・クラシックス日本の古典 南総里見八犬伝』角川ソフィア文庫
・平岩弓枝『南総里見八犬伝』中公文庫

▼第二十四講
・岡倉天心、松岡正剛序文『茶の本』IBCパブリッシング
・新渡戸稲造、増澤史子英語解説『英語で読む武士道』IBCパブリッシング
・新渡戸稲造、矢内原忠雄訳『武士道』岩波文庫
・新渡戸稲造、山本博文訳・解説『現代語訳 武士道』ちくま新書
・三島由紀夫『葉隠入門』新潮文庫

著者
安田 登（やすだ・のぼる）

一九五六年、千葉県銚子市生まれ。下掛宝生流ワキ方能楽師。高校の国語教師だった二十四歳のときに能と出会い、二十七歳で重鎮・鏑木岑男氏に入門。現在は能楽師として国内外で活躍しながら、能のメソッドを使った作品の創作・演出・出演などに精力的に取り組んでいる。

日本と中国の古典の〝身体性〟を読み直すことをテーマに、東京・京都をはじめとする各地で社会人向け寺子屋を主宰。執筆・講演のほかに、バーチャル・リアリティ開発や、理化学研究所のＡＩと文化の研究チームにも携わるなど、多彩な活躍で注目されている。

著書に、『役に立つ古典（学びのきほん）』『別冊ＮＨＫ１００分de名著 読書の学校 安田登 特別授業『史記』』『ＮＨＫ１００分 de 名著 平家物語』（以上、ＮＨＫ出版）、『すごい論語』『あわいの力』（以上、ミシマ社）、『能 ６５０年続いた仕掛けとは』（新潮新書）、『身体感覚で「芭蕉」を読みなおす。』（春秋社）、『日本人の身体』（ちくま新書）、『異界を旅する能』『身体能力を高める「和の所作」』（以上、ちくま文庫）、『体と心がラクになる「和」のウォーキング』『ゆるめてリセット ロルフィング教室』（以上、祥伝社黄金文庫）ほか多数。

野の古典（のこてん）

二〇二二年一月一八日　第一刷発行
二〇二二年六月二八日　第四刷発行

発行所　株式会社紀伊國屋書店
東京都新宿区新宿三-一七-七
出版部（編集）　電話　〇三-六九一〇-〇五〇八
ホールセール部（営業）電話　〇三-六九一〇-〇五一九
〒一五三-八五〇四　東京都目黒区下目黒三-七-一〇

装画　しりあがり寿
装丁　佐藤亜沙美（サトウサンカイ）
校正　牟田都子
本文組版　明昌堂
印刷・製本　中央精版印刷

ISBN 978-4-314-01180-8 C0095 Printed in Japan
© Noboru Yasuda, 2021
定価は外装に表示してあります